Abdelkader Benali
Hochzeit am Meer

Zu diesem Buch

Nach anfänglichem Zögern hat sich Rebekka überreden lassen, ihren Onkel Mosa zu heiraten: Geschäft ist Geschäft, und schließlich soll Mosa damit die Aufenthaltserlaubnis für die Niederlande bekommen, wohin die marokkanische Familie Minar vor vielen Jahren gezogen ist. Doch am Tag der feierlichen Hochzeit, die an der marokkanischen Küste begangen werden soll, fehlt nur einer – der Bräutigam, und vieles spricht dafür, daß er sich in sein Lieblingsbordell »Lolita« zurückgezogen hat. Während die Hochzeitsgäste ungeduldig warten, wird Rebekkas Bruder Lamarat auf die Suche geschickt. Als Mosa schließlich sturzbetrunken erscheint, rächt sich die Braut auf ebenso ungewöhnliche wie drastische Weise ... »Benalis furiose Erzählung ist eine komplexe Geschichte von der Begegnung zwischen Europa und Nordafrika. Und eine ganz einfache über den Lärm, das Chaos und das Glück in den Kakteenfeldern.« (Der Spiegel)

Abdelkader Benali, geboren 1975 in Ighazzazen/Marokko, kam im Alter von vier Jahren nach Rotterdam. Zur Zeit studiert er Geschichte an der Universität von Leiden. »Hochzeit am Meer« wurde für den renommierten Libris Literaturpreis nominiert, mit dem holländischen Preis für den besten Debütroman des Jahres ausgezeichnet und in zahlreiche Sprachen übersetzt. 1999 erhielt er den Prix du Meilleur Premier Roman Etranger, den wichtigsten Preis für ein ausländisches Erstlingswerk in Frankreich.

Abdelkader Benali

Hochzeit am Meer

Roman

Aus dem Niederländischen von
Gregor Seferens

Piper München Zürich

Die Übersetzung wurde vom Nederlands Literair Produktie- en Vertalingenfonds, Amsterdam, gefördert.

Ungekürzte Taschenbuchausgabe
Februar 2000

Titel der niederländischen Originalausgabe:
»Bruiloft aan zee«

Umschlag: Büro Hamburg
Stefanie Oberbeck, Katrin Hoffmann
Umschlagabbildung: August Macke
(»Landschaft am Meer«, 1914, Bayerische
Staatsgemäldesammlungen, Staatsgalerie moderner Kunst;
Dia: Joachim Blauel, Arthothek)
Foto Umschlagrückseite: Erik Spaans
Satz: Uwe Steffen, München
Druck und Bindung: Clausen & Bosse, Leck
Printed in Germany ISBN 3-492-22968-9

So machen wir das

Lamarat Minar zählte nicht zu den Bewohnern des Landstrichs Iwojen. Anders als Chalid mit den braunen Zähnen, Fahrer des weißen Mercedes-Taxis mit dem umgedrehten Rückspiegel; er, der durch seinen Beruf jeden Hügel, jeden Kamm und jedes Seitental in Iwojen kannte; er, der sogar wußte, woher all die summenden Geräusche kamen, dieser Ton, der an jenem Nachmittag aus jeder Agave brummte, dieses aufdringliche Gezirpe der Zikaden: Chalid, der Taxifahrer, der die Straßen entlangfuhr, sich nicht zu heiraten traute und der Meinung war, Gartenstühle seien etwas für Schlappschwänze. Irgendwie konnte Chalid sich sogar die Person Lamarat Minar vorstellen, Sohn vom Sohn des Vaters aus dem kleinen Dorf am Meer, der Junge, der seit seinem zehnten Lebensjahr nicht mehr in diese Gegend gekommen war. Chalid konnte sich noch gut daran erinnern, womit auch sogleich bewiesen wäre, daß die Einwohner dieses Landstrichs – abgesehen von den Toten – sich den krankhaften Zwang auferlegen, nichts zu vergessen. Was Chalid – »Blechbüchse-auf-der-Straße«, wie ihn die Lahmen, die Blinden und die Tauben nannten, die sich alle zusammen in Kneipen und auf Innenhöfen versteckten und ihre Füße, die sie nicht mehr bewegen konnten, unter einem Wasserhahn wuschen und rituell den Fußkäse zwischen den Zehen herauspulten, die nicht mehr sehen oder hören konnten (wohl aber noch riechen) –, was er nicht vergessen hatte, war die Geburt ebendieses Minar, in dieser Gegend, in einem kleinen Dorf, in einer quadratischen Wohnung, in dem Augenblick, als seine Oma dabei war, Pfannkuchen für ihre faule Schwiegertochter zu backen. Chalid, der Taxifahrer, konnte jedem, der danach fragte und zehn halbe Dirham für die Fahrt durch den Landstrich Iwojen zum Grenzstädtchen F. übrig hatte, von Lamarats Geburt erzählen (genauso wie er auch von der Nabelschnur und der Schlagfertigkeit der alten Dame erzählen konnte: Wie oft schon hatte er nicht die tatsächlich geschehene Lügengeschichte, die inzwischen zum Gemeingut geworden war, gehört) und davon, daß der Junge ein gewisses Maß an Verbundenheit mit der Gegend hatte, ein dicker Meerrettich, der merkwürdigerweise immer dicker wurde, je weiter er von der Wurzel wegwuchs, der quer weitergewachsen war in einer ansonsten knochentrockenen Gegend.

Lamarat Minar, zwanzig Jahre, der Junge, der ins Taxi gestiegen war, wurde irgendwo in Iwojen geboren. Überall liegen dort Dörfchen und Häuseransammlungen wie Scheißhaufen herum. Da gibt's zum Beispiel, wenn man nach Iwojen reinkommt, um einen Brunnen gruppiert, das kleine Dorf Mira Mora, ein Stück weiter rauf, vor dem Nadelwald, liegt Tintin, an der Ostseite der Hügel Jefalla, und wenn man an dem Wald vorbeifährt, könnte man sein Glück in Mossarat, Eseboch oder Verster versuchen. Dann ist da noch der Grenzort F., Stützpunkt der Taxifahrer und der Afrikaner, der Zugang zur spanischen Kronkolonie Melilliaar bietet, das Städtchen, in dem Seife, in Folie verpackte Margarine und OMO-Waschpulver so viel billiger sind, Artikel, die tonnenweise unter Frauenkleidern und Burnussen rausgeschmuggelt werden, die einzige Stadt in der Gegend, die mehr Frauen – sehr viel mehr Frauen – als Männer beherbergt. Für die, die weiterfahren oder aus der Richtung kommen, gibt es noch Nadorp, eine Gastarbeiterstadt, vollgepackt mit steif aneinandergebauten Häusern. Und: In dieser Stadt wohnen nun wiederum mehr Männer als Frauen. (Fast alle Männer in Nadorp suchen eine Frau; nur zu gerne würden sie es laut hinausschreien: »Eine Frau, eine Frau, meinen Verstand für eine Frau!«) Das war die Stadt, in der Lamarats Vater, genau wie man es von ihm erwartete und wie es sich für einen vorbildlichen Emigranten gehört, ein Haus hatte bauen lassen, auf fünf Pfeilern und mit einer Wasserleitung, die schon sehr bald von Mergel und Kakerlaken verstopft wurde. Eine Stadt, in der er im Tausch gegen das Haus seine Tochter Rebekka seinem Bruder gegeben hatte, der dann später vor seiner eigenen Hochzeit davonlaufen sollte. Dies ereignete sich in dem Dorf, das von allen Dörfern in Iwojen am weitesten von Nadorp entfernt liegt, einem Dorf namens… Touarirt.

In Touarirt, ein paar Häuser am Meer, wurde zwischen Hühnerverschlägen und Schafställen, zwischen den Häusern »Wind von San Antonio« und »Unser Haus« im Haus »Höhle des Wolfs« Lamarat Minar geboren; so wurde es ihm jedenfalls erzählt. Lamarat, der Abergläubische – »warum nennst du ihn so?«, der Wahnsinnige, »ist das ein Witz, oder meinst du das ernst?«, der Maßlose, der Verschleierer, der Haßerfüllte, der Zähneknirschende, der Heuchler, der Verwachsene; wie viele Beinamen kann ein Mensch ertragen? (etwa bis er eine Gehirnerweichung bekommt) –, der sich gerade ein paar Tage in seinem Heimatdorf aufhielt, um an einer denkwürdigen Hochzeit teilzunehmen, wurde dort einst an einem sonnigen Samstag als Kind eines Vaters und einer Mutter geboren, die – ehe sie heirateten – mitten im Dorf Touarirt an der Küste des Mittelmeers übereinander gewohnt hatten; vor einer für den einen langen und für den anderen sehr kurzen Zeit, weit, weit, weit entfernt von den Contergankindern und von Empfängnisverhütung.

Zwei Familien wohnten schräg übereinander, und in dem einen Haus lebte ein Junge und in dem anderen ein Mädchen – da fängt das Theater an –, die Jahre später nach alter Landessitte Vater und Mutter von ein und derselben Person werden sollten. Das einzige, was die beiden Häuser voneinander trennte, in denen die Familien des zukünftigen Vaters und der zukünftigen Mutter Lamarat Minars lebten, war eine Reihe alles überwuchernder Kakteen, die, eine Treppe tiefer, Riesendinger von grünen, roten und orangefarbenen Kaktusfeigen hervortrieben und fein säuberlich zwischen den beiden würfelförmigen Häusern auf einer kleinen Parzelle standen. Rund um dieses Feld herum waren Terrassen, auf denen die Familie des Vaters Getreide anbaute.

»Nicht immer hat es ein Bauer schwer in seinem täglichen Leben«, hatte der Opa von Lamarat Minar des öfteren zu dessen Vater gesagt, als der zu einem Kleinbauern erzogen wurde. »Du mußt einfach nur das machen, was unsere Vorfahren schon seit Hunderten von Jahren gemacht haben, was mein Vater mir beigebracht hat und was ich dir beibringen werde: Du nimmst deinen Samen, streust ihn aus und hoffst und betest, daß Sidi Rabi den Rest erledigen wird.« Diese didaktische Äußerung beschwor der Vater dann mit einem kurzen und kräftigen, der

Einfachheit halber hinzugefügten *Inschallah.* Und auf diesem kleinen Kakteenfeld inmitten der Getreideparzellen, zwischen den sich ein paarmal am Tag wiederholenden Inschallah-Sprüchen, keimte merkwürdigerweise Liebe zwischen dem Vater und der Mutter-mit-dem-rabenschwarzen-Haar auf.

Alles, was mit der Zuneigung zwischen diesen beiden zu tun hat, passierte auf diesem rumpel-pflück-sie-schäl-sie-iß-sie-pumpel Stückchen Land voller Kaktusfeigen, wo sie so oft wie möglich versuchten, zusammen zu sein, und wo ihre Liebe gemeinsam mit den Kaktusfeigen aufblühte, in der manchmal langen, manchmal kurzen Zeitspanne zwischen Dämmerung und letztem Gebetsmurmeln ihrer beiden Väter und Mütter, die dann sehr damit beschäftigt waren, in die andere Richtung zu schauen (das Kakteenfeld lag in der entgegengesetzten Richtung von Mekka).

Aber Achtung, es droht Gefahr, aus allen Ecken und Ritzen droht Gefahr. Verbergt eure Herzen, Junge und Mädchen, ehe andere Menschen sie entdecken und ihre stumpfen Messer hineinstechen!

Das Pärchen mochte scharf aufeinander sein, aber nicht auf die Messer derer, die ihre Nase in alles stecken, und darum tüftelten sie es immer so aus, daß niemand irgend etwas von ihren fiebrigen Zusammenkünften bemerkte: immer dann, wenn entweder alle Bewohner von Touarirt beteten oder zu Abend aßen oder beides gleichzeitig machten; ein ziemlich artistisches Kunststück, wie es selten oder nie in Touarirt und Umgebung aufgeführt wurde.

Und wie verliebt sie waren, die beiden!, dort zwischen den Kaktusfeigen, die aussahen, als seien sie auf die hohen Kakteen aufgesteckt, und dem menschlichen Kot – denn dort war zufälligerweise auch das Kackfeld der beiden Familien, und es schien, als wären die Exkremente am Boden festgeschmurgelt. Aber man sollte jetzt nicht aufstehen und rufen: »Wenn das kein unsicherer Beginn einer beständigen Zukunft ist!« Denn dann würde man sich wieder hinsetzen und sagen: »Genau, bei jeder Bewegung darauf achten, daß man nicht unerwartet in den Mist des einen oder anderen tritt, und gleichzeitig auch noch aufpassen, daß einen keiner sieht! Fürwahr, das ist mehr als zuviel: Das ist kein Fliegendreck.«

Und dennoch passierte es ungeachtet aller Vorsichtsmaßnahmen ab und zu beim Gehen, daß einer der beiden in Menschenscheiße trat. »Macht nichts«, sagte die Mutter dann lakonisch zum Vater, wenn das dunkelbraune Zeugs an ihrem Pantöffelchen klebte, »Scheiße bringt doch Glück, nicht wahr? Oder so ähnlich, Schatz.« Hin und her strömten die Worte, voller Zucker und Honig, mit denen man die Fliegen des anderen fängt. Der Vater versprach ihr nach guter Vätersitte fast alles, was er in seinem Körper verbarg: Herz, Leber, Lunge, Milz, Darm, Magen, Gehirn, Zunge und so weiter – alles, außer seinem Schwanz; der kam erst später dran. Einen ganzen Topf warmen *haggis* aus Organen gab's im Sonderangebot, um der Mutter deutlich zu machen, daß seine Hingabe vollkommen war. Und die Mutter? Was tat die Mutter? Die hörte zu und nickte und fand es so schön, daß sie gar nicht sagen konnte wie schön, und manchmal bekam sie von all dieser amüsanten Hingabe einen fürchterlichen Appetit, einen knurrenden Magen. Dann rannte sie plötzlich weg, als hätte sie jemanden gesehen, der ihre Herzen zerschneiden wollte, raus aus dem Kakteenfeld, im Slalom auf Zehenspitzen um die Scheißhaufen herum, um heimlich Brot und rohe Zwiebeln aus der Küche zu holen, rannte flugs wieder zurück, behutsam hinein ins Kakteenfeld und aß den Leckerbissen zusammen mit dem Vater auf, wobei sie einander tief in die Augen sahen.

Den sogenannten romantischen Filmen zufolge, die in Melilliaar laufen, müßte ich jetzt irgend etwas unternehmen, dachte der Vater... aber was genau? Tja, aber was genau...

Weil das Pärchen stets die anderen Familienmitglieder im Hinterkopf behalten mußte, waren ihre Zusammenkünfte stets von besonders kurzer Dauer, und wenn die Dämmerung endgültig vorbei war, wandten sie sich voneinander ab, zack nach Hause, waschen, nachbeten, nachessen und am nächsten Morgen dann wieder raus und ran an den neuen Tag.

Für den zukünftigen Vater von Lamarat bedeutete ein solcher neuer Tag Schufterei auf den verschiedenen Terrassen, die die Familie im Dorf verstreut besaß. Wegen der hügeligen Struktur der Gegend und wegen der Wege, die sehr schmal waren und von größerem Vieh nicht benutzt werden konnten, mußte in Touarirt eine Art Terrassenanbau betrieben werden, was viel Handarbeit für den Vater mit sich brachte. Der Vater, Machiler Minar, des Vaters, Terut Minar, bewirtschaftete eine Reihe kleiner Parzellen mit herrlich lockerem und meist glühendheißem Sandboden, vollgepflanzt mit Weinstöcken. Dazu hatte der gute Mann ein paar Kilometer weiter oben in dem San Antonio genannten Ort – »da hat mal ein Spanier gewohnt, irgendwann mal«, wußte der Vater des Vaters zu erzählen –, dem grünen Tal des Landstrichs, ein paar Fleckchen Acker mit Zwiebeln, Kartoffeln und Möhren.

Die Ernte wurde immer in der Kronkolonie Melilliaar verkauft, ein Dutzend Kilometer Richtung Norden – wo Machiler, die Waren in geflochtenen Körben, mit dem Pferd hinritt. Die Familie lebte gut davon und war glücklich. So weit, so gut.

Auch sehr glücklich waren die Leute, die im Haus hinter dem Kakteenfeld wohnten, dem von Lamarats zukünftiger Mutter. Die Bewohner dieses quadratischen, aus Lehm, Pferdemist und Bambusrohr erbauten Hauses beteiligten sich als einzige in Touarirt, vielleicht sogar als einzige im ganzen Landstrich Iwojen, nicht an solchen niederen Aktivitäten wie Säen, Pflügen, Ernten und dem Transport von mit Trauben und Zwiebeln gefüllten Körben nach Melilliaar. Die Familie in diesem Haus, eine Mutter mit vier Töchtern, von denen gesagt wird – ich habe es nicht gesehen, und auch Chalid Blechbüchse-auf-der-Straße hat die Schwestern nicht gekannt, aber die Leute sagen es, also wird es wohl stimmen –, daß die eine noch schöner war als die andere und daß sie das auch wußten, lebte auf Kosten des großzügigen Portemonnaies ihres Vaters, der weit, sehr weit weg lebte, in Frankreich; er machte irgendwas mit Kohlen in der Gegend von Straßburg, und alle soundsoviel Wochen kam eine Postanweisung mit einem stattlichen Betrag in Francs an und ab und zu ein Foto: Vater auf einem Fahrrad, Vater auf einem Moped, Vater in einem Mercedes-Benz und Vater in seiner Pension (Besen in der Hand, Blick in die Kamera). In Anbetracht dieses Wohlstands, der ihnen in den Schoß fiel, konnte es nicht anders sein, als daß die Mädchen, die in dem Haus wohnten und sich ein Zimmer teilten, von ganz allein allerhand Tugenden annahmen, die in Touarirt nicht sonderlich hoch geschätzt wurden. Eigenschaften wie Faulheit, Überheblichkeit und Hochmut waren die drei irenisch eingestellten Nymphen, die Jamina (der ältesten), Minora, Sulika und Batita (der jüngsten) nicht unbekannt waren, und man fand es auch gar nicht merkwürdig, daß sie so waren. »Wir müssen nichts tun, weil wir es uns erlauben können, nichts zu tun, und wenn man es sich erlauben kann, nichts zu tun, warum sollte man dann noch etwas tun, außer über das Nichtstun zu reden«, überzeugten sie sich gegenseitig von ihrer privilegierten Stellung, kicherten, warfen ihr Haar in den Nacken, erfreut über diesen selbsterdachten Zirkelschluß, der so gut zu dem anderen Zirkelschluß paßte, bei dem die eine Schwester, Batita, aufstand, ihr rabenschwarzes Haar löste, sich vor den Spiegel stellte und zu den anderen Schwestern hin deklamierte, wobei sie jeden Körperteil mit dem Finger berührte und sanft streichelte: »Schaut nur, wie schön ich bin, meine Schultern, so weich; meine Augen, so aufrichtig; meine Lippen, so süß; meine Arme, so rund; meine Ohren, so klein, so anders, so viel mehr! Es kann nicht anders sein, ich bin die Schönste im Land, auf der ganzen Welt. Bin ich, sagt doch einmal ehrlich, Schwesterchen, nicht eigentlich ein bißchen zu schön für diese Welt?« Und die Schwestern nickten immerzu nur jaja und jaja und jaja, bis eine von ihnen an der Reihe war und den Kamm nehmen durfte, um sich ihrerseits dieser krankhaften Selbstbeweihräucherung zu widmen.

Ihr solltet euch selbst mal hören, ihr verrückten Mädchen, die ihr ein Verhältnis mit dem Spiegel angefangen habt, mit dem Olivenöl fürs Haar. Aber hören sie mich? Nein, natürlich nicht, ich kenne keines der Mädchen, ich habe diese Geschichte in irgendeiner Kneipe gehört, von Mund zu Mund ist sie gegangen, von Ohr zu Ohr, und es ist überhaupt die Frage, ob es einen Ort wie Touarirt jemals gegeben hat.

Weil das Geld aus dem Norden immer weiterströmte und die Mutter so schlecht ausrechnen konnte, wie viele halbe Dirham eigentlich ein Franc sind, waren die Mädchen in der Lage, sich die hübschen Spiegelchen und Perlen leisten zu können, von denen die Bauerntrampel aus der Nachbarschaft nur träumen konnten. Lauter nette kleine Extras, wie die etwas besseren Blümchenkleider und die pechschwarzen Kopftücher aus der »großen Stadt«.

Aber der Wohlstand hörte nicht bei Kleidung und Bijouterie auf. Fleisch und Fisch gab es im Haus auch reichlich (warum die Mutter dem Vater immer Brot und Zwiebeln zu essen gab, ist mir immer ein Rätsel geblieben; vielleicht eine romantische Tradition in diesem Landstrich?), und all die Leckereien, die jeden Abend aufgetischt wurden, fanden sich in den weiblichen Rundungen um das Becken herum und darüber wieder, an den Armen, am Hintern und an den Wangen; die Mädchen und ihre Mutter sahen gesünder aus, als sie eigentlich waren, denn mit dem Überschuß an physischer Energie wurde nichts, aber auch gar nichts getan. (Ein Beispiel: Das Mädchen Jamina, das später, mit Hilfe der kräftigen Kiefer ihrer Schwiegermutter, unter außergewöhnlichen Umständen ihren Erstgeborenen – Lamarat Minar – zur Welt bringen sollte, hatte, bevor sie heiratete, noch nie ein Brot gebacken, noch nie ein Ei gekocht, noch nie einen kleinen Getreideacker mit der Sichel gemäht; sie hatte noch nicht einmal einen Teller mit Fleisch oder Fisch aus dem Brutzeltopf gefüllt. Das einzige Mal, daß sie sich doch um die Lebensmittelversorgung kümmerte, das war in den Tagen, als das heilige Herz Besitz von ihr ergriff und sie ihren Anbeter im Namen der Liebe mit Brot und Zwiebeln versorgte. Aber dabei war höhere Gewalt im Spiel, so daß man dies eigentlich nicht mitrechnen darf.)

Mit reinem Herzen und ruhigem Gewissen kann man also den Schluß ziehen, daß die Mädchen von sich selbst eingenommen, vollgefressen und affektiert waren, und zweitens, auch ein wichtiger Punkt: daß sie, einmal abgesehen von all diesen Unartigkeiten, eigentlich die einzigen netten Mädchen im Dorf waren, mit denen man sich unterhalten konnte, denn man konnte sich an ihnen nicht satt sehen. Die Aufmerksamkeit der Jungen aus dem Dorf, die nie zu versiegen schien (irgendwann hätte die Mutter aufgrund all der organischen Versprechen, die sie bekam, eine Organbank eröffnen können), die Bemerkungen, die man ihnen gegenüber machte, wenn sie vor dem Haus saßen und einander im rabenschwarzen Haar rumzupften wie eine Horde Bergaffen, das Kommen und Gehen der Jünglinge aus der umliegenden Gegend, die die Mutter fragten, wann denn nun endlich die Älteste Pläne für die Zukunft machen würde, das alles machte die Mutter, die selbst nicht so schön war, rasend: »Wenn euer Vater kommt, dann werdet ihr schon sehen, was er machen wird; mit einem Hammer wird er auf diese aufdringlichen Personen losgehen, er wird ihnen die Augen aus dem Kopf reißen, eins nach dem anderen, bis sie vor Schmerz den Unterschied zwischen tot und lebendig nicht mehr kennen.«

»Ach, komm schon, Mutter, du weißt doch, wie die Jungs sind, immer alle gemeinsam in einem Zimmer, die schwülen Nächte...«

Mit ein wenig gutem Willen kann man sagen, daß die Mutter von Lamarat und ihre Schwestern schon sehr früh meinten, der strahlende Mittelpunkt der Welt zu sein, weil sie schlicht niemanden kannten, der schöner gewesen wäre.

Aber eigentlich, aber eigentlich – und darauf kamen die Jungs aus dem Dorf Touarirt (das heute sowohl der hübschen Mädchen als auch der dummen Jungs völlig beraubt ist) erst, nachdem sie einzeln oder gruppenweise in der großen Stadt gewesen waren, die Kinos besucht und zum erstenmal amerikanische, französische und indische Beine und Bauchnabel gesehen hatten – waren die Mädchen nichts Besonderes. Je öfter die Jungs aus der großen Stadt zurückkamen, um so mehr veränderte sich ihr Blick, den sie, wenn sie den Zuckerberg runterkamen, auf die Mädchen werfen konnten, die immer gelangweilt watschelnd, das Haar kämmend, einen Spiegel in der linken Hand über den Innenhof ihres Hauses schlenderten.

»Weißt du, was ich glaube«, sagte eines bösen Tages ein Dorfgenosse zum zukünftigen Vater, als sie den Zuckerberg hinuntergingen und an dem kleinen Friedhof Sidi Gelush vorbei über die schmalen, kurvigen Dorfpfade die Terrassen hinabstiegen. »Nun sag schon«, erwiderte der Vater ängstlich und in Gedanken noch ganz und gar bei einem Mädchen, das er schon seit den ersten Kindertagen kannte und das in dieser wüsten Landschaft aus nackter Erde und Pferdemist nur immer schöner geworden war, während ihm seine Schweißfüße und seine Finger, in die er sich ständig schnitt, wenn er beim Getreidemähen das Messer zu nah an sich heranzog, immer größere Probleme bereiteten. »Weißt du, ich glaube«, fuhr der Dorfgenosse des Vaters fort, »ich glaube, die Mädchen da unten taugen ganz und gar nichts. Dieses ewige Getue mit den Spiegelchen und Perlen, was ist das für eine Art! Sie benehmen sich wie faule Schweine, und es ist überhaupt die Frage, ob sie jemals noch *halal* werden. Nein, von denen hat man nichts. Da sind mir die Titten dieser Französin lieber. Hast du gesehen, wie die nach vorne hüpften, riesig, unglaublich! Mir wurde dabei so warm, daß ich alles auf meine Hand geschmiert habe. Und ich hab's nicht mal bemerkt.«

Ein Intellektueller würde an dieser Stelle sagen: »Wenn ich das alles richtig verstehe, dann bedeutete das Aufkommen dieser Schmierkinos das Ende der mythischen Schönheit der Mädchen und den eigentlichen Beginn der *Entzauberung* der vier Bäuerinnen.« Und recht hat er, dieser kluge Mensch, denn von diesem Moment an drehte sich kein Idiot mehr nach ihnen um.

Abgesehen von einem völlig durchgedrehten Kerl: dem zukünftigen Vater. Der zukünftige Vater hatte einen großen Widerwillen gegen die restlichen Dorfjungen, die jetzt anfingen, mit ein bißchen Zigarettenschmuggel aus Melilliaar oder auch mal einem Job auf dem Bau irgendwo in der Gegend Geld zu verdienen und die jetzt nicht mehr so oft zur Ziege mußten, sondern ihren Durst auf Fickenfickenficken auch in Melilliaar löschen konnten. Was für schlechte Menschen, dachte der Vater dann, Jamina wird sehr bald mir gehören. Und ihm war klar, daß er jetzt durchhalten mußte, daß er noch überzeugender mit ihr liebäugeln, noch öfter irgendwelche komischen Melodien aus Western summen mußte, wenn sie an ihm vorbeiging, unterwegs zu diesem oder jenem öden Verwandtschaftsbesuch…

Wenn er nur durchhielt, etwas öfter betete und weniger an andere Frauen dachte, dann mußte diese

Kombination von Tugenden unweigerlich zum Erfolg führen.

Und der Erfolg trat bald ein. Der zukünftigen Mutter und ihren Schwestern wurde immer deutlicher, daß ihre Popularität bei den Jungs und die Anzahl der feuchten Träume ebendieser Jungs sowohl relativ als auch absolut abnahmen, wenn sie nicht ohnehin schon längst im Keller angekommen waren, und daß sie ihre Taktik ändern mußten, bevor man sie in nicht allzu ferner Zeit als die alten Schachteln des Dorfes bezeichnen würde: Sie hatten nicht vor, es so weit kommen zu lassen... Zum Glück bemerkte die zukünftige Mutter sehr schnell, daß der Bauerntölpel von oben, der »Ohrenmann«, wie ihn die drei Schwestern scherzhaft wegen seiner Segelohren nannten, ein Auge, ja sogar beide Augen auf sie geworfen hatte. Und auch sie fing an, mehr und mehr Gefallen an ihm zu finden. Und das bestürzte die drei Schwestern sehr. Daß er sie wollte, na gut, das war verständlich, was sie aber nicht verstehen konnten, war, daß auch sie etwas von ihm wollte.

»Bist du verrückt geworden?« fragte die eine. »Mit diesem Bauerntölpel, diesem Elefanten? Warte doch lieber, Schwesterherz, du kannst einen viel besseren kriegen.«

»Und überhaupt«, hänselte sie die Jüngste, »du bist gar nicht der Typ für eine Heirat, für einen Mann, und schon gar nicht für so einen Mann, einem, der dir die Ohrhänger abnehmen wird, um sie als Garderobenhaken für seine Jacke zu benutzen.«

»Sie hat recht«, stimmte die nächste ihr zu. »Oh, Mädchen, überleg doch mal. Er wird dich schinden wie einen Esel! Schlimmer noch: wie einen glitschigen Frosch, hahaha, wie einen glitschigen Frosch, für den es keine Rettung mehr gibt!«

Und so ging es die ganze Zeit, im Wohnzimmer, im Schlafzimmer, ja sogar in der Küche (ein Ort, den sie sonst nie betraten), und nachts verfolgten die drei sie mit einer gutgemeinten Warnung nach der anderen. »Er wird dir Schmerzen zufügen.« »Der Kerl ist ein Monster.« »Du Idiotin, er wird dich mit Haut und Haaren auffressen.« Und sie lachten ihre Schwester aus, und sie lachten vor allem ihn aus, den von oben, den mit den schmutzigen Segelohren und den schwieligen Zwiebelhänden.

Ihre Schwestern verletzten Jamina, aber sie wollte von ihrem Vorhaben nicht ablassen. Ebenso drängend wie ermahnend sprach sie zu ihren Schwestern: »*La, illaha, illaha*, paßt bloß auf, wer über andere Menschen lacht, ruft einen Fluch auf sich herab«, und sie versuchte, so gut es ging, nur an ihn zu denken. Auf alles, was der Vater unternahm, um sie für sich zu gewinnen, reagierte sie mit einem neckischen Blick hier und einer ironischen Bemerkung da.

»Nicht so laut pfeifen, Nachbar, sonst erstickst du noch«, antwortete sie, unterwegs nach nirgendwo, im Vorbeigehen schlagfertig auf sein Gepfeife, als er auf einer der Terrassen Getreide aussäte. Bedeuten ihre Worte, daß sie mich heiraten will? dachte der Vater automatisch, und er erschrak über seine voreilige Schlußfolgerung dermaßen, daß er sich mit der Sichel in mehrere Finger zugleich schnitt.

Aber nach weniger als einem Jahr – allen Sticheleien der Schwestern zum Trotz –, nachdem hundertfünfzig dicke Zwiebeln mit Brot gefuttert worden waren und sie fünfzehnmal ihre mit der Scheiße des Vaters beschmierte rechte Sandale saubergemacht hatte, war es soweit. »Genug der Küßchen, genug der Schwätzchen und Verabredungen«, sagte er zur Mutter, »willst du mich heiraten oder nicht? Von der Liebe und deinen Augen allein kann ich nicht leben.« Und die Mutter stimmte zu.

Nicht viel später, noch am selben Abend, im Spätsommer, an einem der wärmsten Tage des Jahres, ging der Junge zu seinem Vater, der, den Kopf auf dem Schoß seiner Frau, in der linken Ecke des Innenhofs lag – dort, wo noch ein schwacher Windhauch wehte – und damit beschäftigt war, alle Sterne, die über ihm sichtbar wurden, zu addieren und zu subtrahieren. Der Vater wußte nicht, wie er es sagen sollte, schwafelte eine Weile rum und teilte seinem Vater erst zwischen zwei Berichten über die gestiegenen Getreidepreise und die Überdüngung der kleinen Äcker mit, daß er »sehr gern... ich meine, wenn es möglich ist... am liebsten so bald wie möglich... mit der von nebenan... nein, nicht von oben... unten... einfach... verstehst du, was ich meine, oder nicht, Mutter... hörst du überhaupt zu... ich möchte Kinder machen und solche Sachen...«

Sein Vater war, als er »Kinder« hörte, aufgestanden, so wie er auch aufstand, um zum Abendessen zu gehen, um einen neuen Tag anzufangen, eine Zigarette zu rauchen, kurzum, er stand so auf, wie er immer aufstand, und sagte: »Na, dann machen wir das doch.«

Niemand in Touarirt wollte es glauben. »Was sagst du! Das Segelohr mit ihr, mit diesem Raben?« Aber ein paar Monate später kam der zukünftige Schwiegervater mit einem Paar Schuhe für den Bräutigam angeflogen, und die Hochzeit der Diva von Touarirt mit ihrem »Ohrenmann« wurde gefeiert.

Organisiert wurde das Hochzeitsfest von der Familie des Bräutigams, mit Pfannkuchen, gekochtem *tekrischt*, blubbernden Innereien in heißem Öl und allen Freunden des Vaters, die sich fragten, was der in Gottes Namen in so einem »eingebildeten Nest« wollte. Zum Glück, für Lamarat jedenfalls, wußte der Vater, was er wollte. »Märchenfrauen, die kein Brot backen können, von denen hat kein Mensch was«, und er heiratete eine Frau, die am liebsten Filmstar geworden wäre.

Übrigens sollten die drei Schwestern, die sich so auf das Hochzeitsfest und vor allem auf die Hochzeitsnacht gefreut hatten – »wie groß wird wohl der Fleck sein, welche Farbe wird er haben, und was, wenn der Junge ihn nicht hoch kriegt?« –, das freudige Ereignis nicht miterleben, weil alle drei innerhalb von wenigen Wochen der Reihe nach starben. Batita, mit dreizehn Jahren die jüngste, war die erste: Sie wurde am Dorfbrunnen von einer Schlange in ihre jungfräuliche Achillessehne gebissen, und zwar an dem Tag, als ihre Mutter sie, allen Klagegesängen zum Trotz, zum erstenmal dorthin geschickt hatte. Die zweite, die siebzehnjährige Sulika, tauschte eine Woche später die Zeitlichkeit gegen das Unbestimmte: Sie verletzte ihre Hand an einem Nagel in der Mauer, einem Nagel, der schon seit Jahren, verlegen und unbemerkt, geduldig auf die dicken Finger und die warmen Blutstropfen des jungen Mädchens gewartet hatte. »Jetzt hab' ich dich, eingebildete Schlampe«, hatte der Nagel gesagt; Sulika war die einzige, die es hörte. Es stellte sich heraus, daß der Nagel zu rostig war, sie überlebte die Vergiftung nicht. Die dritte, Minora, neunzehn Lenze jung, die starb einfach so. Lautlos, die Decke über ihren molligen Körper gespannt, mittags, an einem ganz normalen Wochentag, drei Wochen nach dem Tod der zweiten Schwester, zu einer Zeit, da alle in der Gegend sich hingelegt hatten und schnarchten.

Nach so viel Kummer, auch für die Bewohner des Dorfes Touarirt, denn wenn sie auch nicht die schönsten Mädchen der Welt waren, so waren sie schließlich doch »unsere« schönsten Mädchen der Welt, da kam so ein Fest doch wie gerufen, und das wurde dann auch ausgelassen und blitzsauber gefeiert. Einen Fleck gab's aber doch, einen ziemlich großen auf einem ansonsten schneeweißen Laken; die Schwestern wären stolz gewesen.

Bald darauf zog die Mutter nach oben, in das Haus ihres Schwiegervaters, wo sie eine vollkommen andere Welt betrat. Innerhalb weniger Tage gelangte sie zu der für sie bestürzenden Erkenntnis, daß sie in ihrer Jugend eigentlich nur eine verwöhnte Gans gewesen war. Auf einmal, gleich am Morgen nach der Hochzeitsnacht, entdeckte sie, daß das Bett neben ihr leer war. Er ist zum Markt, dachte sie. Und die Schwiegermutter schrie sie an, sie solle als frischgebackene Bewohnerin des Hauses ihres Mannes gefälligst mit anpacken. »Was soll ich denn tun«, sagte die Mutter, kroch aus dem Bett, zog ihre schönsten Kleider an und ging zu ihrer Schwiegermutter, um sich Anweisungen geben zu lassen. Pfannkuchen backen, Wasser holen und sogar ab und zu die Ziegen hüten, das sollte sie machen, und am besten noch viel mehr. Der dogmatische Schleier war mit harter Hand weggerissen worden, und die Wirklichkeit, vor der ihre seligen Schwestern sie immer wieder gewarnt hatten – manchmal meinte sie ihre Worte über dem Haus schweben zu sehen –, verbitterte die Mutter so sehr, daß in ihrem Innern ein Körnchen entstand, das sie von dem Geschwitze und Geschufte erlösen sollte. Dieses Körnchen Willenskraft mußte zu einem Kind werden, das sie von der bäuerlichen Arbeit erlösen sollte. So geht es nicht weiter, dachte sie, und spreizte die Beine während der warmen Flitterwochen noch weiter für ihren Mann – den Trick hatte sie ziemlich schnell raus –, so daß dieser noch tiefer eindringen konnte, so daß noch mehr Samen zurückbleiben konnte und die Chance auf ein rasches, arbeitserleichterndes Kind größer wurde. Wenn Sidi Rabi es will, hatte sie dabei pragmatisch gedacht. Das Wunder geschah dann auch recht bald: Auf den Tag acht Monate später wurde der acht Pfund schwere kleine Lamarat (ein Name, den er erst später bekam) geboren.

Das Kind kam zur Welt, aber alle waren zu sehr mit sich beschäftigt. Der Vater war an diesem Tag in Deutschland, der Opa war dabei, das Getreide zu dreschen, die Oma machte sich auf die Suche nach noch mehr Tüchern, um damit das Blut zu stillen, und die junge Mutter war ein klein wenig enttäuscht, weil das Kind einen Monat zu früh gekommen war, was bedeutete, daß sie einen Monat weniger von ihrer alle Konzentration fordernden Schwangerschaft profitierte. (*Wehe demjenigen, der einer schwangeren Frau etwas abschlägt, unglückliche Kinder sind die Folge!*) Aber es gab mehrere Wege, die dahin führten, nicht arbeiten zu müssen: Sie beschloß, sich soviel wie möglich mit dem Kind zu beschäftigen oder zumindest so zu tun, als wäre sie mit dem Kind beschäftigt, sie würde es endlos wiegen, es so oft wie möglich an die Brust legen, bis ihre Brustwarzen schmerzten, und überhaupt alles mögliche mit dem Menschlein anstellen, solange sie nur vom Pfannkuchenbacken und Wasserholen verschont bliebe. Zum Glück für die Mutter – und auch ein wenig für das Kind – kam es nicht so weit, denn noch ehe sechs Monate vergangen waren, zog sie mit einem neuen Faulpelz (und auch das hatte sie sich so ausgerechnet: einem Mädchen) im Bauch und dem Jungen auf dem Arm in Europas hohen Norden, wo sie es in einem Haus mit Holzfußboden und einer Antenne auf dem Dach ziemlich ruhig angehen lassen konnte. Und sie dachte: endlich! Niemand, der mir aufträgt, Pfannkuchen zu backen, nie wieder Ziegen hüten und kein Gemecker mehr. *'Ollanda*, Mohnsamenland – von der Schwiegermutter immer halsstarrig Deutschland genannt – war also in gewisser Weise auch ihre Rettung.

Mosa war der kleine Bruder von Lamarats Vater. Er war es, den Lamarat nun suchen mußte und der dafür gesorgt hatte, daß in dem Dorf am Meer jetzt alles drunter und drüber ging, der Onkel, der es damals versäumt hatte, Lamarat nachzuwinken, als dieser mit seiner Mutter in den »Westen« zog, weil er zu sehr damit beschäftigt war, sich die Mädchen am Brunnen anzusehen. Mädchen in Sandalen und hochgezogenen Pyjamahosen, Perlen im Haar, Tüchlein um die Haarknoten und immer am Schwatzen & Tratschen. Mosa liebte die Mädchen sehr, auch wenn es kein Mädchen gab, das ihn liebte. Aber vom Gucken wird einem warm, und diese Wärme sucht sich einen Ausweg, und wegen all der körperlichen Reaktionen, die dadurch ausgelöst wurden, und wegen der Geschichten, die die Runde machten, fand er schon in jungen Jahren den Weg nach Melilliaar, Stadt des Shalom, der Frauen und des Gibmir-noch-ein-Glas-Ricard. Er war noch nicht mal zwölf, als er bereits etwas tat, wovon er erst fünf Jahre später wußte, was es eigentlich war.

Nachdem die Kinos und Autobusse aufgekommen waren und man die jüdische Synagoge abgerissen hatte, war in Melilliaar so etwas wie ein Gewerbe entstanden, und die Stadt wurde daraufhin von Leuten überflutet, die davon Gebrauch machen wollten. So auch Mosa, der in Melilliaar allerhand anstellte, aber nicht genau wußte, was. Was er aber sehr wohl wußte, war, daß diese Aktivitäten, denen er sich voller Überzeugung und mit einer nervösen Gier hingegeben hatte, nicht im Rahmen des Erlaubten lagen. Was er tat, war nicht in Ordnung, eine verbotene Frucht, ein Fluch lag darauf, das war was für Erwachsene, kein Kinderspiel, es war *not done*, kurzum: Es war *haram*. Es war *haram*, und das wußte man, weil... weil nie darüber gesprochen wurde, und wenn darüber gesprochen wurde, dann geschah das so leise, daß man es erst recht hören mußte, und dann erfuhr man auch gleich, wo man es machen konnte und für wieviel man es machen konnte und wie oft man es machen konnte, aber vor allem, und dies wurde besonders leise gesagt, daß man es besser nicht machen sollte.

Aber es blieb *haram*, sowohl für die kleinen als auch für die großen Jungs.

»Aber ich bin verdammtnochmal ein Mann, und ich weiß sehr wohl, was ich mit den Mädchen anstelle, also laß mich in Frieden! Und überhaupt, wer sagt, daß es verboten ist, vor der Hochzeit Frauen zu haben, pah, daß ich nicht lache.«

Mosa, der Sohn von Machilar Minar, der seinem Vater jedesmal, wenn er nach Hause kam, erzählt hatte, wie viele er sich um jeden Finger gewickelt hatte, geboren in Touarirt, dem pittoresken Dorf am Meer, war schon in jungen Jahren süchtig nach Frauen geworden. Er war ein flinker Schwätzer bei den Huren, hoffnungslos süchtig nach den Mädchen mit den roten Haaren, den Königinnen der Straße. Keiner wußte, was er dort tat – aber man wußte nie, was ein anderer dort tat –, keiner wußte, daß Mosa, wenn er nach Melilliaar ging, immer einen kleinen Vorrat an Bohnen, Maiskolben und Trauben mitnahm, daß er die Einnahmen daraus von der üblichen linken Hosentasche in die rechte transferierte und daß er, wenn alles verkauft war, das Pferd an einem Baum auf dem Marktplatz festgebunden, schnell hinüberlief, hoppla, zur Bar Lolita, dem Frauenparadies.

Keiner wußte, was er da im Puff machte, aber es mußte wohl irgendwie so was sein wie: Frauen mit Lidschatten und einer heiseren, auf Verführung und *floez* getrimmten Stimme, Männer, die zur Musik von Trommel und Kniegeige tanzen, und das alles umsonst, Laufmaschen in Strumpfhosen, Blicke, die den Laufmaschen und den Härchen, die dort rausgucken, folgen, Tischchen, die sanft schaukeln, Händeschütteln, und schließlich kommt dann so 'ne Person auf ihn zu, setzt sich neben ihn, streichelt seine Hände und wischt ihm den Schweiß von der Stirn – bis zu diesem Augenblick hat Mosa nicht gesprochen, kein Wort, nur zugeschaut –, und wenn er dann nach Touarirt zurückkam und ihn irgendeiner seiner Dorffreunde, der aus den Zwiebelfeldern und Kakteen auftauchte, mit der Frage ansprach: »Wo warst du? Doch nicht etwa wieder fein Ficki-Ficki machen?«, so verstand er es – wer's versteht, braucht nicht mehr als eine einzige Geste –, genau das eine Zeichen zu geben: Er nickte schlicht und einfach, und das bedeutete dann in etwa: Verdammt, ja, ich habe gevögelt! Dann wußten sie sofort: Aha, er ist im »Ruhehaus« gewesen.

Und dann war da noch die, die sehr wohl was zu sagen hatte...! (Die Stimme einer Frau ist entscheidend für ihren Marktwert.) Ihr Name? Alle Namen, die man sich nur ausdenken kann: Nachtschatten, Rosmarin, Pfund Leber,

Nefertiti oder ganz einfach »Nebenfrau«. Sie sagt: »Nun denn, du bist nicht besonders groß, aber klein ist ab und zu auch ganz nett, wieviel Piepen hast du denn in der Tasche, Kleiner?« Dann stehen sie auf und lassen die Hüftschwenker und Dauertrinker zurück, huschen hinaus ins Mittagslicht, hinüber zum Hotel Lolita, in ihr eigenes Anschaffzimmer. Dort sagt sie, während sie Laufmasche nach Laufmasche auszieht und das Geld in eine Klammer steckt: »Leg dich schon mal hin, kannst du nicht sprechen? Du hast dir doch hoffentlich heute morgen die Eier gewaschen, Kleiner? Du hältst dich bestimmt an die rituellen Waschungen, Süßer, oder?«

Und Mosa nickt, ja natürlich, ja hier, ja nein, ja immer, ja, und was wirst du jetzt machen. Liege ich gut, kurz zur Seite rutschen, rauf und runter, was soll das jetzt schon wieder, warum darf ich dich nicht anfassen, wieso ist nicht mal ein Küßchen für mich drin, was sind das denn jetzt schon wieder für Praktiken, Hilfe, ich fliege, das ist schöner als Kühe melken, Schaum und Klebebildchen, weg und ran, rum und näher, *shit*, es kommt, o nein, nicht so schnell, und damit war die Geschichte aus. Was sie mit Mosa gemacht hatte? Das wußte er nicht mehr genau. Eine ganze Menge, hatte Mosa den Eindruck. Sehr wenig, fand sie jedesmal.

Was, wenn Lamarats Vater von Mosas Gang nach Melilliaar gewußt hätte? Hätte er dann zu seinem Kleinen gesagt: »Mosa, gosa, losa: Das ist dein Onkel, schwupp, Ratje, diwupp, dein lieber Onkel, der wird dir in unserem brodelnden, warmen Meer das Schwimmen beibringen«? Hätte er es gewagt, ihm seine Tochter, die von der Bettstatt aus zusah, zur Frau zu geben, sie unter Wert zu verschleudern? Wir wissen es nicht. Aber der Vater sprach von seinem Bruder und kitzelte seinen Sohn, bis er Luftsprünge machte.

Mosa, der sich selbst kitzelte, ungefähr fünf Jahre älter als Lamarat, wuchs umgeben vom Geist seines großen Bruders, Lamarats Vater, auf. Er konnte keinen Spaten in den Boden stecken, keine Zwiebel ausreißen, keinen Esel zum Brunnen von San Antonio treiben, ohne daß ihm zwischen den Häusern und Hügeln jemand begegnete, der ihn fragte: »Na, wie geht es deinem Bruder aus dem Norden, und wann ziehst du zu ihm?« Was soll's, werden Sie jetzt sagen, nicht drauf eingehen, Mosa, mit den Schultern zucken und antworten: »Bestens, alles geht seinen Gang«, sich stoisch bedeckt halten und weitergehen. Aber wie kann man sich einer so großen Aufmerksamkeit entziehen, wenn jeder fragt: »Wann gehst du denn nun in den Norden?« Er hatte doch schließlich einen Bruder dort, jemanden, der ihm zu Geld, zu einem Job verhelfen, ihm die Überfahrt nach Europa ermöglichen konnte – und welch ein Europa! Nicht dieses Spanien, wo die Franco-Hunde einen anspuckten, nicht Frankreich, nicht Deutschland, sondern das allerbeste Europa der Welt: 'Ollanda! Er wäre ein Idiot, wenn er es nicht machen würde. »Aber was gibt es dort, was es hier nicht gibt?« pflegte er diesen Passanten, die er zu seinen besten Freunden zählte, zu antworten. »Wir sterben hier doch nicht vor Hunger? Oder vielleicht doch? Schau dort die Weingärten, die Gemüsepflanzen, Zwiebeln, Möhren, Auberginen und bald auch – leckerlecker – die Maiskolben – und das Wichtigste nicht zu vergessen: Die Kaktusfeigen wachsen hier umsonst; hinter meinem Haus habe ich ein ganzes Feld voll!« »Du redest wirres Zeug und bist stockblind«, sagten die anderen dann. »Hör auf mich: Touarirt stirbt aus«, und sie zeigten ihm mit weit ausladenden Gebärden die Umgebung, von Hügelrücken zu Hügelrücken, und dazwischen die Sonne – wenn ihr jetzt in eure Hände klatscht, Bande von Schaumschlägern, die ihr seid, dann schlagt ihr noch die Sonne aus, dachte Mosa nicht unfreundlich – über den ausgetrockneten Böden, deren Zahl, und das mußte er zugeben, ständig größer wurde. Und die Traubenfelder, die zuwenig einbrachten? Heutzutage baut jeder Obst und Gemüse an, ob er nun in Melilliaar oder in Nadorp wohnt, keinen roten Heller kann man damit noch verdienen. Stimmt es, was sie sagen, oder lasse ich mich zu sehr davon beeindrucken, dachte Mosa bei sich. »Nein, das Geld ist oben bei deinem Bruder, egal wieso und welche Art von Arbeit er dort auch immer hat.« Und so war es jedesmal, wenn er jemandem begegnete, und man müßte schon verrückt sein, gäbe man ihnen nicht auch ein kleines bißchen recht, auch wenn die goldenen Straßen dort oben jedesmal noch so abstrakt beschrieben wurden.

Das war die Zeit, in der Mosa anfing, darüber nachzudenken, ob er nicht Rebekka, die Tochter seines Bruders, die mit ihren Freundinnen in Mohnsamenstadt *Schiffer darf ich überfahren, jajaja* spielte, heiraten sollte.

In vierzig Zügen um die Welt

Lamarat Minar, der nicht wußte, was seine Mutter dazu veranlaßt hatte, ihn in die Welt zu setzen, und welche Beweggründe sein Onkel Mosa hatte, Rebekka zu heiraten, hatte immer ein wenig davon geträumt, in diesem Landstrich zu leben. Wie gut wäre es gewesen, wenn sie dort geblieben wären, zwischen dem feuchten Lehm und den ewigen Sternen am Firmament, Auge in Auge mit Gott, mit all den Tausenden von Göttern, um die womöglich Leben kreist, so schwärmte der Melancholiker, und als er in das Taxi gestiegen war, schmerzte sein Herz noch heftiger, denn ihm wurde bewußt – der Mensch grübelt sich in seinem Leben enorm was zusammen –, daß er nicht nur ein schönes Leben verpaßt hatte, sondern auch ein reiches Leben, voller Ruhm und Ehre.

Was er nicht wußte, dieser Junge, der seinen Vater, seine Mutter, seine Schwester und die anderen Familienangehörigen in dem Feigenbaum- und Kakteenfelddorf zurückgelassen hatte, war, welchen Beruf er hätte erlernen sollen, wenn er mit seiner Mutter in diesem an drei Seiten von Wasser umgebenen Landstrich wohnen geblieben wäre. Lamarat Minar: zehn Zehen, zehn Finger und eine unter den Augenbrauen versteckte Narbe, Überbleibsel einer Spielerei mit Messern in einer Rumpelkammer – dieser mit einer Narbe gekennzeichnete Junge, der aus diesem oder jenem Grund neben dem Taxifahrer Platz genommen hatte, hätte eigentlich ein Mensch-ärgere-dich-nicht-Spieler – nimm den Würfel und geh in vierzig Zügen um die Welt – werden sollen, wenn er in der Gegend wohnen geblieben wäre, wenn er den Pfad des Allmählichen eingeschlagen, wenn er Menschen kennengelernt hätte, wenn er nach dem Besuch der Schule in die Kneipen mitgeschleppt worden wäre. Aber verdammt, nichts von all dem: Seine Mutter hat ihn am Schlafittchen gepackt und ins Flugzeug geschleift. Dieser zufällige Transfer war es, der dafür sorgte, daß er eine reiche und gesegnete Zukunft in diesem Landstrich verpaßte.

Das mit dem Mensch-ärgere-dich-nicht-Spielen war eigentlich schon bei seiner Geburt klar. Seine Oma, die ihm auf die Welt geholfen hatte, sah es, den Mund noch voller Blut, sofort: Das würde der allerbeste Mensch-ärgere-dich-nicht-Spieler werden, den die Gegend je hervorgebracht hatte. Als das zu früh geborene Kind die ersten zwei Wochen hinter sich hatte und, ungeachtet der schwierigen Geburt, noch kein Zeichen des Verfalls zu bemerken war, da sagte die Oma zur Mutter, die allerdings gehofft hatte, das Kind würde ein bißchen schwach sein: »Der Junge hat Glück gehabt, einen Würfel voller Glück; hoffentlich wird er sich auch in Zukunft dieses Wahnsinnsglück ertrotzen.«

Vielleicht, vielleicht, Oma. Aber dann hättest du wohl lauter weinen, kräftiger am Arm deines Sohnes ziehen müssen, als er den kleinen Scheißer abholte. Nur dann wäre der Junge – Lamarat Minar war sein Name –, wenn die Geschichte gut erzählt werden würde, genau jetzt im richtigen Alter, um seinen Siegeszug entlang der Stühle und Tische der vielen Kneipen in der Gegend zu beginnen, und nur dann könnte die Oma mit stolz geschwellter Brust auf sein angeborenes Glück und seine Willensstärke blikken. In diesen Etablissements – ein teurer Name für eine schmutzige Umgebung, ein DIN-A3-großes Poster von Real Madrid an die Wand gepinnt und überall Kürbiskernhülsen auf dem Fußboden; Rumpelkammern mit Minztee – hätte sich Lamarat Minar einen Namen gemacht: in viereckigen, mit Spielbrettern vollgestopften Kabuffs, wie man sie überall findet entlang der kurvigen Asphaltstraße, die sich durch den Landstrich windet wie ein Gartenschlauch durch eine ausgetrocknete Wiese. Eine sich dahinschlängelnde Straße, die der Taxifahrer in den dreizehn Jahren, die er diesen Beruf nun ausübte, ungefähr vierzigtausendmal hin und her gefahren war.

Der Taxifahrer war in seinem Beruf das, was man einen alten Hasen nennt. In fast allen Kneipen entlang der Asphaltstraße war Chalid Blechbüchse-auf-der-Straße schon einmal gewesen; er hatte dort einen Fahrgast abgeholt oder auch mal eine Partie Mensch-ärgere-dich-nicht gespielt, wenn auf der Straße nichts los war.

Mensch-ärgere-dich-nicht wurde in den Kneipen des Landstrichs Iwojen auf einem quadratischen Brett gespielt, das mit einer Glasplatte abgedeckt war, um den Karton vor den nassen und fettigen Fingern zu schützen. Und wenn die Geschichte so verlaufen wäre, wie sie hätte verlaufen sollen, dann wäre Lamarat dazu bestimmt gewesen, in all diesen Kneipen einzukehren, Leute zu begrüßen, sich zu ihnen zu setzen, seinen Blick auf die Figuren zu richten – »nimmst du rot, gelb, blau oder schwarz, Minar?« – und den Würfel rollen zu lassen. Um zu spielen, und vor allem, um gewinnen zu können, eine in manchen Gegenden beinahe verhängnisvolle Eigenschaft. Leider, leider, ein großer Mephisto ist an ihm verlorengegangen, an dem Jungen, der neben dem Taxifahrer saß.

Das war ein unbequemer Platz, weil eine ganze Reihe von Aufgaben an seinem Hirn und seinen Ohren nagten – nie würde aus ihm ein lästiger und unbesiegbarer Athlet des Mensch-ärgere-dich-nicht-Spiels werden.

Kann man Väter haftbar machen? Könnte man seinen biologischen Vater vors Gericht bringen, weil er seinen Nachkommen bestimmte Wege versperrte? Liegt hier ein Fall von Handel mit Insider-Informationen vor? Spielt auch der Vater ab und zu Spielchen? Schließlich war es Lamarats Vater, der diesen möglichen Ambitionen, dieser möglicherweise glänzenden Karriere einen Riegel vorschob. Ein Vater, ein *Padre*, stimmt, woher wissen Sie das: groß, plump, unrasiert, kahl werdend und mit Segelohren; genau der Typ, der während der Trockenlegung der USA in Chicago so große Schwierigkeiten machte. Das einzige, was am charakteristischen Äußeren des Vaters fehlte, waren eine kleine Knarre in der Innentasche und ein Hut auf seinem kahlen Schädel. Dieser Rohling ohne Pistole in der Innentasche würde das Kind, kaum daß es geboren war, den Einflüssen des Landstrichs entreißen und es nach draußen schaffen. Nach 'Ollanda.

Die Abreise von Lamarats Vater in den »Westen« war eine abgemachte Sache. Jeder wußte, daß er fortging; die Taxifahrer der Gegend wußten, daß er ging, die Mensch-ärgere-dich-nicht-Spieler in den Kneipen wußten, daß er ging, und selbst die Kinder, die erst noch geboren werden mußten, wußten, daß er ging. Sie wußten es von ihren Müttern, die in Gruppen von vier, fünf, sechs, sieben oder auch zehn zusammenkamen, am Brunnen, gemeinsam mit ihrem Verbindungsdraht zum Leben: die Esel, die dichtgedrängt dastanden, kauend und auf das Gezwitscher der Frauen horchend, die eine *bombot* genannte Fünfliterolivenölflasche nach der anderen mit dem Gespritze des Brunnens füllten.

»Erzähl, wer geht weg?«

»Lä-lä-lä, ist's möglich, er geht wirklich.«

»Wirklich wahr? Segelohr, der Mann von Jamina, geht?!«

»Dein Segelohr geht weg, Jamina, aber eins sag' ich dir: Sidi Rabi wird ihn führen und ihm alles mögliche schenken.«

»Aber, wenn er geht, Jamina, mein kleines Mädchen, warum, warum?«

»He, mein Mann ist nicht so wie deiner! Meiner pflanzt gerne, er ist ein Rohe-Zwiebeln-mit-Brot-Typ: nicht Worte, sondern Taten.«

Weil die schwangeren Frauen des Landstrichs die feine Angewohnheit hatten, immer und immer wieder beim Brunnen alles ausgiebig miteinander zu erörtern, zu reden, zu quatschen, zu schnattern, zu schwafeln, ständig und pausenlos, und was gab es nicht alles miteinander zu beschwatzen, war möglicherweise ein Teil des ständigen Redens zusammen mit den Plätschergeräuschen des Brunnenwassers sogar bis in die Höhlungen der schwangeren Mutterbäuche durchgedrungen. Und so wußte Lamarat, noch ehe er auch nur den kleinsten Schimmer dieser Welt gesehen hatte, was diese Welt bedeutete: Es geht darum, so viele Fünfliterflaschen mit Brunnenwasser wie möglich in die Eselkörbe zu packen. Und zweitens: Es geht ums Gehen oder Bleiben. Und, mindestens genauso wichtig: die Frage, was der Vater anziehen sollte, wenn er wegfuhr, denn »an den Kleidern, die du anhattest, als du weggingst, können wir sehen, wie es dir geht, wenn du wiederkommst«. Schlau bemerkt und wahr. Die absolute Wahrheit. Der Vater, der an dem Tag, als er abreiste, schon ein zukünftiger Vater war – im Mutterbauch hörte sein Kind den Frauen zu, die vom »Ohrenmann« sprachen und überlegten, was kochen wir heute abend –, reiste also ab, und er tat das in seinen Werktagsklamotten, als wäre er so, wie er war, an einem schlechten Nachmittag in den Zwiebelfeldern des Landstrichs aufgestanden und hätte sich gedacht: Ich mach' jetzt einen kleinen Spaziergang nach Deutschland. »Das ist doch kein Benehmen«, hatte sein Vater ihn angeschrien, »du siehst aus wie ein Landstreicher. Was sollen die Frauen von Touarirt von dir denken!« »Was bedeutet schon Kleidung, was bedeutet es, Marlboro anstatt Casa Sport rauchen zu können? Es ist Zeit für mich zu gehen und damit basta«, hatte der zukünftige Vater gesagt (und gedacht: alter Sack; genauso unverschämt wie Lamarat später, als sein Vater ihn losschickte, um seinen geflüchteten Onkel zu suchen).

Lamarats Vater nahm nichts mit, außer einem kleinen Koffer, und ging von Touarirt fort. Seine Frau, berstend vor jungem Glück und Brechreiz, hatte er auf ungehobelte Weise schwanger zurückgelassen, wie man es in den etwas vornehmeren Gegenden ausdrücken würde. Er küßte sie nicht einmal zum Abschied, sie blieb einfach in der Küche bei ihrer Schwiegermutter.

Der Vater verließ Touarirt zu Fuß, ging am Zuckerberg vorbei zur kurvenreichen Asphaltstraße, wo er ein Taxi anhielt. »Wo willst du hin?« fragte der Taxifahrer. »Nach Deutschland, um leben zu können.«

Und es war ja dann auch ein ziemlicher Genuß, dort im

»Westen«. »Weißt du, wie das damals war«, würde der Vater später sagen, wenn man ihn so ganz nebenbei fragte. »Wir waren bei den weißen Mädels sehr gefragt, weil es, abgesehen von ein paar Italienern und Spaniern, kaum welche von unserer Sorte gab.« Realität war: Der Vater sah sich in den Niederlanden so alleine und ganz auf sich gestellt wie ein ewiger Junggeselle, obwohl er davon ausging, daß sein Aufenthalt dort nur von kurzer Dauer sein würde. (Als er noch an Märchen glaubte, hatte er zur Mutter gesagt: »Schatz, ich werde es so machen: Ich bleibe sechs, acht Monate, nicht länger, bis ich genug Geld habe, um nie mehr einen Spaten in den Boden stecken zu müssen. Ich kaufe eine Kneipe, stelle einige Spielbretter hinein, und das ist dann mein Leben: Tee kochen und ein bißchen Kifkif verkaufen.« Nach diesen Worten hatte er, wie um seine Prahlerei zu beschwören, die Mutter geküßt und kräftig liebgehabt, denn, und das wußte auch Lamarat, es würde anders kommen.)

Er blieb ein Jahr, zwei Jahre, zehn Jahre, und schließlich verkündete er seit zwanzig Jahren bei jeder Fleischmahlzeit, daß dies jetzt das letzte Jahr sein würde: »Ich gehe zurück, endgültig. Weg aus diesem Land von *chelluf* und faulen Bananen.«

Rebekka, Lamarats Schwester (in den Niederlanden zur Gänze erblüht, oh, là, là, und mit dem rabenschwarzen Haar ihrer *madre*) und Lamarat selbst (dicke Nase und Neigung zum Übertreiben) hatten sich bei diesen allabendlichen Monologen-am-runden-Tisch mit Wewe dem Mastodon (alles und jeder stirbt irgendwann aus) in erster Linie altbekannt und klassisch zu verhalten: Mund halten oder verschwinden. Allerdings lief der Fernseher (Bombe hier, Flugzeugentführung da und eines Tages: großes Erdbeben in Mexiko – Kommentar sämtlicher Sportredaktionen in Europa und Umgebung: Fußballweltmeisterschaft in Gefahr), und wenn man nicht der gleichen Meinung war wie die Leute vom Fernsehen: Hau rein, wüte, fluche, beschimpfe sie. Dafür hatte man ja schließlich das Fernsehen. Aber Papa gegenüber: Gib acht und nimm dich in acht. »Ich bin euer Vater, das Alpha und das Omega, damit ihr Bescheid wißt, ich habe euch hierhergebracht, und wenn alles gutgeht, dann werde ich euch auch irgendwann einmal zurückbringen.« Lamarat konnte es bei solchen Witzen, die nicht im Fernsehen gezeigt wurden und die exklusiv für die handverlesene Gesellschaft, bestehend aus Schwester, Bruder und manchmal der Mutter, bestimmt waren, hin und wieder nicht lassen zu grinsen. »Wie zurück, Wewe, wann zurück, *baba*, und sag mir doch mal, wohin zurück, *bebun*?« »Mach dich nur nicht darüber lustig, Junge, mach dich nur nicht darüber lustig, uns wird kaum die Wahl bleiben: Irgendwann wirst du sowieso in dein Vaterland zurückkehren müssen, denn bald... oh, wenn du wüßtest...« »Wie bald, und wann genau? Was müßte ich dann wissen, Wewe?« »Ach, das verstehst du sowieso nicht, Rotzlöffel: der dritte Weltkrieg, zack-bumm, auf einen Schlag alles kaputt, und alle werden aus dem Mülleimer essen müssen, dann ist alles aus und vorbei! Nicht mehr lange, dann bricht hier der dritte Weltkrieg aus, wenn er nicht schon vor der Tür steht, der dritte Weltkrieg.« Der Vater sagte dies so oft und mit solcher Wonne, daß es aussah, als sei er wirklich davon überzeugt. »Was wollt ihr tun, wenn hier die Pest ausbricht? Dann werden wir ja sehen, ob ihr hierbleiben wollt.« Ein Krieg als Knüppel hinter der Tür und sein fruchtbarer Schwanz als

Legitimation für seine Macht. »Tut, was ich euch sage, sonst geht in ganz Europa und in den Niederlanden der Ärger los. Ihr habt nichts zu sagen, weil ihr noch nichts geleistet habt. Wer hat euch geschaffen? Los, raus mit der Sprache, und wage ja nicht zu sagen: Allah.«

Nehmen wir einmal an, nehmen wir einmal an, man hätte es gewagt, nach diesem ranzigen Wortschwall ein Widerwort zu geben: »Wie meinst du das, Pa: nichts geleistet?« »Unglaublich!« hätte er dann ausgerufen. »Da beschimpft dieser Kerl einfach so den eigenen Vater, unglaublich, unglaublich, Sidi Rabi, oh, Sidi Rabi, warum hast du mich mit diesem verdammten Nichtsnutz geschlagen!« Und wie oft kam es nicht vor, daß der Vater, die linke Hand auf dem molligen Knie der Mutter, in der rechten ein geschmortes Lammkotelett, angesichts solch großer Frechheit seiner Kinder aus dem Staunen nicht mehr herauskam. Zum Beispiel wenn Lamarat den Fettrand von seinem Kotelett abmachte und der Vater das sah. Doch es war besser, wenn er es nicht sah, denn wenn er es sah, dann fing er wieder von dem Mülleimer und den Bananen an. »Als ich so alt war wie ihr, da war ich froh, wenn ich mir in Melilliaar eine Bananenschale aus dem Mülleimer fischen konnte! Gib das Fleisch her«, und er riß Lamarat den Fettstreifen aus den Fingern und stopfte ihn sich in den Mund. Und das war auch nicht gelogen: Er ging weg, weil er mehr zu essen haben wollte, mehr sehen wollte, mehr tun wollte. »Die Niederlande sind *haram* – versteht ihr, was ich meine? Als ich hier ankam, wißt ihr, was die Leute uns zu fressen gaben? Schweinefleisch! Jeden Abend bekamen wir Schweinefleisch zu essen. Ich wurde vollgestopft mit Schweinefleisch!«

Vielleicht sollte hier korrigierend erwähnt werden, daß

er nicht in den Niederlanden zum erstenmal Schweinefilet aß, sondern daß dies in Belgien geschah. Er war kaum angekommen, da wurde es ihm auch schon vorgesetzt, in einer kleinen Pension, nicht weit von Kortrijk. Das war Fleisch, über das der Vater Jahre später, und ich rede jetzt wiederum von einem Zeitraum von sechs mal alle Finger einer Hand, mit feuchten Lippen einen glühenden Vortrag halten sollte: »Das war zwar ein verbotenes Schinkenstück, aber dieses verbotene Schinkenstück konnte sich sehen lassen«, einen Vortrag, den er dann und wann – wenn er Appetit bekam und er der Mutter auftrug, schon mal die Kartoffeln zu schälen – wiederholte.

Besonders lange ist er im übrigen nicht in Belgien geblieben; auf der Zeche unter Tage zu arbeiten gefiel ihm ganz und gar nicht – »wenn ich mir die Hände hätte schmutzig machen wollen, dann wäre ich zu Hause geblieben« –, und so flüchtete er in die Niederlande; über Venlo (VVV), Culemborg (Marynen-Kühlschrankfabrik), Utrecht (Reaal) und Amsterdam (Tapetenfabrik Apropos), wo er sich die Ecken und Winkel der Produktionsräume mit Besen und Kehrblech vorknöpfte, kam er schließlich nach Mohnsamenstadt. Das war Mitte der siebziger Jahre, und Lamarat war gerade erst geboren. Daß er ein Kind bekommen hatte und wirklich Vater geworden war, hörte er erst, als er einmal in seine Gegend zurückkehrte und der Taxifahrer, der ihn über die Asphaltstraße von Iwojen chauffierte, ihn fragte, wie es dem Kleinen gehe. »Was Kleiner, wo Kleiner?« fragte der Vater verdutzt. »Der Junge, der wann war das noch geboren wurde, wie lang ist das her, drei Monate oder so.« Ha, dachte der Vater, dann ist er also schon da; das hatte ich komplett vergessen. Aber wenn es ein Junge ist, dann hat sie das gar nicht schlecht gemacht, gar nicht schlecht, meine Jamina, und er fragte, welchen Namen man dem Kind gegeben habe. »Namen? Er hat überhaupt noch keinen Namen; alle warten auf dich, damit du ihm einen Namen gibst.« »Wie heißt du?« fragte der Vater den Taxifahrer. »Ich? Ich heiße Chalid Ben Balla, und mein Vater hieß Moktar und dessen Vater Lamarat«, sagte der Taxifahrer. Daraufhin ließ der Vater das Taxi auf dem kleinen Weg zum Dorf anhalten und bedankte sich bei dem Fahrer. »Dann nenne ich ihn Lamarat, nach dem Namen des Vaters des Vaters eines Taxifahrers«, sagte der Vater zum Abschied. Und so geschah es.

Nach seiner Ankunft im Dorf hatte er schon sehr bald die Nase voll von den Frauengeschichten über durchgebissene Nabelschnüre, von dem sabbernden Kinderkopf und den verlassenen Moscheen. Er packte seine Koffer und verließ die Gegend, aber nicht ehe er, kurz bevor er sich verabschiedete, bekanntgegeben hatte, daß er vorhabe, Frau und Kind so schnell wie möglich zu sich nach Mohnsamenstadt zu holen. Es müsse nun endlich mal vorbei sein mit seinem Junggesellenleben, sagte er zu sich selbst. Jeder Spaß hört irgendwann einmal auf, und er beschloß, den Kneipen, Discos und dem Bier Lebewohl zu sagen.

Diese Überlegungen wurden genau zu der Zeit angestellt, als die Schiffswerft, auf der der Vater die Ecken und Winkel von Öltankern säuberte, pleite ging. »Nun ist es Zeit für den Islam«, sagte er zu jedem, der es hören wollte, und zog zur Moschee (das taten in dieser Zeit der Massenentlassungen Tausende). Wenn er vom gemeinschaftlichen Gebetsraum nach Hause kam, trank er mit seiner Frau Tee, brach mit ihr das Brot und kitzelte den stetig größer werdenden und jedesmal aus dem Etagenbett fallenden Lamarat von oben bis unten, und das war's dann auch. Bis er

Anfang der achtziger Jahre hörte – in der Moschee, in den Kneipen, die er sporadisch besuchte, um Mensch-ärgere-dich-nicht zu spielen, in den Metzgereien und schließlich sogar im Schlaf –: »In Nadorp, da passiert's im Moment, da ist der Boden billig, und Zement und Arbeitskräfte gibt es dort im Überfluß. Haus kaufen, Haus kaufen, Haus kaufen, verstehst du, was ich meine, oder nicht?«

Der Vater hatte etwas Geld beiseite geschafft, auf ein Bankkonto, dessen Auszüge ihm von jenseits der Grenze zugeschickt wurden und die er sofort zerriß und anzündete, nachdem er einen Blick darauf geworfen hatte. »Ordnung muß sein«, lehrte seine Frau, und er zählte nach, wie viele Tage es noch dauerte, bis die Zinsen sein Guthaben so hatten anwachsen lassen, daß er mit dem Bau seines Hauses anfangen konnte.

Und gleichzeitig mit dem Fallen aus dem Etagenbett, mit dem Hin- und Hergehen der Männer zu den Gebetssälen und zurück, mit dem Zerreißen der Kontoauszüge und dem Anwachsen des Geldbergs auf der Habenseite – »Zinsen sind *haram*, *haram* sind Zinsen; aber sei beruhigt, guter Gott, ich werde zur Buße länger fasten, nein, öfter beten, nein, ich werde mein Haus mit fünf Pfeilern ausstatten, um so Gnade für mein teuflisches Zinsnehmen zu erflehen; oder bezeuge ich dem Zinsnehmen so meine Ehrfurcht?« –, gleichzeitig mit all dem geschah es, daß der Vater anfing, mit dem Gedanken zu sympathisieren, Rebekka seinem kleinen Bruder, der in Touarirt sowieso nichts anderes tat, als herumzulungern und zu faulenzen, zur Frau zu geben.

Und es war Chalid, der Taxifahrer, der später zu ihm sagen würde, am Tag, als Lamarat in das Taxi stieg, um seinen

Onkel zu suchen: »Wo willst du hin? Du gehst also doch nach Europa, du armer Idiot! Gut: Du heiratest ein Mädchen, das dich nach 'Ollanda bringen wird, und die Gegend da mag meinetwegen *hek-o-hek*, soso, sein, aber für kein Geld der Welt würde ich in ein Land ziehen, wo die Frau über dich bestimmt und dich mit Füßen tritt

heirate nur, heirate nur,
heirate nur die Tochter Deutschlands,
gib ihr eine Chance,
sich auf deinem Rücken die Füße zu brechen

und dich an der Ampel zurückhält, wenn du bei Rot über die Straße gehen willst, die dich wie einen Idioten behandeln wird... nicht für Gold, guter Mann, nicht für alles Gold der Welt, verstehst du, was ich meine, oder nicht.« »Aber sie ist eine gute Frau«, hatte Mosa zu Chalid gesagt, und: »Sie ist eine Verwandte.« »Geh du nur nach Deutschland oder wohin auch immer, verstehst du, was ich meine, oder nicht, und auch wenn sie ein Engel ist und in der Familie die Beste der Besten: Wenn sie erst einmal dort ist, wo sie hingehört, dann wird sie zum Teufel; diese Sorte Mädchen kennt weder Familie noch Abstammung, sie wird dich behandeln, als wärest du ihr Sklave.«

Das waren harte Worte. Dann fängt man doch an, anders über die Beweggründe seiner Freunde zu denken. So bist du also, Chalid, und so seid ihr alle, hatte sich der Onkel gedacht. Erst wünscht ihr mir Glück und küßt mich auf Wangen und Stirn, aber wenn ihr mit dem Küssen fertig seid, dann kommt euer wahrer Charakter wie Geifer zum Vorschein: Heuchler, die unschuldige Menschen in die Falle locken. Und es stimmte: Es gab niemanden, der ihn noch beneidete. Nachdem er ein Jahr vor seiner Abreise verkündet hatte, daß auch er nun endlich weggehen würde, da erhoben sich sofort einige seiner Freunde und sagten: »Wie kannst du nur so blöd sein: Wenn du nach 'Ollanda gehst, dann mußt du als Junggeselle gehen; dann lassen sie dich wenigstens in Ruhe. Frei sein, verstehst du. Du willst also glücklich verheiratet sein. Sagst du, denkst du. Du wirst schon sehen: Das Mädchen wird dir keine Ruhe lassen, und dein dicker Bruder, der wird auf deinem Rücken hocken; dann gibt es keine Rettung mehr für dich... Das haben wir doch schon tausendmal gesagt, oder hast du unsere Worte vergessen: Entweder du gehst allein, oder du bleibst schön hier in deiner Heimat. Übrigens, da wir gerade über die Landwirtschaft reden: In Melilliaar wird ein guter Preis für Trauben bezahlt, und die Stecklinge entwickeln sich gut...«

Türchen auf, Türchen zu

Es war schon ironisch, aber an dem Tag, als Mosa vor seiner Hochzeit weglief, gediehen die Reben nicht gerade prächtig. Alles, was wuchs und mit seinen kostbaren Körpern aus dem Boden ragte, war verdorrt; alles, bis zur letzten Traube von der Größe einer Rosine. Aber die Hitze, und damit die ökonomische Katastrophe, die sie für Touarirt und Umgebung bedeutete, spürte Mosa an diesem Tag nicht. Er wollte irgendwo anders sein, weit weg von all dem Trara, das sich um ihn herum abspielte. Also faßte er den Entschluß, sich unsichtbar zu machen, und schlich sich fort aus dem Brautgemach, durch das Kakteenfeld und die ausgetrockneten kleinen Bäche zum Dorf hinaus in Richtung des einzigen Ortes, wo er hinkonnte, ohne mit Fragen bombardiert zu werden.

Alle in dem Landstrich und in Nadorp außer den Familien von Braut und Bräutigam wußten, wohin Mosa gegangen war. Mosa, der Geile, der Draufgänger, der Ersatzspieler, der Tempomacher, der Aussätzige – noch ein paar solcher Spitznamen, und ich könnte ein Geschäft damit eröffnen –, war zu seinem Lieblingsschmuseplatz gegangen, um von seiner Lieblingsschmusefrau Abschied zu nehmen.

»Chatischa, liebste Chatischa«, sagte Mosa der Romantiker, »du weißt, ich werde weit weggehen und lange dort bleiben, aber vergessen werde ich dich nie.« Scheiße, dachte Mosa der Heuchlerische mit einem Kloß im Hals, irgendwie klangen ihm seine Worte merkwürdig in den Ohren. Ist dir klar, was hier passiert, überlegte er, meine Stimme brennt mit meinem verdammten Herz durch; ich weiß nicht einmal mehr, was ich sage. Und warum bin ich überhaupt in dieser Kneipe und nicht auf meiner Hochzeit? Du Arsch, du sollst heiraten, aber statt dessen hockst du hier bei diesem Flittchen. »Komm mit«, sagte Mosa, »wir wollen es noch ein letztes Mal miteinander treiben.«

Und Lamarat Minar, der ganz in der Nähe vorbeiging und sah, wie sie nach draußen kamen, geriet ein wenig in Verwirrung (fremde Frauen wirkten befremdend auf sein Gemüt), und er dachte etwas, das ich jetzt auch denke: Diese Geschichte müßte eigentlich in einem Haus spielen. Ein Haus, von oben bis unten vollgestopft mit Puppen. Das würde mir besser in den Kram passen (und auch meinem Vater); dann müßte ich meine Geschichte nicht unnötig verkomplizieren. Männerpuppen und Frauenpuppen, jede mit einer eigenen Farbe und jede mit ihrer eigenen klaren, deutlich abgegrenzten Symbolik. Dann verstünden Lamarat und ich zumindest, woran wir sind – und die Mutter vielleicht auch ein bißchen und das liebe Schwesterchen sowieso... Dann könnte der Zuschauer, wenn er das Puppenhaus vor Augen hätte, viel besser sehen, was wirklich passiert, und ihm fiele auf, daß alle Symbolik, die in der Regel in den Puppen versteckt ist, in dieser Geschichte fehlt. Aber da ist kein Puppenhaus – der Junge bekam nie Spielsachen von seinem Vater (außer einmal, zum Geburtstag: eine Torte, die er aufessen durfte; Nahrungsmittel sind wichtige Spielsachen).

Statt eines Puppenhauses steht uns zur Verfügung: ein junger Mann mit einem schrecklichen Namen, der in ein Taxi – für den Moment eine Art Minipuppenhaus – gestiegen ist und der einen Auftrag hat, einen Suchauftrag, und vielleicht wird dadurch einiges klar.

(Als der Junge im »Westen« ankam, als er in den Westen dieses Landes zog und im Westen einer Stadt wohnte, da besuchte er einen Kindergarten, und mit diesem Kindergarten besuchte er einige Male im Jahr einen Zoo; der Tierpark Blijdorp lag in der Nähe des Kindergartens. Unterwegs sangen die Kinder, und singen Sie doch ruhig mit:

Nun sind wir gleich da
Nun sind wir gleich da
Ja, wir sind schon ganz schön nah
Hopsasa

und das Ganze noch einmal, bis sie angekommen waren. Im Tierpark durften sie sich dann all die merkwürdigen Wesen mit spitzen Ohren, langen Hälsen und mahlenden Mäulern, die Wasserbüffel, angucken. Ein paar Jahre später sollte der Junge wieder diesen Tierpark besuchen, nun aber mit einem Suchauftrag.

– Such die Giraffe: Welche Farbe hat sie?
– Such den Wasserbüffel: Was für eine Bewegung macht er mit seinem Maul?
– Such den Pinguin: Wie sieht sein Fell aus? Glänzend/matt/struppig.

Einmal unterwegs zu seinem Onkel, fühlte er erneut, wie sich in ihm das Bedürfnis nach einem solchen Aufgabenblatt regte.)

Aber suchen? Wonach? Wen suchen, wo suchen? Nach einer bestimmten Person, die an dem Tag, als der Mercedes 240 D mit dem Jungen als Passagier die Schnellstraße hinaufbrummte, für vermißt erklärt wurde. Es sei denn, der Junge würde sie finden. Falls der Junge seinen Onkel finden sollte.

Der Onkel hatte genau die gleichen Segelohren wie sein Bruder, nur konnte er mit ihnen besser hören. Aber weniger verstehen, so schien es. Denn: wer geht denn am Abend einer Hochzeit – der eigenen Hochzeit wohlgemerkt –, an dem Tag also, an dem von einem Mann erwartet wird, daß er seinen Gängen zu den Mensch-ärgere-dich-nicht-Tischen ein Ende macht, zu den Tischen, an denen er immer gegen den Lahmen verlor?

In einem Haus wurde ein Fest gegeben, überall standen Flaschen und Gläser mit Tee, die den Gästen vom Bräutigam spendiert und von dessen Bruder bezahlt wurden, überall gab es Fleisch mit sehr viel Soße, spendiert von dem Mann, der dank seiner Frau (aus dem »Westen« und schön wie ein seeländisches Mädchen mit dunklem Haar) auch in den »Westen« ziehen durfte. Ein Fest in einer quadratischen Wohnung mit einem Loch in der Mitte, in einem kleinen Dorf am Meer, das nur um Haaresbreite nicht vom Rand des Landstrichs gekippt war. Das lange Warten hatte ein Ende, so empfand es der Junge. Und wer reißt sich schon in einem solchen Moment die eigenen Ohren ab? Der zukünftige Bräutigam, der Onkel des Jungen, der um soundsoviel nach soundsoviel in das Taxi gestiegen war. Und der Junge durfte sich auf die Suche machen, im Tierpark seines Herkunftslandes. Gegen seinen Willen war er in das Taxi gestiegen: Er wollte nicht weg. Wo sollte er suchen? Selber schuld, sagt man im Westen, dachte der

Junge. Benimm dich normal, dann bist du schon verrückt genug, fügte er in Gedanken noch hinzu, und er hatte gerade beschlossen, nicht auf die Suche zu gehen, als der Vater hinter dem Haus, unmittelbar vor dem tiefer gelegenen Kakteenfeld – das mit dem Brot und den rohen Zwiebeln –, Lamarat befahl: »Geh und such deinen Onkel.«

Niemals würde Lamarat den Ton vergessen, in dem diese Worte gesprochen wurden: unterwürfig, fast flehend, als wäre er vollkommen außer sich, aber nicht auf angenehme Art; Worte, in denen die Angst vor einer persönlichen Blamage mitschwang und die den Vater fast k.o. schlugen. (Jetzt muß ich also mal eben den Vater spielen, dachte Lamarat.) »Es ist noch früh, und wenn er vor dem Abend wieder hier ist, kann noch alles gut werden. Geh, bitte«, sagte der Vater mit den großen Ohren und dem Mafiagesicht. »Nein, ich gehe nicht«, antwortete Lamarat resolut, der, Gott sei Dank, die Ohren seiner Mutter und (weniger gut) den Verstand seines Vaters geerbt hatte: »Dreimal nein, ich bleibe gemütlich hier sitzen.«

Weniger als eine Stunde später, im Ledersitz eines Taxis, das über die kurvige Asphaltstraße fuhr, wurde Lamarat klar, daß er einen Moment lang geistig verwirrt gewesen sein mußte. Wo war ich mit meinem Verstand, als ich einwilligte, doch zu gehen? Ich habe wie ein tollwütiger Hund reagiert. Hat er mich angefaßt? Zog er an meinem Ohr? Prophezeite er mir Hölle und Verdammnis für den Fall, daß ich nicht das tun würde, was er mir hastig auftrug? Nichts von alledem. Er hätte mit allem möglichen drohen können, aber ich hätte den verlorengegangenen Onkel nicht zu suchen brauchen. Und jetzt sitze ich hier in einem Taxi, in einem Auto, und wer kann mir in Gottes Namen sagen, wo ich hin muß. Wie hat dieser Neppmacho das geschafft?

»Fahr zuerst zu deinem Vetter in Nadorp«, hatte der Neppmacho gesagt, »und dann versuchst du es bei Ammunier, dem Lahmen. Erkundige dich bei den Ständen mit Süßigkeiten nach ihm, bei den Taxifahrern, bei den Frauen ohne Kopftuch, vielleicht kennen sie ihn. Auf jeden Fall aber: Tu was.« Und dann war Lamarat eben gegangen. In seinem Kopf kreiste zu diesem Zeitpunkt bereits das leise Ticken, das langsam zu dem Fahrer durchdrang: Pup-pen-haus, Pup-pen-haus. Und in Chalids Kopf fing es auch an zu ticken. Es klang wie Tickticktick und ein bißchen Puppenhaus, Tickticktick und noch ein bißchen mehr Puppenhaus. Und was tut man in solchen Momenten, wenn man unterwegs ist, wenn man nicht weiß, wo man hin muß, wenn man das Gefühl hat, ein Schwert hinge über dem eigenen Kopf, das ohne Zögern fallen würde? Dann redet man so, wie die faule Mutter auch immer redete. Dann sagt man einfach was, egal was. Mit wem redet man? Mit einer Wand, einem Lederball, einer Schreibmaschine oder, wenn all diese Dinge nicht da sind: mit einem Taxifahrer. Spontan, von sich aus, ungefragt: so erzählte Lamarat Chalid, was ihm, seinem Vater und auch ein wenig seiner Mutter, am meisten von allen aber der angeblichen zukünftigen Frau Mosas passiert war. Und wer kann das Erstaunen des Jungen und des Taxifahrers beschreiben, das sich schon sehr bald, nachdem sie losgefahren waren, einstellte: Er schien den Onkel zu kennen! »Einer meiner besten Freunde; wir gingen zusammen ans Meer« – und zu den Mädchen, aber das erzählte er erst, als sie sich von ihrem wechselseitigen Staunen erholt hatten –, »und ich hab' ihn heute noch gesehen...«

»Wann?« fuhr Lamarat von seinem Sitz auf.

»Ich glaub', heute morgen.«

»Wann genau?« Lamarat hätte Chalid am liebsten die Zunge herausgerissen, in der Erwartung, die Antwort würde darauf abgedruckt sein...

»Weiß ich nicht, mein Junge, auf jeden Fall aber, bevor die Sonne am Himmel festrostete. Verflucht, ist dir auch so heiß?«

»Wohin genau hast du ihn eigentlich gefahren?«

»Bis in das Grenzdorf, das kennst du doch bestimmt? Bis nach F., wo die ganzen Afrikaner sind.«

»Und wohin ist Mosa dann gegangen? Erzähl, schnell!«

»Das weiß ich nicht, Junge, Mosa ist kein großer Redner, weißt du, seine Qualitäten liegen woanders...« (Für einen Moment war es still.) »Überhaupt, ganz schön verrückt, daß du sein Neffe bist und jetzt hier neben mir sitzt«, und dabei hatte er die Augen verdreht. Verdammt, scheeläugig ist er auch noch.

Natürlich verrückt, natürlich verrückt, verrückter noch als verrückt, aber die wirklich verrückten Sachen, die sollten erst noch passieren. Eigentlich hätte diese Geschichte anhand von Puppen in einem Puppenhaus erzählt werden müssen.

Aber wir wollen am Anfang beginnen und von dem Aufstieg den Zuckerberg hinauf erzählen.

Der Mann, der aus seinen Streichhölzern eine Rakete machte

Es begann an einem Morgen, oder besser, an einem späten Morgen, so gegen zwölf Uhr, um genau zu sein. Es begann in dem Moment, als die Sonne, als wäre sie mit einer Schleuder hinaufkatapultiert worden, mit einem Fluch und einem Seufzer zum höchsten Punkt des Himmels gestiegen war und nicht willens schien, diesen Punkt in nächster Zeit wieder zu verlassen. Es begann in dem Moment, als zwischen den Blättern Wesen – oder bildete sich Lamarat das nur ein? – zu flüstern anfingen, zu reden anfingen, über die Hitze und deren Quelle, die noch nie ausgeblieben war, in dem Moment, als die Eidechsen aus ihren Höhlen und Spalten zum Vorschein kamen und sich auf die Steine legten, ohne daß jemand sie bemerkte.

Das Verschwinden des Bräutigams ausgerechnet an diesem glühendheißen Tag kam wie aus dem Nichts, zu einer Stunde, als die Hitze in dem Landstrich so groß geworden war, daß der Bambus, der sich in die ausgetrockneten Wassergräben geschmiegt hatte, verdorrte. »Unglaublich«, sagte Lamarats Opa während der Hochzeit zu den Gästen des Hauses, noch nicht wissend, daß sein Sohn verschwunden war und sein Enkel den Auftrag bekommen hatte, ihn zu suchen. »Meine Herren, stellen Sie sich vor: Nicht nur die Trauben sind verdorrt, sondern auch das

Schilf vertrocknet vollkommen. Wer jetzt nach draußen geht, der ist nicht ganz dicht.«

Einer der wenigen Menschen in dieser Gegend, einer, der an diesem Tag sowohl etwas vom mysteriösen Verschwinden des Onkels als auch von der brüllenden Hitze, die sich über die Landschaft breitete, mitbekommen hatte, war ein achtundfünfzigjähriger Taxifahrer, der auf der kurvigen Asphaltstraße seiner täglichen Arbeit nachging und durch die Gegend fuhr, die von den Bewohnern der Küste und der Hügel Iwojen genannt wurde.

Stellen wir uns Iwojen als eine Gegend vor, in der es nichts zu holen gibt; nein, wirklich absolut nichts. Oder muß ich versuchen, Sie davon zu überzeugen, indem ich von der Sonne rede, die alles verdorren läßt, die allabendlich ins Meer hinabsinkt, sich mit Wasser vollsaugt und so groß wird, daß Lamarat immer Angst hatte, sie würde zerplatzen? Oder muß ich von der großen Hügelwand erzählen, die aussieht wie eine Schultafel, allerdings eine mit tiefen Unebenheiten, die sich wie eine Trennwand zur dumpfen Außenwelt an Touarirt entlangzieht? Oder soll ich von all den Lehmböden erzählen, geädert mit diesen großen Rissen, Verstecke für niemanden außer Luft und Sonne? Vielleicht sollte ich besser vom Friedhof des Dorfes erzählen, Sidi Gelush, wo einst, so Gott will, der Vater begraben zu werden hoffte. Von dem grünen Delta vielleicht, dieser kleinen Vagina, in der alles wächst, wovon die Menschen sich ernähren: Kartoffeln, Tomaten, Zwiebeln – lecker zusammen mit dem Fleisch der Lämmer, von denen ein paar in jedermanns Schafstall blöken? Oder sollte ich erzählen, daß seit der Hochzeit absolut niemand mehr in dem Dorf wohnt?

»Früher, ja«, würde Opa sagen, »als es die Kinos noch

nicht gab«, aber jetzt sind alle weg, so weit das Auge reicht, kein Mensch zu entdecken, kein Lebenszeichen. Außer an jenem dreizehnten Juli, als ein Haus in Touarirt vollgestopft war mit Töpfen, Pfannen und Menschen, das Haus, in dem Lamarat geboren wurde, in dem Mosa geboren wurde. In diesem Haus, in einem ansonsten völlig verlassenen Dorf, wollte der Bräutigam sein Bräutchen heiraten.

Warum denn ausgerechnet da, lieber Onkel mit der großen Nase und den spindeldürren Beinen, lieber Onkel mit all den Scherzen und Schrullen? Warum wolltest du so gerne in das verlassene Tal, um es einmal prosaisch auszudrücken? »Nun, ähm... na ja, ähm... weil die andere Möglichkeit, das Hochzeitsfest zu feiern, im Haus deines Vaters, drüben in Nadorp, um ehrlich zu sein, nicht nach meinem Herzen ist. Dort habe ich nichts mehr, aber auch ganz und gar nichts mehr zu suchen.« Andererseits aber, und das wußten Leute wie Chalid und andere Passanten nur allzu gut, gab es in Nadorp einige, die ihn aus diesem oder jenem Grund suchten: »He, Mosa Amesian, he, Kleiner, wo bleibt das Geld für die Zigaretten, das du den Sonnenblumenkernverkäufern versprochen hast, und das für die Kneipen, in denen du noch offene Rechnungen hast, und vor allem das Geld für die Mädchen – Turia, Malika, Mirian, Sulika, Bahina, Darifa und nicht zuletzt Chatischa, vor allem für Chatischa, der du dieses und jenes und noch viel mehr versprochen hast, ein goldenes Armband und ein Paar Ohrringe? Aber wir haben dich durchschaut, du Schmarotzer, du hast allen Hoffnungen gemacht, du hast warme Luft verteilt, kübelweise, aber glaub bloß nicht, daß die Mädchen, die du unbedingt aus Melilliaar nach Nadorp holen mußtest, um sie herumzuzeigen, und wir, die Kneipenbesitzer, die Sonnenblumenkernverkäufer, das alles vergessen haben. Bist du deshalb weggegangen, lieber Onkel, sag mal ehrlich. Weil du Angst hattest vor dem Mädchen mit den langen Wimpern oder dem mit den abgebrochenen Nägeln oder dem mit der goldenen Tasche? Sie, die dir so viel gaben, die du aber dennoch nicht zu deiner Hochzeit eingeladen hast? Mädchen, denen du mehr Geheimnisse erzählt hast, als du deiner Frau je enthüllen wirst? Hattest du vielleicht Angst, sie könnten deine Hochzeit stören, wenn sie herausbekämen, daß du dir künftig nur noch ein Mädchen halten wirst? Ach, übrigens, nur ganz nebenbei: Du bist doch sicher mal beim Arzt gewesen wegen, du weißt schon, einer möglichen Infektion deines Anhängsels, oder? Du kannst natürlich unmöglich deiner sogenannten Allerersten und Allerletzten die Bakterien des Harems aufhalsen, der in Nadorp virtuell anwesend war…«

Ein ganzer Wust von Argumenten und Verwünschungen, tja, was soll man darauf antworten: Der Onkel würde nichts mehr sagen, wenn all diese unausgesprochenen Beschuldigungen, in denen auf diese oder jene Weise ja tatsächlich nicht nur ein Körnchen Wahrheit steckte, auch tatsächlich in aller Öffentlichkeit gegen ihn ausgesprochen würden. Unangenehm wäre das, verdammt unangenehm. In seinem Kopf würde es anfangen zu ticken und zu rotieren, er könnte nicht mehr schlafen. Aber Gott sei Dank kennen die Leute, die alles wissen, die lokalen Sitten. Denn es ist doch phantastisch, daß es so etwas wie unausgesprochene Konventionen gibt. Winzige Regeln, Gemurmel, Brauch hier und Sitte da (wer es weiß, darf es sagen, woher sie stammen), die von den Leuten in allen Ritzen und Spalten rund ums Haus, in den stillen und schweigsamen Winkeln und Säulen eingebaut sind.

Irgendwann einmal wird sich jemand erheben – der Seher, der Allmächtige, der Ungläubige? – und sich sofort danach wieder setzen – der Blinde, der Verkrampfte, der Demagoge –, der voller Willenskraft rufen wird: »Halt! Und wer sich diesen Schuh anzieht, der ziehe ihn sofort wieder aus, denn ich bin derjenige, der die in Beton verpackten Regeln hier und Konventionen da, die in den Häusern versteckten Sammelsurien sucht. Wetten, daß ich sie finde?« Und er wird sich auf die Suche begeben, und es ist zappenduster – denn der Strom ist ausgerechnet in diesem Moment ausgefallen –, zunächst mit einem Streichholz, mach nur ruhig, denn so wird nie was draus, dann mit einem Feuerzeug, gut so, schon besser, anschließend mit einer Taschenlampe, nur weiter so, gleich hast du's, und schließlich wird er sich einen Laternenpfahl zwischen die Beine klemmen und suchen. Erst jetzt hast du's, tüchtiger Junge, weitersuchen, in allen Ecken und Winkeln, und hüte dich vor den Kakerlaken. Und finden wird er absolut nichts. »Dem Himmel sei Dank«, keucht er dann, der Mann aus Alcatraz, der sich im Dunkeln verbarg, »wie gut, daß ich entkommen bin. Dann werde ich, Mosa, zumindest dadurch beschützt. Dann bleibt in meinem Haus zumindest alles tipptopp in Ordnung.« Und um deutlich zu machen, daß jemand wie er genau weiß, wann das Licht eingeschaltet sein darf und wann nicht, veranstaltet er Hochzeiten auf dem Land. Fleisch und Milch, Stadt und Land, Hure und Frau muß man auseinanderhalten, denn alles andere wäre nicht koscher. So lebt man sicher, gemütlich, in geschlossener Gesellschaft und nur mit Intimi. Und Geschenke kriegt man obendrein.

Vielleicht war Chalid, »er, der alles weiß«, deshalb nicht eingeladen, dieser Einsiedler des Asphalts und, erst angenehm, jetzt aber lästig, fluktuierendes Ohr von Tausenden von Männern, die kommen und aus Touarirt wieder weggehen und wiederkehren werden, um stillschweigend ihren Platz im Familiengrab am Fuße des Dorfes einzufordern, dem Zirkelchen am Fuße des Zuckerbergs, eines Zuckerbergs aus tausend mal tausend Zuckerbergen.

Zuckerberg hieß der Berg, weil die Wand, die in einer Spitze endete, von weitem gesehen einem Zuckerbrot sehr ähnlich war. Diese Assoziation kam nicht von ungefähr. Keine fünfhundert Meter vom Zuckerberg entfernt, in einem quadratischen Haus, waren an dem Tag, als der Bambus verdorrte, genau wie am Tag zuvor, Frauen und einige wenige Männer vollauf damit beschäftigt gewesen, Dutzende Zuckerbrote in ein Geschirrtuch (Made in Taiwan) zu wickeln und mit einem kleinen Hammer (Made in Germany) darauf zu klopfen; mit genau so einem Hammer, mit dem man auch den Nagel für eine Wanduhr in die Wand schlägt. Dieses Einwickeln in Tücher und das Geklopfe mit Hämmern auf schneeweiße Zuckerbrote fand im Rahmen einer dreitägigen Hochzeitsfeier statt, die in dem Haus veranstaltet wurde, das knapp vierhundertfünfundachtzig Meter von dem steilen Weg entfernt lag.

Wie sagte Mosa zum Vater: »Das ist leicht gesagt, großer Bruder: Du sparst Geld, und ich kann auf schöne Weise von all dem Abschied nehmen, was mir lieb und teuer ist. Touarirt, kleines Dorf am Meer, verstehst du, was ich meine, oder nicht? Was habe ich, ein auf dem Acker groß gewordener Junge, noch in Nadorp zu suchen, in dieser Stadt von Proleten, die ihr seid, von raufgefallenen Patriziern, ja, du verstehst mich recht: Parvenüs, das seid ihr, und ziemlich dämliche noch dazu! Ich habe für dich mein Bestes gegeben, Bruder, für dein Haus, und der einzige

Gefallen, um den ich dich bitte, ist der: Mein Mädchen feiert die Hochzeitsnacht gemeinsam mit mir in dem Haus am Meer.«

Ganz nebenbei bat Mosa auch um Hilfe, später, drüben in 'Ollanda, »ausreichend Hilfe, damit ich mich und mein prächtiges Mädel bei euch drüben – am liebsten würde ich ja in eurer Nachbarschaft wohnen – über Wasser halten kann«. »Nein, Bruder, du kannst mir glauben: Ich werde denen da drüben schon zeigen, was eine Harke ist.« (Tatsache ist, daß der Onkel, nicht lange, nachdem er über einen Umweg schließlich doch im Norden gelandet war, hier und da schmutzige Jobs erledigte, daß er sich von seinen Einkünften einen Wagen kaufte und anfing, Ausflüge nach Frankreich und wieder zurück zu machen, daß er so lange Geld zusammensparte, bis er genug hatte, um davon eine Imbißbude zu kaufen, und daß er sich nicht lange danach von dem Geld ein Apartment in Melilliaar zulegte und auch tatsächlich dahin zurückging, wo er hergekommen war. Eines Mittags konnte man beobachten, wie er sabbernd an den Autos, die am Straßenrand geparkt waren, entlangging und dabei mindestens dreihundertmal das Wort NEW YORK vor sich hin buchstabierte. Neulich habe ich gehört, aber das war bereits ein paar Jahre später, daß er in eine Anstalt eingewiesen wurde. Ehemalige Freunde, die inzwischen auch kurz vorm Durchdrehen stehen, haben ihn besucht und verflucht, und wenn sie wiederkommen, murmeln sie: »Er kriegt nichts anderes raus als die Buchstaben N-E-W-Y-O-R-K, unglaublich, pausenlos, Tag und Nacht, sagen die Ärzte.«)

Schließlich dann, nach langem Betteln und Beratschlagen, erklärte sich der Bruder einverstanden, ungeachtet der vielen Einwände seiner Frau, die das alles für einen ziemlichen Skandal hielt. »Hör gut zu, Brüderchen, was du tust, ist nur *hek-o-hek*. Niemand wünscht sich eine Hochzeit am Meer, das weiß ich ganz genau, und daß das Ganze nur soso ist, das weiß ich auch.« Ein wahres Wort sprach der Vater da. Er sagte *»hek-o-hek«*, und jeder in der Gegend würde sofort verstehen, was er damit meinte. Eines der auffallendsten Merkmale dieser Region ist, daß dort immer alles *hek-o-hek* ist; so bezeichnete der Taxifahrer es, wenn er in den Kneipen mal nicht zu bremsen war, wenn auch er gegen den Lahmen verloren hatte, der zunehmend besser spielte – und dessen Hand langsam die Form eines Würfels annahm (an den Fingern hatten sich durch Abnutzung kleine Rechtecke gebildet) –, dann fuhr Chalid schon mal aus der Haut, vor allem nach dem zweiten Zug an seinem dritten Wunderkraut, und dann riefen alle, wann er endlich in Gottes Namen einen anderen Wagen kaufen wolle, »denn der Mercedes, wenn wir ehrlich sind, diese Blechbüchse auf der Straße, klappert doch an allen Ecken«.

»Ich bestimme, wann und was ich kaufe, und überhaupt, ihr verdient gar kein anderes Taxi als meine Klapperkiste, wirklich nicht, niemand hier verdient etwas Besseres, denn wißt ihr, was ihr seid: Ihr seid nur soso. Sogar einen Lahmen zu besiegen ist für euch schon zuviel. Ihr seid zu blöd, um den Unterschied zu erkennen, zwischen egal was…«

»Soso, sieh da, Zorbo, Zorro, Zombie«, lispelte Chalid den Rest des Abends vor sich hin. Das Wörtchen »soso« bedeutete für Chalid in etwa: alles oder nichts.

Im Sommer lag die Temperatur im Landstrich Iwojen tagsüber selten unter dreißig Grad. Und im Winter schien es, als wollten die Wolken mit ihren Sturzregen in die Erde einziehen und dort nie wieder raus wollen.

»Verstehst du, was ich meine, Lahmer; alles oder nichts, darum geht es hier, die Leute hier wollen entweder alles, oder sie wollen absolut nichts.« Und er sagte das immer öfter, zu all seinen Freunden, die weggingen. Der eine suchte sein Heil im Fischfang, der andere zog in den Norden, und der dritte ging einfach weg. Der Befahrer der kurvigen Asphaltstraße war nicht der einzige Autofahrer in der Gegend; aber er war wohl der einzige, der in Iwojen geboren worden war. Er kannte die Leute, sowohl ihre Vor- als auch ihre Nach- und Spitznamen. »Die Menschen, die hier leben, sind eine merkwürdige Sorte«, sagte Chalid, »total bekloppt. Sagt man zu ihnen: Kartoffeln, dann sagen sie: nein, Bohnen, sagt man: Bohnen, dann antworten sie: Zwiebeln; es ist nicht zu fassen.« Aber er war von ihnen abhängig, und deshalb hielt er den Mund. Chalid fuhr die Menschen aus Iwojen für fünf Dirham pro Nase nicht weiter als bis zum Grenzort F. Genau bis dorthin, denn nur bis dort war seine Lizenz gültig; in F. mußten die Leute aussteigen, und er wendete das Taxi, machte den Motor aus und wartete, bis sein Wagen sich wieder mit Passagieren gefüllt hatte, die zurück nach Iwojen wollten.

F. war jahrzehntelang ein Grenzdorf gewesen und in kaum zwei Jahren zu einer kleinen Stadt angewachsen, mit Schulgebäuden, Kneipen und allem. Die Grenzstadt bot Zugang zur Kronkolonie Melilliaar, einer kleinen Enklave voller Spanier, die kein Marokkanisch sprechen konnten und wollten, und Marokkanern, die nur Spanisch sprechen wollten. Ungefähr zehn Kilometer von der Stadt Melilliaar entfernt lag Nadorp, eine kleine Immigrantenstadt, zugebaut mit Wohnungen, Wohnungen und noch mal Wohnungen und dazwischen versteckt Fotogeschäfte, Möbelschreinereien, Gemischtwarenhändler und Hähnchenschlachtereien. Das Gros der Leute aus den Gegenden um Nadorp, die in den »Westen« gegangen waren, ließ mit seinen Francs, Peseten, schwedischen Kronen oder harten Gulden – denn die Zinsen waren niedrig, und das hatte einen günstigen Einfluß auf den Wechselkurs – seine Häuser in Nadorp bauen. Und so kam es, daß so viele Leute, und namentlich die Händler, über die autochthonen Immigranten klagten. »Sie sind arrogant, großkotzig, hektisch, und so könnte man fortfahren. Ich kann sie nicht leiden, wirklich nicht«, sagte der Vetter von Lamarat Minar, ein netter Kerl, vor allem, weil er ihm sagen konnte, wo der Onkel war. »Es gibt nur einen Ort, wo er sein Dings erledigen kann, und das ist in Melilliaar.« Und er fuhr fort: »Im Sommer kannst du hier nicht einen Meter ungestört gehen wegen der vielen ›Ausländer‹, und im Winter spielen die kleinen Kinder hier einfach auf der Straße, so ruhig ist es dann. Aber, man hat nichts zu wollen, es ist hier nur soso, weißt du, lieber Lamarat.« Und trotzdem mochten die Menschen in Nadorp die »Ausländer«, sie brachten *pecunia, duku,* veranstalteten Hochzeiten, sorgten dafür, daß die jungen Männer wegkonnten und die jungen Frauen für den Rest ihres Lebens zu Hause blieben, ließen Häuser bauen und wieder abreißen. Sie bauten Moscheen, legten Teppiche hinein und hängten Schiefertafeln auf, brachten Kinder zur Welt, gaben sie wieder weg und blieben bis zu ihrem Tod Analphabeten. Aber alle mochten sie! Und wie schön ist doch die Liebe, wenn sie käuflich ist, frag nur Mosa, wenn er wieder mal einen in der Krone hat. Und wenn der Vetter ehrlich war, und das war er, wenn es drauf ankam, dann würde er sagen, daß ganz Nadorp aus dem Schoß der »Ausländer« geboren und an der Brust der »Ausländer« gesäugt worden war.

Der Taxifahrer gehörte auch zu den Leuten, die an den »Ausländern« Geld verdienten. Es gab viele, die den Landstrich besuchen wollten, aber keinen Führerschein hatten und deshalb auf seinen Mercedes und seine Fahrkünste angewiesen waren. Aber an dem Mittag, als der Taxifahrer eine erhobene Hand am Rande der Schnellstraße bemerkte, in dem Augenblick, als die Sonne einen historischen Höhepunkt erklomm und jeder, aber auch jeder, der in der Gegend wohnte, sich drinnen aufhielt, sich in den kühlen Räumen der Häuser eingenistet hatte, in den quadratischen Donuts, die in Fünfergruppen in der Gegend verstreut lagen, waren die einzigen, die sich noch draußen aufhielten, ein Taxifahrer in seinem Mercedes 240D (Baujahr 1978, aus Belgien importiert), unterwegs zum ersten großen Ort in dem Landstrich, der Grenzstadt F., und ein junger Mann, Lamarat genannt. Lamarat, der irgendwo in der Nähe des alten Brunnens der Spanier an einer Reihe von Agaven vorbeiging, war nach Chalids Einschätzung zwanzig, höchstens einundzwanzig Jahre alt. Aber das Alter sagt heutzutage überhaupt nichts mehr aus, sagte sich der Taxifahrer immer wieder, denn warum sollte ein Mensch von zwanzig Jahren in der größten Hitze des Tages, der Woche, des Monats, des Jahres und, wie die Älteren später sagen würden, der letzten zwanzig Jahre auf der Asphaltstraße in Richtung des Grenzortes gehen? Um so etwas Unsinniges, für die Gegend völlig Untypisches zu tun, muß man doch wohl den Verstand eines Kindes haben?

Dieser junge Mann, der nirgendwo herzukommen und nirgendwo hinzugehen schien und der auf der kurvigen Asphaltstraße ging, bemerkte um die Mittagsstunde ein stärker werdendes Brummen hinter sich. Er sah nach hinten und entdeckte einen Wagen, der mit hoher Geschwindigkeit in seine Richtung fuhr. Überrascht blieb der Junge stehen, denn er hatte nicht erwartet, daß sonst noch jemand draußen sein könnte. Es war für die Menschen in dieser Gegend schlicht und einfach zu heiß, um in der Mittagszeit nach draußen zu gehen. Auf seinem Weg hinauf – er kam aus dem Dorf am Meer – hatte er niemanden gesehen. Kein Huhn, kein Mensch und keine Eidechse hatten sich außerhalb der Höfe, Häuser und Ritzen in den Mauern gezeigt. Daß offensichtlich doch noch jemand draußen war, in einem Auto wohlgemerkt, erstaunte ihn nicht mehr so sehr, als er an dem roten Schild auf der Stoßstange erkannte, daß es sich bei dem Wagen, der mit Vollgas die Straße entlangfuhr, um ein Taxi handelte. Er hob seine Hand und verließ mit zwei Schritten – so schmal war der Asphalt – die glühendheiße Straße. Der Fahrer hatte die erhobene Hand gesehen, er verlangsamte das Tempo, verstellte seinen Spiegel, hielt an und öffnete dem Jungen die Tür. Während er in den Wagen stieg und sich vorne hinsetzte, wurde dem Fahrer klar, warum diese Person auf der Asphaltstraße unterwegs war. Das Gesicht, die Kleidung, seine Art zu grüßen, sich zu bewegen, alles deutete darauf hin, daß es sich um einen Jungen aus dem Norden handelte.

Seit dem Augenblick, als er den Scheitelpunkt des Hügels erreicht und die Gestalt entdeckt hatte, hatte der Fahrer sich gefragt, warum sich noch jemand auf den Weg gemacht haben könnte, und dann auch noch ausgerechnet auf einer Asphaltstraße. Anfangs hatte der Fahrer die Möglichkeit einer Fata Morgana nicht ausgeschlossen. Wenn es so heiß war, dann flimmerte die Straßendecke, und die zitternd aufsteigende Luft brachte dann des öfteren die merkwürdigsten Wesen zum Vorschein. Das ist vollkommen unmöglich, dachte der Fahrer; es war ein Uhr mittags, und das Thermometer in seinem Wagen zeigte siebzig Grad an, und das bedeutete, daß draußen ungefähr vierzig Grad im Schatten herrschten. Und bei solchen Wetterbedingungen (Luftfeuchtigkeit: neunzig Prozent, und das spürte der Fahrer an seinem Körper, der überall vor Schweiß klebte) ging man nicht aus dem Haus. Sogar die Verrückten, von denen es einige in dieser Region gab, blieben drinnen. Wer, o wer war denn so töricht, daß er den Sprung in die Hitze wagte? Und dann, verdammt noch mal, auch noch mit an Wahnsinn grenzendem Mut, denn er ging zudem auf einer Asphaltstraße. Und auf Asphaltstraßen, das wußte jeder in der Gegend, war es immer am heißesten.

Vielleicht sehe ich Gespenster, dachte Chalid, um sich gleich anschließend selbst zu verbessern: Ach Quatsch, ich bin doch nicht bekloppt oder so, philosophierte der Fahrer, als er den kleinen, auf den Hitzewellen der Straßendecke hin und her zitternden Punkt sah, und überlegte, ob er nicht noch mehr Gas geben sollte, um das Gespenst von der Schnellstraße zu nieten. Diese Möglichkeit wurde nur kurz erwogen, denn je näher er kam, um so deutlichere Konturen bekam das Gespenst, und aus den Konturen kam ein Mensch zum Vorschein. Und dieser Mensch war offensichtlich ein junger Mann, der eindeutig nicht von hier war. Vielleicht war er deshalb auf der heißesten Strecke des Landstrichs unterwegs: Weil er nicht verstehen konnte, was die Hitze genau bedeutete…

Balala in den Seilen

Der Taxifahrer hörte immer wieder Geschichten von Männern, die vom Haschisch verrückt geworden waren, von Frauen, die in der Nacht des siebenundzwanzigsten von fremden Männern besucht wurden, und von den Frauen in der Stadt mit ihren Beinen, Pobacken und Spalten, von denen immer mehr aus dem Süden kamen, und wieder andere erzählten ihm, daß er sie doch mal besuchen sollte, dort in Melilliaar, aber was Lamarat ihm erzählte, hatte nichts mit all dem zu tun. Lamarats Sprache war anständig, superanständig, das wußte der Fahrer genau, weil Lamarat, so erzählte er, woanders wohnte, weit, weit weg in einer Gegend, wo die Temperaturen nie so hoch stiegen wie in dieser Gegend, weil die aufgeheizten Wörter ihn nie erreichten, weil die Sommergeilheit den Menschen dort nie Streiche spielen würde. Eine Gegend also, die sich selbst in Ruhe ließ. In diesem privilegierten Landstrich wohnte Lamarat irgendwo in einer Etagenwohnung, irgendwo in Mohnsamenstadt-Nord, und als er noch jung und unschuldig war, da bestand sein größtes Vergnügen darin, Dinge aus der Schule mitzunehmen – wieso: superanständig? Mal einen Satz Bleistifte, mal ein Lesebuch und dann ein Päckchen Kreide. Niemand in der Schule schien das schlimm zu finden, denn es gab niemanden, dem aufgefallen wäre, daß überhaupt etwas fehlte. Und außerdem, dachte der Junge, der Vorrat an Bleistiften, Märchenbüchern und Kreide ist doch groß genug, in dem riesigen Raum, der vollgestopft war mit Hunderttausenden von Heften und mindestens genauso vielen Bleistiften. Manchmal träumte er davon, den Schlüssel zur Walhalla des Schulkleptomanen zu finden.

Der Junge hatte das Päckchen Kreide mitgehen lassen, weil er sportlich aktiv werden wollte. Er besaß auch eine Stoppuhr, aber die hatte er nicht geklaut. In Geschäften stehlen, das machte der Junge nicht. Dieses Marktsegment litt unter einem Überangebot an Fachidioten, die sich einen Sport daraus machten, in Spielzeugläden so viele Murmeln wie möglich aus den aufgestellten Gläsern zu holen, sie in den Mund zu stecken und dann ihr Heil in der Flucht zu suchen. Meistens klappte das prima; einige seiner Klassenkameraden hatten so viele Murmeln, daß sie einen Tauschhandel mit Schlümpfen, Piraten und Rosaroten Panthern betreiben konnten. Ab und zu ging es auch schief. Dann rannte solch ein Fachidiot zu schnell, übersah die aufgestellten Reklameschilder, fiel und schluckte zehn Murmeln oder so runter. Manchmal gelangte eine Murmel in die Lunge, aber die meisten blieben in der Speiseröhre stecken. So was passierte, und darum traute der Junge sich nicht an solche Waghalsereien heran. In der Schule bemerkte niemand sein Fachidiotentum, und die Bleistifte, die Märchen der Gebrüder Grimm und die Kreide brauchte er nicht im Mund zu verstecken. Unter der Achsel, unter der Jacke oder in der Innentasche war viel praktischer.

Vor dem Haus, in dem er zusammen mit seinen Eltern und seiner Schwester im ersten Stock wohnte, verlief eine

Straße. Die Straße ging von der einen Ecke zur anderen und war, sagen wir, fünfzig Meter lang. Mit der gestohlenen Kreide machte er dort, wo die Haustür war, einen vertikalen Strich über die ganze Breite des Bürgersteigs. Er ging zum anderen Ende der Straße und zog dort eine ebensolche Linie. Dann zählte er nach. Zwischen den Linien lagen hundertachtundzwanzig Platten. Wenn er die vierzig Zentimeter für die Fugen, diese schmalen Sandbänke, aus denen das Unkraut hochkletterte, hinzurechnete, dann kam der Junge auf die schöne Zahl von einhundertneunundzwanzig Platten. Und dann machte er folgendes: Er rief seine Schwester: »Komm, komm und sieh, was ich mache!« Sie steckte den Kopf aus dem Fenster und rief zurück: »Okay, Monster, zeig, was du kannst!« und sah zu, wie er zum Anfang der Straße ging, zur Startlinie vor seiner Tür, wie er dort ein Bein vor die Linie plazierte, das andere kurz dahinter und wie er, leicht vornüber gebeugt, die Stoppuhr betätigte. Und an das andere Ende der Welt flog. Beim ersten Schritt lief er wie eine Gans, beim zweiten Schritt wie ein Esel, beim dritten Schritt wie ein Pferd, und einmal auf Touren gekommen, jagte er dahin wie die Teufel in der Hölle, immer weiter, rannte kräftig, ruderte mit den Armen, hin und her, rauf und runter, kniff die Augen zu, um die Energie für den Lidschlag für das Stampfen der Beine nutzen zu können, und rasend, schreiend, siedend, auffliegend, wummernd, wirbelnd wie ein Kreisel dachte er dabei an Lieder, die man vom Lehrer, von den Lehrern, den Lehrerinnen gelernt hat,

Immer geht's Kurzjäckchen schlecht,
In der Woch', doch sonntags nicht.
Sonntags hockt sie in 'ner Tonn',

Die macht laut Rommbommbommbomm,
Immer geht's Kurzjäckchen schlecht,
Und drum hat sie 'nen Sonnenschirm

und verkniff es sich, zu versuchen, den weißen Punkt vor den Augen zu fühlen, um zu erfahren, wozu er das tat, um der Athlet zu sein, der er so schrecklich gerne sein wollte: einer, der sich Gold holt. Und wenn er, die um ein Haar zerquetschte Stoppuhr in der Hand, die Ziellinie überquert hatte und sich die Zeit ansah – eine Drittel Sekunde schneller –, dann spürte er: noch einmal, besser, bis es nicht mehr schneller geht, bis Nullkommanullnull. Dann lief Lamarat vom Ziel zurück zur Startlinie und drehte sich um, um noch einmal den Versuch zu unternehmen, dieses Gefühl der Zufriedenheit hervorzurufen. Und das wiederholte sich. Immer und immer wieder. Bis die Sonne unterging, der Mond die vertikalen Linien nicht ausreichend beleuchten konnte und es so dämmrig wurde, daß man ein weißes Haar nicht von einem schwarzen unterscheiden konnte.

Der Taxifahrer, der diesen jungen Mann aufgegabelt hatte, kurz vor dem ausgetrockneten Brunnen, der irgendwann einmal – auf jeden Fall, bevor der Fahrer geboren wurde – von den spanischen Besatzern angelegt worden war, kam nie mit dem Taxi in das kleine Dorf, das zwischen dem Schenkel eines Zuckerbrotbergs und der Vulva eines feuchten Meeres eingeklemmt lag. Er hätte mit seinem Wagen gar nicht in das Dorf gelangen können. Der Weg, der zu dem Dorf hinführte, war so schmal, so voller Löcher und Gruben und so steil (fünf Prozent), daß der Versuch, auf vier Rädern dorthin zu gelangen, vergleichbar war mit dem Versuch, ein Mädchen aus Deutschland anzumachen. Man konnte es versuchen, mit allen Tricks und Konsequenzen, aber am Ende würde es einem doch nicht gelingen.

Weniger weitreichende Folgen würde der Halt haben, den er bei dem jungen Mann machte. Das dachte der Fahrer. Er dachte überhaupt so praktisch wie möglich, vor allem wenn er für sich selbst nachdachte. Er dachte folgendes: Ich halte bei diesem Jungen an, ich bringe ihn nach F., er bezahlt mir den Betrag von zehn *doro* (*doro* ist der Dialektausdruck für einen halben Dirham), und ich fahre wieder zurück mit einer neuen Ladung. Genauso, wie er an diesem Morgen einen anderen Einheimischen in den Grenzort F. gebracht hatte, genauso, wie er schon seit hundert Jahren Leute zu dem Grenzort fuhr und sie wieder wegbrachte. Das einzige, was er tun mußte, war, Zündung einschalten, Gang einlegen und Gas geben. Ab und zu nachtanken und es sich vor allem nicht zu schwer machen. So dachte der Taxifahrer bis zu jenem Mittag, als der Bambus in dem Landstrich in der Hitze verdorrte.

Dieser Fahrer hatte also den Jungen einsteigen lassen, er schaltete in den Ersten, dann in den Zweiten und schob eine Kassette in den Recorder. »Die Musik, die diese bescheuerten Taxifahrer in ihren Autos hören, ist unglaublich eintönig«, erzählte irgendein Mädchen Jahre später Lamarat, »immer geht es um Alkohol, Frauen und die Mutter. Das ist das einzige, was diese Machos hören wollen.« Inzwischen weiß er, daß das mit den Müttern nicht ganz stimmt. Es gab nur eine einzige Musikkassette, auf der er jemanden von Müttern hatte singen hören, und das war die Kassette des Taxifahrers. Als der Sänger mitten in seinem Lied anfing, ganz laut Allah anzurufen, da hatte der

Taxifahrer Lamarat gefragt, wie es ihm ginge. Das machte er immer, wenn Leute in seinen Wagen stiegen: immer kurz fragen, wie es geht. Man fragt eine Dame, wie es geht, man fragt einen Herrn, wie es geht, man fragt die alten Leute, wie es geht: man spricht jeden in dem Ton an, von dem man weiß, daß man sie so ansprechen muß, und fragt, wie es geht. Aber sag nie, was du denkst. Tu das bloß nicht.

Von Bienchen und Nönnchen

Nur wenige Menschen in dem Land, aus dem Lamarat kam, konnten ihren Mund so gut halten wie Lamarat selbst. Es erstaunte ihn immer wieder, wenn er nach dem Duschen den Dunst vom Glas abwischte, sich im Spiegel betrachtete und ihm plötzlich einfiel: Verdammt, das stimmt schon, und recht hast du, Spieglein an der Wand: Wer, ja wer ist schweigsamer als ich. Doch wohl niemand, oder? Und auf den Spiegel schrieb er dann, stolz auf sein Unvermögen, mit wem auch immer zu kommunizieren, mit seinem großen, dicken Mittelfinger seinen Namen auf das erneut beschlagene Glas: *L. der Schweigsame.*

»Glucks-glucks«, bewegte Rebekka die Quasselstrippe (denn so gut wie Lamarat schweigen konnte, so virtuos babbelte sie schon im Bauch der Mutter) ihre Händchen im Bauch ihrer Mutter. Daß es »glucks-glucks« machte, war an sich schon bemerkenswert, daß aber der einjährige Lamarat, der im Flugzeug den Bauch seiner *yeme* als Kissen benutzte, das Glucks-glucks-Gegurgel hörte, war um so bemerkenswerter. »Psst, psst, Schreihals, erzähl mal: Wohin fahren wir in Gottes Namen?« fragte Rebekka (noch nicht einmal im siebten Monat) ihren älteren Bruder, der seit der Abfahrt aus Touarirt nichts anderes tat als zu kreischen und zu brüllen. Und das, obwohl die Mutter seit dem

Augenblick, als sie aus Touarirt abgefahren und auf dem Weg zu einem Flugzeug in der Wüste in ein Taxi gestiegen waren, alles getan hatte, was eine Mutter tun kann, um ihr Kind zu beruhigen (auf dem Weg am Zuckerberg vorbei hatte sie Lamarat unter den Armen gekitzelt, als sie auf das Taxi warteten, hatte sie komische Gesichter gemacht, im Taxi hatte sie das Kind einfach schreien lassen, wie es wollte, im Transitbereich des Flughafens Ouididiada hatte sie mit zusammengepreßten Lippen ein saugendes Geräusch gemacht, auf der Toilette des Flughafens hatte sie ihm die Brust gegeben, im Flugzeugsitz hatte sie sich dem Sport des Hochwerfens und Auffangens zugewandt, einer Aktivität, von der Lamarat nach der Hälfte der Reise genug hatte, woraufhin er seiner Mutter die Milch wiedergab, und bei der Ankunft, da hatte sie ihn langsam gewiegt), doch es half kein Bitten und kein Flehen gegen das Geschrei.

Permanent schreiend und glucksend, Lamarat schreiend und Rebekka, die fortwährend versuchte, Kontakt mit ihrem Bruder aufzunehmen, glucksend (»Psst, psst, *burie*: Hier bin ich, ich liege unter dir, du geistig Minderbemittelter, du Idiot, du taube Nuß, so hör doch zu, glucksglucks«), betraten sie zusammen mit ihrem Vater und ihrer Mutter ein Haus irgendwo im Zentrum einer Stadt, und Rebekka roch schon gleich bei der Ankunft, wo sie gelandet war: »Ich rieche geröstete Mohnsamen, puh, und das nicht zu knapp.« Und sie bewegte ihre Arme noch einmal durch das Wasser, machte möglichst viele Wellen, um nur ja Lamarats Aufmerksamkeit zu erregen, bei dem die vage Vermutung aufkam, daß irgend etwas Besonderes los war; ich meine: Er hörte abrupt auf, zu schreien und zu brüllen, und wandte seinen Kopf von links nach rechts, sah nach oben und unten, um nur ja herauszufinden, woher dieses Geräusch kam, das diesen Harndrang bei ihm auslöste.

Wer nichts mitbekam, von dem Gegluckse und der Aufmerksamkeitserregerei der lästigen Rebekka, war der Vater. Der brachte sie zu ihrem Haus, brachte sie endlich nach Hause. »Voilà, das ist unsers, euers, deins, Jamina. Hier ist das Wohnzimmer, hier das Schlafzimmer, mach es dir bequem, der Kühlschrank ist voll, und du sorgst dafür, daß es heute abend etwas zu essen gibt, denn ich gehe arbeiten«, und dann hatte er die Tür hinter sich zugeschlagen. So, der ist weg, dachte Rebekka und ließ das Wasser noch einmal für Lamarat gegen die Bauchwand schwappen... »He, bist du da draußen und hörst mich, du kleines Ekelpaket?« Da hockte Lamarat, der damals noch nicht einmal auf eigenen Beinen stehen konnte, nun also ganz allein mit seiner Mutter, die morgens gerne ausschlief, mit einem Vater, der erst dann nach Hause kam, wenn die Kartoffeln auf dem Herd standen, und mit einem noch nicht genauer definierten Wesen, das irgendwo, gut versteckt zwischen Nabelschnur und Mutterkuchen, hin und her schwappte und vergebliche Bemühungen unternahm, Aufmerksamkeit zu erregen.

Dem Weg in eine ruhmreiche Zukunft als Mensch-ärgere-dich-nicht-Spieler hatte er inzwischen endgültig den Rücken zugekehrt, der war ihm jetzt für immer versperrt. Es blieb ihm nichts anderes übrig, als mit sich selbst zu spielen; Spielchen wie die, die er damals spielte, als er noch nicht auf eigenen Beinen stehen konnte: endlose Runden – kleine Prologe – durchs Haus krabbeln, durch die Küche, durchs Wohnzimmer und durch die bleiverglasten Schiebetüren. Spielchen, die er Tag und Nacht spielte.

Und das Verrückte ist, es war ausgerechnet der Vater, derjenige also, der den Kleinen am seltensten sah, dem als erster auffiel, daß der Junge sich seit seiner Ankunft in den Niederlanden verändert hatte, daß er den Mund nicht mehr aufgemacht hatte, außer um Brei einzufahren oder eine ordentliche Portion Luft zu schnappen, die er durch die Nase nicht in die Lungen gekriegt hätte.

»Jamina, das Kind, ich werde nicht schlau daraus: komische Geburt, komische krumme Nase, und sprechen will er auch nicht. Verstehst du das, Jamina?«

Mutter, der Mutter, die immer mehr an der Waschmaschine und dem Gasherd hing, gefiel das ganz und gar nicht: »Er ist ein Witzbold, und (wobei sie dachte: Glückspilz, es hätte nicht viel gefehlt, und wir hätten seine Leiche den Hunden zum Fraß vorwerfen können) wie deine Mutter schon sagte: Er scheint dazu geboren, das Glück herbeizuzwingen.«

»Ist das deine Erklärung dafür, daß er nicht mehr schreit oder brüllt? In Touarirt hat er doch alle Einwohner zusammengebrüllt.«

»Tja«, sagte die Mutter, die der Meinung war, daß ihr Mann jetzt aber ein bißchen sehr unsauber zu ticken anfing, »nur Der-über-uns weiß, was hier geschieht, und der die Nase in anderer Leute Angelegenheiten steckt, ist *haram*. Wir wollen also nicht mehr darüber reden und uns statt dessen zu Tisch begeben, die Kartoffeln kochen sonst noch zu Brei.«

Und damit war das erledigt. Sie stand auf, um Kartoffeln mit Artischocken und Ziegenbockhoden aufzutragen, während Rebekka (gut sieben Monate alt) es ausposaunte: »Wenn ihr wüßtet, liebe Eltern, daß er verwirrt ist, total verwirrt, und daß ich der Grund dafür bin; der Bengel will wissen, wer die merkwürdig glucksenden Geräusche macht, glucks-glucks.«

Stimmt das? Ist es möglich, daß Lamarat so stark von Rebekkas Wasserballett beeindruckt war, daß er fortan seine Lippen fest aufeinanderpreßte, damit ihm kein einziges Geräusch entging?

»Pah, daß ich nicht lache, seit zwanzig Jahren rennen die Kurzen wie die Hühner um mich rum, und eins kann ich dir sagen: Solche Typen, stille Wasser gründen tief, hat man immer dabei. Wenn man die Gitarre rausholt und spielt und, heißahopsassa, anfängt, in die Hände zu klatschen, dann öffnen sich die Augen, aber sonst sind sie still, ganz ruhig und still.« Lamarats Kindergärtnerin war lieb und wußte, wie der Hase läuft, denn: »Warte nur ab, bis ein Mädchen in seine Nähe kommt, dann flippt unser kleiner Bob Marley« – aus unerfindlichen Gründen weigerte die Mutter sich, seine Haare schneiden zu lassen – »aus, und die Mädchen übrigens auch: Es sieht so aus, als spiele er mit ihnen, obwohl dieser kleine Spitzbube noch nicht einmal mit normalem Polderakzent bis zehn zählen kann.«

»Es wird Zeit, daß du zur Schule gehst«, hatte seine Mutter gesagt, ihm eine braune Banane in die Hand gedrückt und ihn mit dem Nachbarsjungen losgeschickt. In Lamarats Klasse war ein Zwillingspärchen, für das er sich auf dem Klettergerüst und in dessen Umgebung ordentlich ins Zeug legte. »Dummie«, nannten sie ihn, »Dummie« – schon wieder so ein Name, der die Leute auf die falsche Spur bringt –, wenn er kopfüber mit verschränkten Armen und feuerroten Ohren am Klettergerüst hing. Und wenn er nur einen Moment lang bemerkte, daß die beiden genug Klettergerüstaktionen gesehen hatten, dann schaltete er blitzschnell um auf: komische Arten zu laufen, verrückte

Geräusche (eines Elefanten, eines Hundes, der Esel war seine Spezialität), und natürlich: die Zwillinge zum Fangenspielen auffordern. Nur für sie verwandelte er sich in alles, was sie sich nur wünschten; wenn sie gewollt hätten, dann hätte er sich sogar in eine Badezimmerkachel verwandelt. Oft, jeden Tag, jede Stunde, die er mit den Mädchen herumtobte, dachte Lamarat: Ob sie von dem »Glucksglucks« wissen? O Gott, wie erkläre ich ihnen, daß etwas in meinem Kopf summt, wovon ich aber nicht weiß, was es ist. Wie kann ich ihnen das in Gottes Namen erklären? Aber mit jemandem ins Gespräch zu kommen war für Lamarat noch schwierig, schwieriger, als am Klettergerüst zu schaukeln, und deshalb ließ er alles beim alten, und dieses Summen, das ihn immer wieder auf die Toilette flüchten ließ, blieb weiterhin auf sein Innerstes beschränkt.

Aber man wird älter, die Augen öffnen sich etwas weiter, und irgendwann gehen die Zwillinge von der Schule ab, und man bleibt allein mit sich und ein paar Knirpsen, die genauso ruhig sind, die einen ebenso prächtigen Haarschopf haben und genauso schön bis zehn zählen können (ungefähr so: ains, zwai, drai, vier, fünef...) und die ähnlich schnell aufeinander zukriechen wie zwei aufeinander losgelassene Magnetsplitter. Losgelassene Magnetsplitter von einem Magneten, den ihre Väter irgendwann einmal kaputtgeschlagen haben.

Mit dem Kaputtschlagen des Magneten platzte auch die Fruchtblase, und unaufhörlich strömte es glucks-glucks hinaus, und in diesem Strom wurde ein kleines Mädchen sichtbar. »Da haben wir das kleine Menschlein, wieder ein neuer Einwohner von Mohnsamenstadt.« Seit dem Tag, als die Mutter aus dem Krankenhaus, von dem aus man ein Schwimmbad sehen konnte, nach Hause kam, als sie zu

Lamarat sagte: »Und das ist dein Schwesterchen, gib ihr mal ein Küßchen«, war es mit dem »Glucks-glucks« in seinem Kopf vorbei, und das Geseire fing an. »Puh, du bist vielleicht 'ne blöde Ziege.« »Paß bloß auf, Kerl, sonst drücke ich dir die Augen aus.« Seit dem Tag, als Rebekka in das Haus Minar kam, funktionierte es zwischen den beiden nicht so recht. Auf der anderen Seite aber: Das Leben wurde auch einfacher, denn er konnte seinen ganzen Ballast bei Rebekka loswerden, die dann zwar so tat, als wollte sie von all dem Unsinn, den er sich über die Außenwelt zusammenreimte, von der sie gerade mal einen Schimmer aufgefangen hatte, nichts wissen, die ihn aber doch, wenn sein Atem stockte und er seinen Erlebnisbericht abschließen wollte, ermahnte, auf keinen Fall mit der Erzählung über die sauren Äpfel und die alten Frauen aufzuhören: »Einen Moment, Monseigneur: Du hast noch nicht alles berichtet, erzähl alles von diesen verrückten Frauen.«

Tja, wie war das, er wollte da nicht hin, aber man kennt das, neue Freunde, neue Erlebnisse, denn nachdem sie einmal vereinigt waren, da fühlten sie sich stark, die Zungen lösten sich und auch die Händchen, denn eine der bevorzugten Beschäftigungen der Gruppe, zu der Lamarat gehörte, war, nachmittags entlang der Ringstraße mit den Holzäpfeln saure Äpfel zu pflücken.

»Du weißt, es ist Frühling, die sauren Apfelbäume tragen Früchte, man braucht nur zu schütteln, zu klettern und zu pflücken, das reicht für eine Handvoll Äpfel, aber, Rebekka, was ich sagen wollte: Hast du schon mal was von der Religion der anderen gehört?«

»Was soll denn das jetzt, die Religion der anderen, laß da lieber die Finger von, Ratje, sonst drehen sie dir irgendwann womöglich die Pfoten ab, aber erzähl, was ist denn los mit der Religion der anderen?«

Dann stand Lamarat auf: »Ob du es glaubst oder nicht«, und dies sagte er ein wenig feierlich, »aber heute bin ich mit der Religion der anderen in Kontakt gekommen.«

»Soso. Noch so klein, aber sich schon aufplustern, fast wie dieser Idiot in unserer Familie, wie heißt er doch auch gleich wieder: Mosa, gosa, losa, der schwatzt auch so viel, aber erzähl weiter, was weißt du noch über die Religion der anderen?«

Lamarat sah es an den Augen seiner Schwester, die versuchte, über das Sofa hinwegzugucken, daß sie zu neugierig wurde, viel zu neugierig, und diese Neugierde wollte er noch ein wenig aufrechterhalten.

»Na ja, eben so, Religion hier, Religion da, und heute bin ich der Religion der Christen begegnet, oder, um es genauer auszudrücken: der Religion der Katholiken.«

»Du kranker Hund, du bist doch nicht katholisch geworden, oder? Los, sag, was stimmt mit unserem eigenen, ehrlichen Propheten nicht? Nun, was stimmt mit ihm nicht?«

Lamarat war jemand, der über Anschuldigungen, Seitenhiebe und ganz nebenbei gemachte Bemerkungen, die nicht zutrafen, richtig böse werden konnte: »Was soll das? Wieso überlaufen? Hier gegenüber werden Kirchen zu Moscheen umgebaut, und du sprichst vom Überlaufen. Kommt nicht in die Tüte! Übrigens«, und das sagte er etwas leiser und verhaltener, »es war mein Fehler.«

Rebekka wurde aus dem, was er sagte, absolut nicht schlau und fragte deshalb: »Wo bist du denn gewesen, du Jesuit in schwerem Wasser, du angehender *korajisch*?«

Wo Lamarat gewesen war, das war in der Nachbarschaft, ein paar Straßen weiter. Auf der Ringstraße mit den Holzäpfeln und den sauren Äpfelchen wurde er auf die andere Straßenseite geschleppt: »Komm mit, du Magnet in spe, heute bringen wir dich in Kontakt mit der Religion der anderen.«

Die Religion der anderen war vor allem alt, eine Ewigkeit, so schien es. Drei Frauchen im Halbkreis, die zehn Jungen Platz nehmen ließen, jeder auf einem eigenen Stuhl. Die drei alten Frauen teilten der Reihe nach Büchlein aus, jede ein anderes, und die dritte Frau verteilte eines zusätzlich. Lamarat bekam das vierte und erzählte seiner Schwester davon: »In meinem stand mittendrin ein Frosch in einem Tümpel.«

»*Ein* Frosch nur, pah, im Bewässerungsgraben von Touarirt gibt es bestimmt tausend Frösche.«

»Ja, das ist sicherlich richtig, aber woher weißt du das? Wie dem auch sei, in jedem Buch stand ein Frosch, und auch die Frauen schlugen ihre Bücher auf und fanden einen Frosch, und da hatten wir dreizehn Frösche hinter- und übereinander, und der große Frosch in der Mitte schleppte einen großen Ständer mit einem Blatt aus dem hinteren Teil des Zimmers nach vorne und sagte: ›Jetzt, liebe Kinder, werden wir singen‹, und das taten wir dann auch, eins-zwei-drei-vier gab der linke große Frosch den Takt an, und mit den Fingern rauf und runter, rauf und runter auch der rechte große Frosch, während der mittlere große Frosch zusätzlich noch von links nach rechts auf den Text zeigte, der auf dem Blatt geschrieben stand, und alle quakten drauflos...«

»Und dann war der Psalm zu Ende, und wie bist du aus dem Zimmer getreten: wie neugeboren, sei ehrlich, Ratje.«

»Aber nicht doch, denn ich bin heimlich abgehauen. Das Ganze kam mir ein bißchen allzu spanisch vor.«

Aalglatte Ratte, dachte Rebekka und ließ ihn zu Ende quatschen über die Nonnen und die Becher mit Kakao, in denen ein Mandelkanu schwamm, den Wein und das Brot, die zum Schluß an die verbliebenen zwölf Frösche ausgeteilt wurden.

Sehr bald schon kippten auch viele andere Menschen wie ein Dominostein um und wandten sich der Religion zu, und dann kam, wie schon zu erwarten gewesen war – Rebekka hatte es Lamarat vorausgesagt: »Paß nur auf, morgen wird er dich zu so einer, na, du weißt schon, Rosenkranzschule schicken« –, der Vater eines Tages nach Hause und hielt tatsächlich in seiner linken Hand einen Rosenkranz, und er sprach, nachdem er besonders laut und deutlich Salam alaikum gerufen hatte, die magischen Worte: »Meine Damen und Herren« (er sprach die Worte so aus, wie man sie in einer Kneipe aussprechen würde), »es ist verdammt noch mal höchste Zeit, daß verdammt noch mal ein wenig Islam ins Haus kommt: Ab heute werden wir ein paar Dinge ändern.« Eine dieser Veränderungen war, neben dem Aufhängen einer *lomia*, eines Bittkalenders, und dem Kauf eines dicken Gebetbuches, daß Lamarat dazu verpflichtet wurde, den Koranunterricht in der Koranschule zu besuchen.

Bei der Koranschule handelte es sich um eine Reihe von Klassenräumen, die versteckt, untergetaucht im Keller einer Moschee lagen, die irgendwann einmal, vor langer, sehr langer Zeit, noch bevor es Empfängnisverhütung, Contergankinder und Massenentlassungen Ungläubiger gab, die sich ihrerseits dadurch auch wieder der Religion zuwandten, eine Kirche gewesen war. Der Unterricht fand Mittwoch nachmittags, samstags und sonntags statt. Der Vater hoffte, daß die Lehrer der Koranklasse seinen Sohn mit dem Bewußtsein erfüllen würden, wie wichtig der Islam für ihn und seine Klassenkameraden war, und daß es ihnen gelang, ihm ein paar Suren aus dem Koran beizubringen. Lamarat landete in einer ihm völlig fremden Umgebung (und dieses Miststück, das vorsichtig versuchte, sich in der Wohnung das Rennen beizubringen, lachte ihn zudem auch noch aus: »Lamarat muß Prügel schlucken, Lamarat muß Prügel schlucken, heidi heida«; das rief sie, als er zur ersten Unterrichtsstunde mit Tafel und Kreide aus dem Haus ging).

Nie zuvor hatte er jemanden gesehen, der sich Minzeblätter in die Nase steckte – der Lehrer selbst tat das, wohlgemerkt –, und dies wollte Rebekka ihm wiederum nicht glauben: »Minzeblätter in die Nase, komm mir nicht mit so was, Mann!« Nie zuvor hatte er einen Jungen mit einer verschrumpelten Nase gesehen, der in regelmäßigen Abständen – besonders sonntags, wenn die Langeweile ihren Höhepunkt erreichte – vor lauter Langeweile seine Nase gründlich ausbohrte, um anschließend aus den so gewonnenen Popeln Kügelchen zu kneten. Diese Kugeln verwahrte er in der Schublade seines Pultes, und wenn er nicht bohrte, atmete er keuchend durch die Nase ein und aus, bis sich genug Popel für das nächste Kügelchen gebildet hatten. Gegen Ende des Unterrichts holte er die Ernte des Tages hervor und knetete daraus eine Superkugel, die er dann auf einen Schlag verputzte (und das glaubte Rebekka allerdings sehr wohl: »Kein Kunststück, nichts Besonderes, mach ich auch schon mal«). Ein anderer Junge hatte die schöne Angewohnheit, zu Beginn des Unterrichts seine

Hand zwischen Trainingshose und Arschbacken zu stecken und einen Finger gründlich in der Poritze hin und her zu reiben. Den Finger hielt er dann seinen Mitschülern scheinbar achtlos unter die Nase. Überhaupt war das Ganze keine besonders frische Angelegenheit; der Klassenraum – ein Zimmer von sechs mal fünf Metern – wurde von dreißig, vierzig und manchmal sogar sechzig Schülern bevölkert, Mädchen und Jungen, die einen auf der rechten, die anderen auf der linken Seite. Manchmal mußte Lamarat pissen oder scheißen. Dann fragte der Junge den Lehrer, ob er zur Toilette gehen dürfe. Das einzige Wort Arabisch, das der Junge kannte, war das für Toilette, *mirchad*. Meistens durfte er. Die Toilette war oben, neben dem Eingang zum großen Gebetsraum; in diesen Raum paßten ungefähr zweitausend Menschen, wie Lamarat sich einmal hatte erzählen lassen. Die Toilette konnte nur von einer Person benutzt werden, wenn man wollte, daß es anständig zuging. Eigentlich ging der Junge nur dann zur Toilette, wenn er wirklich dringend mußte und ihm klar war, daß er es nicht bis zu Hause aushalten konnte. Vielleicht benahm sich der Junge ja einfach nur kindisch, aber ich hoffe, die Tatsachen überzeugen. Die Toilette bestand aus einem Kackloch mitten in einem weißen Teller. Eine französische Toilette, mit Hunderten von weißen Kacheln gefliest, um den Anschein von Hygiene aufrechtzuerhalten. Meistens waren die Fliesen von oben bis unten voller Scheiße; irgend jemand hatte das Zeugs draufgeschmiert oder draufgekleckst oder draufgestrichen, wie mit einem groben Pinselstrich. Manchmal stand dort etwas mit Scheiße geschrieben, und dann sah das Ganze aus wie ein *piece* eines unbeholfenen Graffitikünstlers. In einer Ecke waren Toilettenpapierrollen aufgestapelt (Bas van der Heijden, tausend Blatt 0,89 *f*), aber auch an der gefliesten Wand lagerten stapelweise Toilettenpapierrollen, und als Leim diente die Scheiße der Gläubigen in spe, die unten in den feuchten Klassenräumen Vokal um Vokal herunterleierten, während der Junge oben dabei war, so schnell und so unbesudelt wie möglich aus der Toilette zu gelangen. Um dann wieder nach unten zu gehen, wo der Lehrer eine Sure auf eine klapprige Tafel schrieb, die die Schüler abschreiben und auswendig lernen sollten. Das war das Unterrichtsprogramm in den unteren Klassen, wo der Lehrer den Schülern auch die rituellen Waschungen beibrachte und sie im Beten unterwies. Er zeigte ihnen, den Stock unter den Arm geklemmt, wie man sich Richtung Norden verbeugen, wie oft man sich bücken und wie oft man den Boden küssen mußte. Und zum Schluß kam dann das hübsche Fingerchen, das aus einer auf den Knien ruhenden Faust ragte und endlos sich wiederholende Kreise beschrieb (Rebekka meinte, als sie vom Unterrichtsstoff hörte: »Ist das alles, was euch Dummköpfen dort beigebracht wird, pffft, was ist das bloß für eine Schule!«) Der Junge fand das alles schön anzusehen, und er hatte auch durchaus Lust, sich am Gebet des Lehrers zu beteiligen, aber es war kaum Zeit zum Üben; denn der nächste Punkt im Unterrichtsprogramm war das Abhören. Am Ende des Nachmittags wurde abgehört, und manchmal wurde auch nicht abgehört, und sehr selten wurden nur ein paar Schüler abgehört, das hing ganz von der Laune des Lehrers ab. Wenn aber doch eine Sure abgehört wurde, dann mußten die Kinder in jeder Reihe aufstehen und sich in einer Reihe hinter dem Lehrer aufstellen. Erst die Jungen, dann die Mädchen, oder manchmal auch zuerst die jüngsten Mädchen und dann erst die Jungen. Und manchmal wieder anders, je nachdem wie der Lehrer es wünschte.

Derjenige, der an die Reihe kam und seine Lektion aufsagen sollte, der mußte das schnell, sauber und ohne zu stottern machen. Erfüllte er eines dieser Kriterien nicht, dann wurde er aufgefordert, seine Hände nach vorne zu strecken. Und dann gab's Schläge. Der Stock, der den ganzen Tag unter der Achsel des Lehrers geklemmt hatte, erledigte seine Arbeit auf den Kinderhänden dieser Nichtsnutze in straffem Tempo.

Mit diesen Stöcken hatte es etwas Besonderes auf sich. Es war nicht immer Holz, womit die Hände geschlagen wurden. Manchmal waren es auch zwei Neonröhren, die von Klebeband zusammengehalten wurden, manchmal ein Stock, der mit einem Stück Schlauch verlängert worden war. Der größte Vorteil dieses Wasserschlauchstocks war seine Reichweite. Man konnte das Schlauchende so lang machen, wie man nur wollte, und wenn dann jemand in der letzten Reihe oder gegen die Wand gelehnt saß, außer Reichweite also für die Hand oder einen durchschnittlichen Stock, dann war der Schlauch die Lösung. Behende klatschte der Schlauch einem in den Nacken, und das rotglühende Gift strömte langsam an den Nackenwirbeln und der Wirbelsäule entlang zum übrigen Körper. Ein sehr nützliches und praktisches Gerät also. Ein paar Lehrer benutzten auch ein glattes Brett; weil das humaner sei, wie die Jungen meinten. Das glatte Brett knallte zwar in der Hand, aber weil es breiter war, wurde der Schmerz gleichmäßig über die Handfläche verteilt und war deshalb besser zu ertragen. Allerdings hegte nicht jeder eine ebenso große Liebe für das Brett, weil man zum Ausgleich oft ein paar Schläge mehr bekam als sonst üblich.

Etwas über die Lehrer (diese Geschichten liebte Rebekka am meisten): Es gab also einen, der mit Minzeblättern in der Nase rumlief, gegen Erkältungen. Einen Lehrer gab es, der behielt während des Unterrichts seine Lederjacke an. Ein anderer Lehrer unterrichtete einzig und allein nur seinen Sohn, der hinten in der Klasse saß, den Oberkörper hin und her wiegte und sich am Pult festklammerte, der alles dransetzte, sich den ganzen Koran in den Schädel zu rammen. Was ihm schließlich auch gelang. Die übrigen Schüler wurden vom Lehrer kasteit, und der Sohn durfte nach Saudi-Arabien.

»Was da bei euch in der Schule nicht alles passiert«, sagte Rebekka, nachdem Lamarat mit seinem Bericht über die Moschee fertig war, »ich brenne darauf, mir das selber einmal anzusehen.«

»Du gehst nicht in die Moschee. Der Mann, der dich einmal heiratet, wird dir mehr als genug Religion beibringen«, sagte der Vater und sah sie mit einem falschen Lächeln an. Und Rebekka wuchs in dem Bewußtsein auf, daß sie sich irgendwann, eines Tages, mit diesem oder jenem würde verbinden müssen.

Auch die Gespräche, die Rebekka mit Lamarat führte, verloren immer mehr an Tiefgang, Ausführlichkeit und Zusammenhang. Irgendwann standen sie wieder auf *Los*, und Lamarat hörte nichts mehr, außer ab und zu glucksglucks.

Genauso ein Glucks-glucks wie das des Meeres. *Das Meer, wo sie gegeben / Ihr Herz und ihre Leber*. Wo Rebekka dem schlafenden Mosa zuflüsterte: »Aus dem einen ergibt sich das andere, du weißt doch«, und: »Alles wird gut werden, ich liebe dich doch.« Aber vielleicht bin ich jetzt etwas voreilig, erst mal sehen, ob genug Stühle für die Gäste da sind.

Gartenstühle im Sonderangebot

Im Taxi, immer noch unterwegs nach Nadorp, die Liste der Leute im Kopf, die er abklappern mußte – Ammunier der Lahme und Basarvetter die Kamellampe, diejenigen, die möglicherweise wußten, wo Mosa steckte –, sagte Lamarat plötzlich zu Chalid: »Probleme hier, Probleme später, Probleme drüben im Dorf, und weißt du, was es mit Problemen auf sich hat, man kann sie mit dem Festmahl während einer Hochzeit vergleichen: Irgendwann kriegt man nichts mehr runter.«

Was ist das bloß für ein verwöhnter Kerl; hat der außer sprechenden Babys und Koranunterricht noch mehr Probleme, fragte Chalid sich erstaunt.

»Und was für Probleme könnten das sein?« fragte er.

»Ich mache mir über das Gartenstuhlproblem Sorgen«, sagte Lamarat, und er lachte, lachte noch einmal und sagte: »Ich fürchte, daß die Gartenstühle, dreiunddreißig an der Zahl, die mein Vater für die Gäste mitgebracht hat, weil man auf dem Fußboden weniger gut essen kann, in diesem Augenblick von ebendiesen Gästen mit Haut und Haaren aufgegessen wurden.«

»Erklär dich näher, Orakel von Touarirt«, sagte Chalid ärgerlich.

»Was ich damit sagen will, ist doch, denke ich, klar: Die Gartenstühle, die Papa mitgebracht hat, sind, um ehrlich zu sein, von minderwertiger Qualität, aus dünnem Plastik sind sie, ich habe sie ausprobiert, und glaub mir: Schon beim ersten Draufsitzen knickten bereits die Beine ein bißchen weg.«

»Das kann dir doch egal sein, Gartenstühle, kaputt oder nicht kaputt? Wo andere Menschen Kartoffeln sehen, da siehst du Bohnen, verstehst du, was ich meine, oder nicht?«

»Weißt du, es geht darum: Diese Stühle haben meinen Vater ein Vermögen gekostet, und es tut weh, sehr weh, in den Oberschenkeln, im Kopf, und Ohrensausen kriegt man auch davon, wenn man bemerkt, daß in dem Moment, da der zukünftige Mann deiner Tochter abgehauen ist, auch einem Teil deines Vermögens die Beine wegknicken, verstehst du, was ich meine, oder nicht?«

Natürlich kann Chalid sich keine Vorstellung vom Wert der Gartenstühle machen, lieber Lamarat, streng dein Köpfchen doch mal an. Woher sollte er denn auch wissen, daß dein Vater Stadt und Land nach Gartenstühlen abgeklappert hat, nach ordentlichen weißen Plastikgartenstühlen, die er seinen Gästen anbieten kann – »nehmt Platz, Sidi-den-ich-so-sehr-liebe, mit dem zusammen ich so viel erlebt habe, dem ich, so Gott will natürlich, noch so viele herrliche Jahre wünsche, aber übrigens, ganz nebenbei, wie finden Sie meine Gartenstühle...« –, wie sollte Chalid das verstehen können? Dann müßtest du ihm eigentlich zum besseren Verständnis das Viertel zeigen, aus dem du abgefahren bist, als du dich auf den Weg in deinen Geburtsort machtest, mit dem Kleintransporter und den dreiunddreißig Stühlen, von denen der erste schon während der Hinreise kaputtging, als dein Vater unterwegs hinter einer TOTAL-Tankstelle ungefähr vierzehn Kilometer südlich von Dijon, um die Stühle zu testen, so einen Vierbeiner aus dem Wagen holte und mit seinem doch recht kräftigen Körper mehr oder weniger draufsprang. »Mal sehen, was für eine Qualität wir hier haben.« Kracks machte der Stuhl, ein Bein knickte ein, ein Riß entstand, und dann knickten auch die drei anderen Beine weg. »Gebe Gott, daß dies ein Fabrikationsfehler war und daß es den anderen Stühlen nicht so ergehen wird.«

Aber den anderen erging es genauso. (Ganz genauso, während der Hochzeit: Ein Gast nach dem anderen sackte mit seinem Stuhl in sich zusammen, und gegen Ende des Abends saßen alle Gäste, wie es der Landessitte entsprach, wieder auf dem Fußboden. »Ha«, rief der Opa höhnisch, »niemand kann sich gegen die Tradition versündigen. Nun könnt ihr wieder auf euren Schwänzen hocken.«) Und das konnte er nicht wissen, als er sah, daß alle ihren Kleintransporter, ihr Königreich auf Rädern, von oben bis unten mit Gartenstühlen vollstapelten, ganz vielen Gartenstühlen, alles in allem bestimmt so um die tausend Gartenstühle. »Wir verrichten ein gutes Werk; wir tun das für diejenigen, die noch auf dem Fußboden sitzen müssen, für unsere Eltern, für unsere Brüder und Schwestern, die sich auf den kalten Steinfußböden den Hintern wärmen müssen, während wir hier in Deutschland mit ansehen müssen, wie unsere Jugend durch die vielen Stühle versaut wird: Liegestühle, Drehstühle, Schreibtischstühle, Eßzimmerstühle und sogar Bananabarstühle. Es ist gut, daß ihr Stühle mit ins Vaterland nehmt, gut für die Menschen dort; nie wieder Rückenschmerzen, nie wieder Bandscheibenvorfälle, die Armen dort werden glückselig sein, ist das nicht phan-ta-stisch?!« quasselten die Gartenstuhlverkäufer eifrig drauflos.

Und wo kamen die Gartenstuhlverkäufer auf einmal

her? So unvermittelt wie ihr Verkaufsgeschwätz, das unhöflich von einer Zeile in die andere springt. Aufgeweckte, etwas zu forsche junge Verkäufer, die irgendwann, als sie bemerkten, daß ordentlich Geld in der Luft lag (überall in den Wohnzimmern versteckt), selbst anfingen, Klinken zu putzen – »dort, wo ein Dachgepäckträger zu sehen ist, da wohnt dein Kunde«. Sie brachten sich allerlei Wörter bei, um schneller mit den Leuten ins Gespräch zu kommen – »man muß sich vor den Leuten verbeugen, dann läuft die Kommunikation besser«. Zum Beispiel: Bei Lamarat tauchte ein junger Mann an der Tür auf – »Floris-Jan, sag ruhig Floor« –, der ihm, hinter sich einen Stapel Gartenstühle, zurief: »Salam alaikum, *keen bak vie dhar*!«

»Du gehst davon aus, daß ich Arabisch verstehen sollte«, dachte Lamarat laut, »aber leider verstehe ich Ihre Sprache nicht.«

»Ach so, dann sage ich's anders: *Ehlel ye sehlel ouid wewesch e mis n tefkecht*« (frei übersetzt aus dem Beraber: »Guten Tag, hol deinen Vater, Sohn einer tüchtigen Portion Groll«). Berbern, das wußte Floor, denen mußte man immer ein bißchen frech, derb kommen, sonst konnte man bei ihnen nicht landen.

»Was wünschen Sie, mein Herr?« fragte der Vater, der durch den merkwürdigen Akzent an die Wohnungstür gelockt worden war.

»Was ich will, das geht Sie absolut nichts an, aber zu Ihrem und meinem Glück weiß ich ganz genau, was Sie wollen. Gartenstühle, mein Herr, Gartenstühle, die biete ich an, und wenn Sie es wünschen, dann kann ich auch Van-Nelle-Kaffee und Sim Orange besorgen, aber Gartenstühle sind das Marktsegment, auf das ich mich zur Zeit konzentriere.«

»Danke, wir brauchen nichts«, und Lamarat ging von der Wohnungstür weg und ließ seinen Vater dort zurück, der einen Gartenstuhl nach dem anderen in Augenschein nahm und sich die Scherze von Floris-Jan anhörte.

»Sag ruhig Floor, dann nenne ich dich einfach Abu Bakker, ich darf doch ›du‹ sagen? Wie dem auch sei, was ich anzubieten habe«, und er zog einen Gartenstuhl zu sich heran, »ein Stuhl, einmalig in seiner Art. Seine Vorteile? Sie fragen nach den Vorteilen, den dieser Stuhl im Vergleich zu anderen, denen meiner Konkurrenten, hat. Der Unterschied besteht darin, daß ich dich verstehe, Ali, ich weiß, daß ihr da in Marokkalala nicht viel Platz habt, Wellblechdächer und kaum Licht durch die Fenster, du weißt schon; kleine Wohnung, wenig Platz – ergo, du findest es doch nicht schlimm, wenn ich ›ergo‹ sage – ist in einer solchen Umgebung jeder Gartenstuhl eigentlich ein Gartenstuhl zuviel. Aber mach dir keine Sorgen, denn dadurch, daß diese Mistdinger ergonomisch geformt sind, kann man sie tausendmal besser wegräumen als die meiner Konkurrenten. Diese Gartenstühle kann man bequem – mit etwas Seifenlauge und Wasser – saubermachen, was natürlich ein Vorteil ist, in einem Land, wo der Sand überall hinweht und die Frauen mit ihren Töchtern jeden Morgen den Bürgersteig abspritzen. Ja, Ali, ich kenne meine Pappenheimer. Und natürlich, worum es eigentlich geht: der Sitzkomfort! Nun, machen Sie sich darum mal keine Sorgen, mein lieber Ali, sogar deine Frau mit ihrem *shoarma*-Arsch findet in diesen hundertprozentig holländischen Badewannen genau den Platz und Komfort, den ihre beiden Autoritäten brauchen – oder sind sie schon zu einer zusammengeschmolzen? Kommst du da mit deinem Pimmel überhaupt noch dazwischen? Wie eine Prinzessin auf einer Matratze ohne Erbse darunter wird sie sich fühlen, weißt du, versteht du mich, Ali, oder liest du keine Märchen. Nun, um zum Ende zu kommen, denn es gibt mehr potentielle Käufer auf diesem Erdball als dich: Kauf ihn oder kauf ihn nicht, mein lieber Ali.«

Vater kaufte die Gartenstühle, völlig verdattert und beeindruckt davon, mit welcher Leichtigkeit der pfiffige junge Mann mit Donald-Duck-Krawatte und Lochmusterschuhen sich »auf ihn zu assimiliert« hatte. Wieder im Wohnzimmer, die Mistdinger hinter sich herschleppend, rief er seiner Frau zu: »Schatz, Schatz, du ahnst nicht, was ich gerade erlebt habe: Der perfekte Bewohner unseres Landstrichs war soeben an der Tür.«

Nie zuvor gingen so viele Gartenstuhlanbieter durch die Gettoviertel, und nie zuvor gab es eine derartige Nachfrage nach Gartenstühlen wie in dem Jahr, als der Bambus in den ausgetrockneten Gräben verdorrte. Jedes Jahr gab es irgendein Produkt, das bei der Urlauberhorde hoch im Kurs stand. Im vorigen Jahr war der »Kühlschrank« ein großer Hit. Im Jahr davor war es der »Herd«. Jetzt wollte jeder den »Gartenstuhl« haben. Nie zuvor hatten so viele Gartenstühle einen derart großen Umzug miterlebt. Das Heimatland der Kleintransporterbesitzer würde innerhalb weniger Wochen mit weißen Plastikstühlen überflutet werden, gekauft bei Leen Bakker, im Makro oder auf einem der zahllosen Flohmärkte, wo in den Wochen vor dem großen Treck der Preis für einen durchschnittlichen gebrauchten Gartenstuhl – drei Jahre alt, keine Kratzer – höher war als je zuvor. Habsucht und Kaufgier waren sogar so groß, daß ein Mangel an Gartenstühlen drohte. Die Leute in der Nachbarschaft waren empört. Die Verkäufer in den Warenhäusern und Gartenbaucentern mußten die Leute, die diesmal nicht in Urlaub fuhren, sondern einen neuen Satz Gartenstühle kaufen wollten, enttäuscht nach Hause schicken. Der Exodus der Gartenstühle, die mit den Beinen in der Luft unter den Abdeckplanen der Dachgepäckträger auf die Abfahrt warteten, war so groß, daß der Verbraucherschutzbund in einem Artikel der Frage nachging, wo die Geschichte mit den Gartenstühlen enden sollte und was aus den Mitbürgern werden sollte, die dringenden Bedarf an neuen Gartenstühlen hatten. Die Besitzer all dieser Gartenstühle zerbrachen sich darüber kaum den Kopf. Sie bedauerten es jedoch, daß sie nicht noch mehr Stühle mitnehmen konnten. Aber nachdem auf das Problem in den Achtuhrnachrichten hingewiesen worden war, hatte Lamarats Vater schon mal Vorsichtsmaßnahmen ergriffen. Der Junge sollte die Nacht vor der Abfahrt im Auto biwakieren, um so zu verhindern, daß die neidischen Nachbarn die Abdeckplane vom Dachgepäckträger zogen und sich die Gartenstühle unter den Nagel rissen.

Also befahl der Vater am Abend vor der Abfahrt Lamarat, sich in den Wagen zu setzen. Er sagte das ganz nebenbei von der Küche aus, während er mit seiner Frau darüber debattierte, wie die anstehende Hochzeit gefeiert werden sollte. Skepsis herrschte vor, sowohl beim Vater als auch bei der Mutter. Das war ungewöhnlich, wie Lamarat wußte. Normalerweise waren sie sich, egal bei welchem Thema, immer uneinig. So war die Mutter ganz und gar nicht damit einverstanden, daß sie sich mit dem orangefarbenen Mercedes-Kleinbus, den der Vater angeschafft hatte, auf die Reise machten. Das Orange paßte ihr nicht. Und sie hatte das Gefühl, daß sie bezüglich der Anschaffung nicht gefragt worden war. Und tatsächlich war sie beim Kauf auch nicht gefragt worden, denn der Kleinbus war ein Schnäppchen gewesen, und deshalb mußte der Kauf schnell über die Bühne gebracht werden. Zu schnell, um auch noch die Meinung der Frau einzuholen. Während der Vater laut in der Küche redete und seiner Frau dabei zusah, wie sie sich mit ihren zwei Hennahänden an die Arbeit machte und Hackfleischfrikadellen rollte, sie zu Golfbällen knetete und eine Prise bretonische Hackfleischkräuter darunter mengte, versuchte Lamarat zu ergründen, warum sie eine solche Aversion gegen die Hochzeit hatten. Vater war der Meinung, der Bräutigam könne unmöglich in dem Dorf an der Innenseite des Zuckerbergschenkels heiraten. Wer, ja wer würde es wagen, in das Dorf zu kommen. Und mit erhobenem Finger, als spreche er mit seinem Bruder, hielt der Vater mit barscher, sich überschlagender Stimme einen Vortrag darüber, daß das Ganze eine schlechte Idee sei: erstens, weil das Dorf zu weit von Nadorp, der großen Stadt, wo das Gros der Verwandten wohnte, entfernt lag (ungefähr zwanzig Kilometer); und zweitens, weil das Dorf als Veranstaltungsort für eine Hochzeit unerreichbar weit weg lag. Mutter tauchte eine Frikadelle nach der anderen ins Öl – *hole-in-one*, bemerkte Lamarat – und nickte zustimmend, rollte die Ärmel ihres Kleides auf und sagte: »Wer von Nadorp aus hin will, der muß mit dem Auto über die kurvige Asphaltstraße fahren, auf der sich selbst ein Esel die Beine verstaucht, die Hänge entlang und durch den Wald. Wer sollte das tun? Doch wohl niemand, außer vielleicht einem Taugenichts.«

»Abgesehen von uns natürlich«, sagte der Vater. »Nachher sind wir die einzigen, die in seinem Haus rumrennen und den Anschein aufrechterhalten, alles sei in bester Ordnung.«

»Genau, dem Kerl werde ich nicht zujubeln, daß du das nur ja weißt«, sagte die Mutter. Sie hielt inne, schaltete die Dunstabzugshaube auf Stufe drei, als sie bemerkte, daß es in der Küche ein bißchen sehr stark nach Olivenöl (El Ouzzania, 9,95 *f*, Preisänderungen vorbehalten, Made in Marokko) roch, und sagte: »Weißt du, was ich glaube?«

»Nun, Mina?« fragte der Vater ein wenig frotzelnd (er nannte seine Frau immer Mina, wenn sie redete, bevor sie an der Reihe war).

»Ich glaube, dein Bruder hat es sich in seinen blöden Kopf gesetzt, uns eins auszuwischen, verstehst du, was ich meine, oder nicht? Weil er weiß, daß er, wenn er unsere Tochter heiratet, den Rest seines verdammten Scheißlebens an uns gebunden sein wird, will er sich ein wenig an uns rächen, indem er uns über all die Steine und Felsen nach Touarirt stolpern läßt. Er will dich nicht nur finanziell aussaugen, sondern dir auch einen ordentlichen Knuff verpassen, und nun sag ja nicht, ich wäre ein schlecht denkender Mensch, hörst du.«

Hierauf konnte der Vater nichts erwidern. Er hatte eine Gabel aus dem Schrank genommen und damit in der Pfanne herumgestochert. Anschließend nahm er die Gabel wieder hoch, auf deren Zinken nun eine braungebratene Hackfleischfrikadelle gespießt war. Der Vater steckte sich die Frikadelle in den Mund und sagte kauend: *»Wbat bikma mehend is nbite benariiek...«*

Nicht gerade bald danach, ungefähr sechs Stunden später, fuhren sie satt gegessen und ausgeschlafen in das Land Piff-paff-puff-und-da-kommt-sie.

Wenn du Krach mit deinen Verwandten haben willst…

Lamarat mochte die Hochzeit nicht, zu der er eingeladen war, sagte er zu Chalid. Ganz und gar nicht mochte Lamarat das Essen, das dort aufgetischt wurde. Aber daß er keine Lammschädel oder Innereien mochte, das stand jetzt nicht zur Debatte, obwohl er es Chalid erzählte.

»Nach zwei Bissen Lammbacke bin ich schon satt. Und wie fettig diese Schüsseln mit den Därmen sind!«

Lamarat mochte seine Mutter nicht. Denn sie roch eklig, wenn sie diese merkwürdigen Parfüms benutzte. Und seine Schwester mochte Lamarat auch nicht. Denn die roch noch ekliger und konnte schon seit ihrer Geburt – noch vor ihrer Geburt – den Mund nicht halten. Sie roch nach Chanel No. 5, das mit Anaïs Anaïs von Cacharel verschnitten worden war, wobei man dann zum Schluß noch eine Banane in diese Mixtur gequetscht hatte.

Lamarat – der nun seinen Blick auf das Meer gerichtet hielt, das hinter den Hügeln auftauchte – hat keine Ahnung, wie die Hochzeiten früher waren, dachte der Fahrer. Von den Mädels, die heimlich wegschlichen, und davon, wie er sie nahm, seinen Knüppelschalter zwischen den Lippen ihres aufgeschnittenen, angewärmten Pfirsichs, immer schneller, bis sie mit fürchterlich hitziger Stimme sagten: »Mach's mir lieber von hinten, und verwahr dir das andere bitte für später.« Dann zischte Chalid: »Du dämliche Schlampe, Gott hat diesen Eingang für deine Scheiße vorgesehen, nicht für meinen Schwanz«, und er ließ ihn schnell wieder in der Hose verschwinden. »Du kannst mir gestohlen bleiben«, sagte er anschließend und stieß das Mädchen weg.

Was könnte Lamarat sonst noch erzählen: Von der Mutter des Bräutigams, die bei der Ankunft des Paars im Haus Honig und Wasser anbot. Besonders viel gab es nicht zu sehen. Abgesehen von den alten Jungfern, die ihre Finger den ganzen Tag lang auf eine Trommel knallen ließen, bis sie rot waren.

Der Vater fiel dem Jungen nicht weiter lästig. Der brüllte zusammen mit hundert anderen Männern rum und machte sich zu einem besseren Menschen, als er je gewesen war. Er vergaß das Bier, die Frauen und die Würste aus Schweinefleisch, mit denen er sich immer vollgestopft hatte, vergaß überhaupt alles, nur nicht die Abwesenheit seines kleinen Bruders, des Bräutigams.

Der Junge hatte keinen Appetit auf Lammhoden. Im Gegensatz zu seiner Schwester, die an diesem Abend ungefähr zwanzig aß. Mit Brot, wohlgemerkt.

Der Junge mußte Schüsseln mit Mandeln zwischen dem Männer- und dem Frauenzimmer hin und her schleppen. Und Pistazien für seine Schwester – die futterte davon ein halbes Kilo, eine nach der anderen.

Der Junge wurde auch geschickt, um die kleinen Kinder hinter dem Haus zwischen den Kakteen, dem Liebesnest seines Vaters und seiner Mutter, urinieren zu lassen.

Lamarat mußte Ausschau halten und aufpassen, wer den Zuckerberg hinunterkam. Alle fünf Minuten kam

Lamarats Mutter zu ihm, mit einem kleinen Kind an der Hand. Er stand auf einem Stein, wie ein Wachposten, und linste über die Feigen- und Granatapfelsträucher hinweg. »Ich glaube nicht, daß noch jemand kommt, aber bleib lieber noch ein bißchen, und wenn du magst, dann bring doch das Kind kurz nach unten.« Es schien, als habe sie die Heiligkeit der Kakteen vergessen.

Lamarat sah, daß niemand kam, und das mußte er auch seiner Mutter mitteilen. Er erwähnte aber nicht, daß keines der Kinder Pipi machte.

Der Junge wurde als Garderobe für Wörter benutzt. So mußte er zu seinem Onkel gehen und ihm sagen, er solle ins Männerzimmer kommen, um ein paar Leuten die Hand zu geben. Auf dem Weg zu seinem Onkel gab ihm seine Mutter, die auf dem Innenhof hin und her flatterte (erst schnitt sie Fleisch ab, dann schnitt sie mit ihrem Haus in Nadorp auf), ein Glas Tee in die Hand. Als sie ihrem Sohn das Teeglas gab, war sie gerade dabei, bei den anderen mit dem Tee, den sie gemacht hatte, aufzuschneiden. Und anschließend schnitt sie noch mit ihrem Sohn auf. »Einen Monat zu früh, das stimmt, aber guck nur, man sieht es ihm nicht an«, schleuderte sie in seine Richtung, und die Frauen, die es hörten, brachen in laute Bewunderung aus, voller Segens- und Glückwünsche für Lamarat.

Lamarat ging in das Zimmer, wo sein Onkel sein mußte, das Zimmer, in dem er aus einem faulen Wesen geboren worden war. Er erschrak fürchterlich. Auf unerklärliche Weise war der Onkel verschwunden, aus dem Zimmer verschwunden, und es dauerte keine fünf Minuten, bis Lamarat wußte, daß er auch aus dem Haus verschwunden war.

»Wirst du daraus schlau«, fragte Lamarat Chalid, »ich habe überall nachgesehen, zwischen den Kakteen, beim Feigenbaum, aber nichts, er war verschwunden, wie der große Houdini, wirklich unglaublich.« »Vielleicht ist er zum Pissen in das Kakteenfeld gegangen, und keiner hat ihn gesehen.« Der Junge schwieg. Alles ist möglich, dachte Chalid, und ganz vorsichtig nahm er im zweiten Gang eine sanfte Kurve.

Mutter, Vater, Opa, Oma und Schwester – liebste Schwester – und die anderen wußten noch nichts. Jedenfalls, Lamarat stand draußen auf dem Innenhof, das Teeglas noch in der Hand, und sah hinüber zu den Frauen und der Mutter, die nicht aufhören konnten, nach Melilliaar-Odeur zu stinken. Sie wußten nicht, was los war, sie konnten nicht wissen, was los war, weil sie zu sehr damit beschäftigt waren, über den Bräutigam zu quasseln. Keiner ahnte etwas. Lamarat ging wieder nach drinnen und trank das Glas aus.

Er ging nach draußen in der Absicht, seine Mutter über das Verschwinden seines Onkels zu informieren. Die Mutter nahm ihm das Glas ab. »Der hat Durst«, sagte sie und legte das Glas in eine Plastikschüssel mit Seifenlauge. »Noch einen?« Auf diese Frage folgte zunächst ein Zögern, dann ein Zweifeln und schließlich ein »Nein«. Er ging zu seinem Vater, denn er wußte, daß seine Mutter explodieren würde, sobald er ihr sagte, daß Mosa weg war. Sie würde zusammenbrechen, ihre Haut würde das ganze Parfüm ausdünsten, und er fürchtete, sie würde danach zu stinken anfangen. (Dann war er zumindest den Parfümgeruch los, aber es war nicht in Ordnung, so zu denken.) Ein weiteres Problem, das sich ergeben würde, wenn er zuerst der Mutter seine Entdeckung mitteilte, war, daß die Frauen auf dem Innenhof innerhalb einer Sekunde informiert wären. Sie würden erschrecken wie eine Herde Ziegen vor einer Schlange.

Drinnen, im Männerzimmer, war alles voller Männer mit Gläsern, die von Hand zu Hand, und Händen, die von Schüssel zu Schüssel gingen. An jedem Glas blieben ein paar Teeblätter kleben. Eine Fliege löste sich von der gerammelt vollen Decke und brummte um ein Teeglas. Fliegen fangen, dachte der Junge. Einst, vor zehn Jahren, hatte der Onkel ihm einen Trick beigebracht. Zwei Tricks genaugenommen.

Der Trick des Fliegenfangens. Nachdem man sein Teeglas leergetrunken hat, stellt man es auf den Tisch. Fliegen fliegen hin. Fliegen klettern ins Glas hinein. Dann nimmt man das Glas und dreht es fliegenflink – oder besser noch flinker als die Fliege – um. Und schon hat man die soundsovielte Fliege des Tages gefangen.

Am Tag der Hochzeit waren viele Fliegen eingeladen. Er hätte sehr viele Gläser und sehr viele Hände gebraucht, um sie alle fangen zu können. Ein Trick, der vielleicht die Lösung dieses Problems sein konnte, war der andere, der In-die-Hände-klatschen-Trick. Eine Fliege im Zimmer. Zwei Hände auf den Oberschenkeln. Die Fliege läßt sich auf dem Tisch nieder. Halte beide Hände im Abstand von etwa zwanzig Zentimetern über die Fliege. Senke die Hände langsam hinab zur Fliege. Die Fliege fliegt weg, und du schlägst in die Hände. So wie man nach einem Theaterstück klatscht: mit Überzeugung. Wenn's funktioniert hat, dann ist die Fliege tot.

Vielleicht, dachte der Junge, ist es das Beste, wenn ich meine Mutter und die anderen Frauen bitte, die Arme auszubreiten. Der Geruch von Dior und den anderen Imitationen, der dann aus den feuchten Flecken aufsteigt, mußte für einen kurzen, aber kräftigen Genozid dieser kleinen lästigen Viecher, die überall und nirgends rumschwirrten, ausreichen.

Der Junge erzählte dem Fahrer das mit den Fliegen und den Achseln nicht. Wohl aber, daß er anschließend nach draußen gegangen war, den Gang zu seinem Vater kurz verschoben hatte, daß er sich oberhalb der Kakteen hinter das Mäuerchen gesetzt hatte und daß ihm klargeworden war, daß mit dem Verschwinden des Bräutigams etwas ziemlich schiefgegangen war.

»Das Merkwürdige war, daß ich das Ganze so empfand, als wäre ich mein eigener Onkel, als trüge ich seine Last, ein Gefühl, das ich auch haben würde, denke ich, wenn mein Vater krank wäre oder meine Mutter sich den Arm gebrochen hätte. Auch dann würde ich, wenn auch vielleicht nur mit großem Widerwillen, das Gefühl haben, daß ich derjenige bin, der krank darniederliegt oder den Arm in einer Schlinge trägt.«

Danach war Lamarat mit klopfendem Herzen aufgestanden und in das Männerzimmer gegangen. Er gab seinem Vater einen Wink und nahm ihn mit nach hinten.

Und jetzt spiele ich kurz den Vater, der seinem großen Sohn zuhört, der mit rasendem Wortfluß ein Telegramm produziert und sagt: »Onkel – stop – ist weg – stop – nicht im Haus – stop – das steht fest – stop – überall nachgesehen – stop – was sollen wir tun – stop«, und um es dem Vater noch einmal besonders deutlich zu machen: »ONKEL IST WEG – STOP – STOP – STOP – VERSTEHST DU – STOP – MICH ODER NICHT – STOP.« Der Vater verstand ihn jedoch nicht. Aber er kannte eine ganze Menge

Liedchen aus seiner Junggesellenzeit, von denen eins den schönen Titel hatte: »Willst du Ärger mit deiner Familie, dann heirate mich«.

Willst du Ärger mit deiner Familie,
dann heirate mich, dann heirate mich.
Willst du Ärger mit deiner Familie,
dann heirate mich, dann heirate mich.

Genau dieses Lied fing nun langsam in seinem Kopf an zu spielen und kam mit Vollgas raus, als alle Kontakte in seinem Kopf geschlossen wurden, alle Sicherungen durchbrannten und seine Ohren rot wurden: »Was erzählst du mir da? Mach keine Scherze, he, mach bitte keine Scherze, denn sonst... denn sonst...«

»Das ist kein Scherz, Vater, er ist weg, verschwunden, futsch, perdu, verstehst du, was ich meine, oder nicht.«

Natürlich verstand der Vater ihn, er verstand ihn so genau, daß er Lust bekam zu tanzen, daß er Lust bekam zu singen:

Willst du Ärger mit deiner Familie,
dann heirate mich, dann heirate mich.
Willst du 'ne Krise in deinem Kopf,
dann verheirate deine Tochter
mit dem Mohrenkopf, mit dem Mohrenkopf.

Vater – der wir jetzt einen Moment lang sind – rechnete fliegenflink aus, wie er in kürzester Zeit möglichst viele Dinge tun konnte, um zu verhindern, daß jemand außer ihm, seinem Sohn und Gott noch mehr erfuhr, als nur sie bis jetzt wußten.

Was macht man in einem solchen Fall – schalten wir jetzt kurz hinüber in den Kopf des Jungen, denn seine Gedanken sind auch recht unterhaltsam –: eine Nikolausfeier veranstalten, mit einem Schellenbaum über den Innenhof hüpfen oder auf einen Hocker klettern und Witze aus der Region zum besten geben?

Um aber zu verstehen, was anschließend passierte, müssen wir zwanzig Jahre zurückgehen in die Zeit, als der Vater aus Touarirt im Landstrich Iwojen wegging. Zu dem Augenblick, als der Vater in das Grenzdörfchen F. gefahren wurde, um dort ein Taxi nach Nadorp zu nehmen, um von dort aus einen Bus zum Flughafen Ouididiada zu besteigen, zu einem Flugzeug, das viele Menschen in ein Land brachte und wieder zurückkehrte, um das gleiche zu wiederholen.

Im Taxi sagte der Taxifahrer – der etwas jüngere, aber schon mit einem Gebiß im Zustand des Verfalls ausgestattete, Chalid Blechbüchse-auf-der-Straße –, allzeit zu einem Gespräch bereit, zu dem noch jungen Vater: »Also du gehst nach Deutschland, hmm.«

»Deutschland ist schön«, antwortete der Vater, »dort ist es grün, und man findet überall Arbeit, sogar wenn du keine Beine hast, dann denken sie sich noch eine Beschäftigung für dich aus.«

»Also du gehst nach Deutschland, hmm«, sagte der Taxifahrer.

»So ist's, Deutschland, man hat es mir versprochen, und wer bei mir seine Versprechen nicht einhält, dem schlag' ich eins in die Fresse.«

»Du gehst also nach Deutschland«, sagte der Taxifahrer.

»Das wird mein Land, ein gutes Land, hart arbeiten, Geld verdienen, triumphieren, diese Mensch-ärgere-dich-nicht-Spielchen, die ich immer spielen mußte, hängen mir zum Hals raus, immer nur wenig Geld zu verdienen hängt mir zum Hals raus, du kennst mich doch, ich will mich beweisen, um später meine Söhne vor dem blöden Gewürfel in den Kneipen bewahren zu können.«

»Du gehst also nach Deutschland«, sagte der Taxifahrer.

»Ich gehe nach Deutschland, wir gehen nach Deutschland, und irgendwann einmal werden meine Kinder auch nach Deutschland gehen, sich die Orte anschauen, an denen ihr Vater gearbeitet hat, die Hochöfen, die Schlachthöfe, die Apartmenthochhäuser. Sie werden stolz auf mich sein. Ich werde sie dorthin schicken, damit sie niemals vergessen, was ich für sie getan habe.«

»Du gehst also nach Deutschland«, sagte der Taxifahrer zum letztenmal, nun da sie im Grenzort F. angekommen waren.

Der damals noch junge Vater stieg aus und kramte in seinen Taschen auf der Suche nach fünf Dirham. »Einen Augenblick, Chalid, ich hatte hier irgendwo einen Schein«, und er rührte mit seinen Händen in den Hosentaschen herum.

Du gehst also nach Deutschland, dachte der Taxifahrer, und du weißt nicht einmal, wo du dein Geld hast. Was bist du doch für ein blöder Hund.

»Nur einen Moment noch, Sidi der Taxifahrer, ich hab's hier irgendwo, ich kann mich genau daran erinnern, daß ich es in meine Tasche gesteckt habe, extra für das Taxi.«

Schließlich fand der Vater den Schein an einer Stelle, die er schon längst vergessen hatte, als er seinen Sohn ansah, aber die Worte, die der Taxifahrer anschließend sprach, die blieben für den Rest seines Lebens in sein Gehirn gemeißelt: »Das nächstemal, später, drüben in

Deutschland oder weiß der Himmel, wo du landen wirst, versuch einen Schein bei der Hand zu haben, immer. Die Leute könnten sonst denken, du wärst so'n armer Schlukker aus dieser oder jener Gegend.«

Der Vater hatte genickt: »Ein verdammt guter Tip«, und die Tür zugeschlagen. Der Taxifahrer wendete den Wagen in Richtung Iwojen, sah aber, ehe er abfuhr, noch einmal aus dem Wagenfenster hinüber zu dem noch jungen Vater, um ihm etwas mitzuteilen.

»Weißt du, wenn ich du wäre, ich würde nach 'Ollanda gehen«, und raste los.

Zwanzig Jahre später erwachte in ihm der Tip des Taxifahrers wie ein verrückt gewordener Flummi wieder zum Leben. Noch nie hatte der Vater so einen Bedarf an Geld wie in diesem Moment, Geld, das auf der Stelle da war, am besten in seiner Hosentasche. Er steckte seine rechte Hand in die linke Tasche und zog einen Hundertdirhamschein hervor. »Hier« (das nenne ich »bei der Hand haben«, dachte Lamarat), und der Vater drückte ihm den Hundertdirhamschein in die Hand, »für das Taxi.«

»Wie meinst du das, Vater?«

»Was ich – gottverdammt, was hast du doch für eine große Klappe – meine, ist, daß du dich auf die Suche nach deinem Onkel machen sollst.«

»Wo steckt er denn? Wo könnte er sein?«

»Das ist mir völlig egal, und wo er steckt, das wirst du jetzt so blitzschnell wie möglich herausfinden. Und ansonsten, kein Geschwätz mehr, geh, geh, geh!«

Und Lamarat ging und suchte und besiegte nichts und niemanden, aber er brachte doch seinen Onkel wieder mit zurück. Betrunken lallend und, so schien es, seines Lebens überdrüssig.

Es war Oma, die aufmachte

Während der Onkel gerade von Lamarat gefunden wird, ist es an der Zeit, von der Zeit zu berichten, die zwischen der Ankunft von Lamarat Minar und seiner Familie und der eigentlichen Hochzeit lag. Exakt sieben Tage lagen zwischen Ankunft und Hochzeit, von denen fünf in Nadorp verbracht wurden, ungefähr zwanzig Kilometer vom Dorf mit dem Zuckerberg entfernt, ungefähr zehn Kilometer von dem Grenzort F. und etwas weniger als zehn Kilometer von der Kronkolonie Melilliaar, wo die Familie Minar angekommen war. Ein Schiff aus einer Hafenstadt im Süden Spaniens hatte sie – Vater, Mutter, Bruder und Das liebe Schwesterchen – in acht Stunden in eine andere spanische Hafenstadt im Norden des Landes gebracht, aus dem so viele Piff-Paff-Puff-Tanten kamen und immer noch kommen, Piff-Paff-Puff.

Sie waren abends aus der Hafenstadt Escorial abgefahren, hatten die Nacht in Schlafkabinen mit Dusche verbracht und waren morgens picobello sauber angekommen. Abgesehen von dem orangefarbenen Mercedes waren alle so sauber, wie Menschen nur sauber sein können. Zudem hatte die Mutter der beiden ein Handtuch vom Schiff mitgehen lassen, so wie ihr Sohn früher Bleistifte aus der Schule mitgehen ließ, allerdings stopfte die Mutter das Handtuch in eine Tüte des Kleiderdiscounts Zeeman. Dieses Handtuch würde später auf der Hochzeit noch gebraucht werden, um ein Zuckerbrot darin einzuwickeln. Der Junge hatte nicht gesehen, daß die Mutter es mitgenommen hatte. Wohl aber hatte er seinen Opa gesehen, der sie am Morgen an der Anlegestelle des Fährschiffs, *Transmediterrania* genannt, erwartete.

Lamarat entdeckte den Opa in einer langen Reihe von Menschen, die vor- und hintereinander standen und die alle auf ihre Lieben warteten; hoffnungsvoll, vor allem auf Geschichten und Geschenke. Geschenke, die in unterschiedlichster Form gemacht werden konnten. Manche Familienangehörige, die von drüben kamen, brachten Butter mit. Damit die Butter die warme Reise durch das Binnenland und entlang der Küste von Frankreich beziehungsweise Spanien überstand, füllten die Besucher Fünflitereimer mit Butter, die sie beim Bauern gekauft hatten (in den Poldern bei Gouda, Bleiswijk, Berkel oder Delft gab es genug Bauern, die mit Milchprodukten und Vieh – Schafe, ab und zu ein nicht gemeldetes Rind – einen ordentlichen Nebenverdienst erwirtschafteten, indem sie mit den bärtigen Männern in nachgefärbten C&A-Hosen Handel trieben) und brachten die Butter zum befreundeten Schlachter an der Ecke, der für lau und völlig umsonst, manchmal widerwillig, denn schließlich nahm das Zeugs doch irgendwie Platz weg, die Eimerchen im Tiefkühlraum bis zu dem Tag aufbewahrte, an dem die Urlauber abfuhren. Aber sie brachten auch andere Geschenke mit: Videos, Fernseher, Fahrräder und – in dem Sommer, als der Junge ankam, sehr populär – Gartenstühle. Meistens, um sie einfach zu verschenken. Manche aber machten damit Geschäfte. Das waren Männer (und hyperaktive Frauen), die Flohmärkte, Ramschläden und Straßenfeste nach Waren abklapperten, für die man im Süden einen ordentlichen Preis erzielen konnte. Dort wurde der Kram dann wiederum auf Flohmärkten in der Stadt verkauft. Manche Leute brachten ein Auto mit, um es dazulassen. Die Einfuhrzölle auf Autos waren hoch, aber sie taten es trotzdem. Andere brachten Geld mit und wieder andere ihren Sohn oder ihre Tochter und manchmal sogar ihren Sohn und ihre Tochter, um sie wegzugeben. Es waren Verwandte aus der Stadt, die ihre Kinder abholten.

Der Vater des Jungen, der an diesem Morgen ankam und Ausschau nach seinem Vater hielt, den der Junge schon längst entdeckt hatte, brachte auch etwas mit; er hatte sich bereit erklärt, die Hochzeit für seinen kleinen Bruder zu organisieren und zu finanzieren.

Die Wagen kamen der Reihe nach aus dem dunklen Schiffsbauch und mußten sich einer hinter dem anderen durch einen Kordon von Menschen quälen. Alle paar Wagen sprang jemand aus dem Kordon nach vorne. Das Wiedersehen war vollkommen und überwältigend, stellte Lamarat fest. Manchmal hielt der Fahrer den Wagen an und stieg aus, um seinen Vater, seinen Vetter oder wen auch immer zu umarmen, zu küssen, und dann sah es so aus, als würden sie denjenigen am liebsten von oben bis unten abknutschen. Und es gab welche, die das tatsächlich auch gemacht hätten, wenn nicht ein mürrischer spanischer Zollbeamter befohlen hätte, mit den innigen Umarmungen aufzuhören und weiterzufahren, denn es warteten noch mehr Menschen mit Autos auf Menschen ohne Autos.

Nachdem der Wagen der Familie des Jungen von der eisernen Rampe heruntergerollt war, da hatten sie noch nicht einmal ein paar Meter auf dem nordafrikanischen

Festland zurückgelegt, als auch schon ein kleines, opaartiges Männlein durch die Mauer der Wartenden brach und auf sie zurannte. Er nahm einen Zipfel seiner Dschellaba in die Hand und kletterte blitzschnell auf Lamarats Seite in den Wagen. Aus der Kehle des kleinen Mannes erklang Lachen, und er rutschte mit auffallender Selbstverständlichkeit an die Seite des Jungen. Wenn man ihn ansah, dann mußte man unwillkürlich an einen Clown denken: zwei Segelohren, ein kleiner, verschrumpelter Kopf und ein Lachen, das von einem Ohr zum anderen reichte. Opa, Opa, jetzt sind wir endlich da! Sofort lösten sich die Zungen, und Lamarat wurde von einer Kakophonie überflutet, die aus allem möglichen, aus dem Kommen und Gehen von Wörtern und Willkommensgrüßen bestand. Zwischendurch gab der Opa Anweisungen, wie und wohin sie fahren mußten. Sie fuhren durch Melilliaar, passierten einen Kreisverkehr, bis es nicht mehr weiterging und sie gezwungen waren, sich einer langen Autoschlange anzuschließen. In der Zwischenzeit hatte der Opa die dringend erforderlichen Küsse ausgeteilt; auch der Junge bekam seinen Teil ab – Opa roch nach Lavendelseife und Olivenöl –, und es sah so aus, als habe er sich in den letzten zehn Jahren kein bißchen verändert. Vor genau zehn Jahren war der Junge zum letztenmal in dem Land gewesen, in dem er geboren worden war, und es schien, als habe der Opa seit ihrer Abreise keine Lust gehabt, älter zu werden. Nur die vertikalen Linien, die sein Gesicht zerpflügten, waren noch etwas tiefer in seine Haut gedrungen, aber wenn er lachte, und das tat er oft, dann verschwanden sie auf der Stelle.

»Gott möge euch beschützen, gut, daß ihr gekommen seid.«

»Wie geht es euch?« fragte Lamarats Vater. Die Worte des Opas hüpften über Lamarats Nase hinweg.

»Allen geht's gut, Oma gut, Schwester gut, und mir geht es auch gut.«

»Und was macht unser Kümmerling?«

»Er war gestern bei uns, er sagte, die See sei ruhig, und fragte, wann ihr ankommt.«

»Ist er im Haus?«

»Nein, er ist wieder zurückgegangen. Das macht er immer, er kommt alle zwei Wochen, macht Einkäufe, trifft sich mit seinen Freunden, und dann besucht er uns, und ehe man sich versieht, ist der Teufel schon wieder verschwunden. Eine ganze Reihe von Sachen müssen in das Dorf gebracht werden, Sohn. Ein Dieselmotor für das Licht, Teller, Schüsseln, Limonadenflaschen und natürlich, das Allerwichtigste: Schafe kaufen und schlachten...«

Opa ratterte seine Liste runter und hätte garantiert noch weitere fünf Minuten alles mögliche aufgezählt, was noch erledigt werden mußte, wenn der Vater ihm nicht ein wenig respektlos das Wort abgeschnitten hätte.

»Was kosten die Tiere?«

»Ihr habt Pech, die Viecher sind teurer geworden.«

»Als ob ich es nicht geahnt hätte«, klang es aus dem Munde des Vaters, »als ob ich es nicht geahnt hätte.« Wenn der Vater sich ärgerte oder über irgend etwas intensiv nachdachte – zum Beispiel darüber, wieviel er für zehn Schafe würde bezahlen müssen –, dann kniff er die Augen zusammen und preßte die Lippen fest aufeinander, bis sein Gesicht nur noch eine Grimasse war. Er hatte ein grobes Gesicht, und er sah in solchen verqueren Augenblicken fast aus wie ein über seine Kräfte hinausgewachsener Bert aus der Sesamstraße.

Der Junge versuchte sich den Anschein zu geben, als ginge es in dem Gespräch um etwas, das auch ihn interessierte. Er saß zwischen dem Opa und dem Vater und verfolgte die Worte von Mund zu Mund, so wie die Zuschauer eines Tennisspiels versuchen, den Flug des Balls zu verfolgen. Dabei kratzte er sich in den Haaren, wischte einige Schweißperlen weg, die sich unbemerkt auf seiner Stirn gebildet hatten. Verdammt, es war heiß, und es sah so aus, als ob nur er das bemerkte. Vielleicht war der Grund hierfür der Durst, der ihn seit ihrer Ankunft plagte. Mit einem durstigen Blick in den Augen wandte sich der Junge seinem Vater zu.

Sein Vater wurde allmählich kahl, das ging schon seit Jahren so. Vielleicht war es vorstellbar, daß sein Haar immer dünner werden würde, bis es vollständig verschwunden war und er anfangen würde, Haare an seinen Wangen zu züchten. Wenn die »Operation Bart« ein Jahr lang gedauert haben würde und das Ergebnis getrimmt und vollendet war, dann blieb ihm nichts anderes übrig, als einen Rosenkranz zu kaufen, diesen zu beten, ein paar Suren auswendig zu lernen und auf Pilgerfahrt zu gehen. Vielleicht war dies ja der Inhalt von Vaters Leben: sich an das Maß seines Haarwuchses anpassen.

Der Junge kratzte sich noch einmal am Kopf. An der Haltung des Vaters konnte er erkennen, daß er sich ärgerte. Er hatte die Aufgabe übernommen, die Hochzeit zu organisieren, das Geld kam aus seiner Tasche, und eigentlich war es auch seine Sache, die Hochzeit zu bezahlen, denn eigentlich drehte sich alles um ihn.

Die Schlange vor der Zollstation wurde kürzer, und vor den Augen des Jungen und zwischen den Worten des Opas hindurch, der dabei war, ihnen die ganzen Familiengeschichten im handlichen Tratschformat aufzutischen, formierte sich ein Aufzug aus bettelnden Frauen mit Kindern auf dem Rücken und jungen Männern, die aufgeregt mit Schreibunterlagen aus Karton für die Formulare und abgeknabberten Bic-Kugelschreibern winkten und von einem Auto zum anderen gingen. Der größte Teil der Frauen war jung und trug ein Kind auf dem Rücken, eingewickelt in irgend etwas, das noch am ehesten an ein verschlissenes Badelaken erinnerte. In Dreier- oder Viererreihen gingen sie an den Wagen vorbei und hielten die Hand auf, wobei sie vor allem ihre Kolleginnen eindringlich ansahen. »Du, Fatima, die du aus dem goldenen Norden kommst, nein, tu nur nicht so, als ob du mich nicht siehst, denn natürlich siehst du mich, du wirst mich doch nicht mit leeren Händen zum nächsten Wagen schicken? Zu anderen Wagen, in denen Frauen sitzen, die mir sehr wohl etwas schenken?« Dieser herzzerreißende Appell an ihre Barmherzigkeit war für die meisten Frauen zuviel, und sie gaben den Angehörigen des Bettelordens eine Handvoll Kleingeld, und manche verschenkten Handtücher, die unterwegs benutzt worden waren. Alles wurde angenommen, das Geld wurde unter den grünen oder weißen Kaftan gesteckt, und das Handtuch, oft noch voller Flecken vom Öl einer Dose mit Thunfisch, kam in eine Tasche. So gingen sie an den Wagen vorbei, bis sie zu den Minars kamen. »Du solltest ihnen nichts schenken«, sagte der Opa, als die Frauen noch ein paar Autos von ihnen entfernt waren. Warum… dachte der Junge. »Diese Frauen haben Puppen in den Tüchern, und wenn sie nach Hause kommen, dann ziehen sie die Fetzen aus, die sie jetzt tragen, und legen hübsche Kaftane an.« Die Worte des Opas machten auf die Mutter wenig Eindruck, denn sobald die Frauen sich ihr genähert hatten, steckte diese barmherzige Seele von einer Mutter eine Hand aus und warf ihnen durchs Fenster ein Handtuch zu. Es war ein blaues Handtuch (Made in China) mit einem weißen Streifen, gekauft im Einkaufszentrum De Zwart Jan. Lamarat sah seine Mutter kopfschüttelnd an. Sie schien sich für ihr ungewöhnliches Benehmen zu schämen, denn sie lächelte wie ein kleines Mädchen zu ihm hinüber.

Der bunte Zug der Bettler ging entlang der Autoschlange weiter, und unmittelbar dahinter folgte eine Herde von jungen Männern in Jeans und Viskosehemden, die lauter Formulare in ihren Händen hatten. »Gebt mal eure Pässe rüber«, sagte der Opa. Der Vater stellte keine Fragen, sondern gab ihm einige Pässe, die der Opa an einen der Jungen weitergab, der an der Autotür wartete und seinen Blick auf die Zollstation gerichtet hielt. »Sie füllen *la fiche* für dich aus, das Formular, in dem du erklärst, daß du in das Land einreist. Laß es sie ruhig ausfüllen, dann kommen wir schneller durch den Zoll.« Der Junge, der die Pässe in Empfang nahm, sah nicht allzu gepflegt aus: unrasiert, und das Weiße in seinen Augen schien entzündet zu sein, so rot war es. Natürlich, dachte Lamarat, das kann man natürlich auch selbst machen, aber mit der Hilfe dieser Laufburschen kommt man schneller durch den Zoll, vermeidet unnötige Wartezeiten, und das für ein paar Dutzend Dirham Schleppergebühr. Lamarat sah, wie er in schnellen, kurzen Zügen schrieb, Arabisch offenbar. Er gab ihnen das Formular zurück und sagte, daß er wiederkommen werde, wenn sie beim Zoll wären. Danach verstrichen zwei Stunden, in denen Lamarats Durst größer und die Autoschlange kleiner wurde.

Gegen Mittag näherten sie sich der Zollstation. Außer der Autoschlange passierten auch Fußgänger die Grenze in beide Richtungen. Am Straßenrand entdeckte Lamarat eine Gruppe von Männern in Jeans, die auf Bierkisten und umgedrehten Eimern saßen. Zunächst dachte er, es handele sich um einen Werbespot, aber als der Wagen näher heranfuhr, wurde es Wirklichkeit. Zu ihren Füßen oder in der Hand hatten sie eine Dose oder eine Flasche schäumenden Genusses. Es war die Amstel, die in Form des gleichnamigen Bieres durch ihre Hände floß oder zu ihren Füßen lag. Alle paar Sekunden stand einer von ihnen auf, stellte seine Dose vor sich hin, wollte etwas sagen, vergaß, was er genau sagen wollte, und setzte sich wieder hin, so daß ein anderer sich erheben konnte. Auch andere Leute beobachteten durchs Autofenster ihre Landsleute, die vor der Eingangstür zu ihrem Vaterland Bacchus die Hand reichten. Fast sah es so aus, als handele es sich um eine bewußte Provokation. Ein paar Meter entfernt wäre vielleicht ein gebrochener Kiefer die Quittung für dieses Vergehen gewesen. Und was konnte Lamarat machen? Aus dem Wagen steigen, um sich an ihrem Sitzen-Aufstehen-Hinsetzen-Spiel beteiligen zu können. Das kam vom Durst. Kein Wasser, dann also Bier; kein Bier, dann eben ein Spiel, jedenfalls irgend etwas, um die Zeit des Wartens totschlagen und vergessen zu können. Aber in diesem Moment löste er, der Mann mit dem beginnenden Bart, die Handbremse, und sie fuhren an die Zollstation heran. Wie ein Springteufel aus der Schachtel war der junge Mann, der ihre Pässe hatte, neben dem Kleinbus aufgetaucht. Er befahl – nicht zu glauben! – dem Vater, ihn in die Zollstation zu begleiten. »Laß mich reden, du hältst die Pässe und, ach ja, nimm dein Portemonnaie mit.«

Nachdem gefeilscht und gestempelt worden war, klappte der Vater sein Portemonnaie zu, löste die Handbremse und fuhr ins Vaterland.

Schwuppdiwupp, dachte Lamarat, wir sind da. Und wie geht's weiter: Staub, Esel auf der einen Straßenseite und Lastwagen, die sich mühsam nach Melilliaar hineinschlängeln, auf der anderen. Rush hour im Landstrich, und folglich macht jeder pieppieppiep, und warum fährst du nicht weiter, Hund, Hure deiner Mutter, Vater deiner Hure, wohl keine Ahnung vom Autofahren!

Kleine Jungs von der Sorte, die abends Mensch-ärgere-dich-nicht spielen, gehen an den stillstehenden Wagen vorbei, Zigarettenstangen in den Händen, und singen im Chor: »Casawinstonbest-Casawinstonbest-Casawinstonbest, drei verschiedene Sorten Zigaretten, und mein Herr, Sie hätten gerne Marlboro, warten Sie bitte einen Moment, dann hole ich welche dort in der Kneipe, nein, daran verdiene ich nichts, soll ich auch eine Flasche Sim Orange mitbringen oder etwas anderes vielleicht?« Und was machen Leute, die nicht rauchen, die keinen Durst haben? Die machen's ohne und reden über dies und das und reden über Fleisch und Butter und über Katzen und Hunde. Über nichts also. So auch Opa und der Vater. Hochzeit hin, Hochzeit her, hier anhalten, da anhalten, nein, er möchte doch nicht. Und der Wagen bog wieder um eine Ecke. Lästiger-Kerl-gehstemal-von-der-Straße, und heißisses!

Auf die große Straße. Wie weit ist der Weg weg weg. Entlang der Straße sah Lamarat Jungen hinter Stapeln von schwarzen Eimern voller Kaktusfeigen hocken, gelbe, rote und grüne. Gib mir ein paar Dirham, und du bekommst den ganzen Eimer. Du mußt aber immer erst nachsehen, ob nicht unten im Eimer verdorbene Ware versteckt ist.

Lamarat schien die Dinger zu mögen; jedenfalls machte ihn seine Mutter darauf aufmerksam. »Sei aber vorsichtig mit den Kaktusstacheln auf der Frucht und den Stacheln im Innern, Sohn. Gib lieber her, dann schäle ich sie für dich.« Man konnte davon zum Zombie werden. Der Enddarm konnte verstopfen; das schien den Stuhlgang zu erschweren. Seinerzeit, vor zehn Jahren auf dem Innenhof, warnte die Oma Lamarat immer, wenn sie sah, wie er zehn, fünfzehn von den Dingern in sich hineinstopfte, indem sie die Hand zur Faust ballte und diese schüttelte: »Das sind keine Erdnüsse aus einem Schälchen, mein Sohn, paß lieber auf, bevor du dich versiehst, hast du dir innerlich was gefangen.«

Alle wollten wissen, wie es der Oma ging. »Gut«, sagte Opa, »der alten Fatma geht's sehr gut.« Und so kurvten sie in die Stadt und redeten über Omas und Opas, Esel und Pferde und Steine und Sonnenstrahlen. Der Wagen bog um eine Straßenecke nach der anderen, bis schließlich der Vater sagte: »Bis hierhin und nicht weiter. Wir sind da.« Was Lamarat da zum erstenmal sah und vermutlich auch zum letztenmal, war dies:

Das Haus, das mit den ersten Sonnenstrahlen auf dem Dach verborgen im Morgen lag, war blau, und auf der gegenüberliegenden Straßenseite ging ein Junge schwerfällig über den Bürgersteig, als habe man ihn, als er Gasflaschen nach draußen schob, mit Sekundenkleber am Boden festgeleimt. Vor den Fensterläden waren Gitter angebracht. Das Haus hatte zwei Etagen, wie Lamarat auf den Fotos, die sein Vater in diesem Moment in den Händen hielt, gesehen hatte. Ein kleiner Schritt für den Bauunternehmer – wie viele hatte der in Nadorp schon gebaut: hundert, tausend, zehntausend? –, aber ein großer Schritt für seinen Vater – wieviel hatte er dem Bauunternehmer wohl gezahlt: hunderttausend, eine Million, hundert Millionen arithmetisch zerschnipselte Dirham?

Der Vater stieg als erster aus, ihm folgte Lamarat, dann kam das liebe Schwesterchen und zuletzt die Mutter. Opa war der Zählung heimlich entwischt. Die Augen, die Rücken, die Füße wandten sich von links nach rechts, von oben nach unten. Die Schwester machte eine demonstrative Showbewegung, in Zeitlupe – auf halbem Weg zwischen Erdboden und Treppe verharrte ihr Fuß still in der Luft und schien zu zaudern –, die endete, als sie mit ihrem rechten Fuß die blaßrosa Stufe berührte. »Das Haus ist auf fünf Pfeilern gebaut.« »Ich weiß«, sagte der Vater, »der Untergrund war nicht überall fest genug.« »So etwas Ähnliches habe ich auch gehört, ja. Und der fünfte Pfeiler steht nun also mitten im Haus.« »Das wußte ich«, sagte der Vater verwundert, »was willst du mir damit sagen, Pa?« Der Opa zog seine Dschellaba noch einmal zurecht und ging zur eisernen Eingangstür. »Aus irgendwelchen Gründen blättern die Mosaiken und die Farbe ab; ich weiß, bei Gott, nicht, woher das kommt.« Und während er diese letzten Worte sprach, wurde die Tür geöffnet.

Es war Oma, die aufmachte.

Der Taxifahrer nickte.

Es kann losgehen

Das schöne Haus, das dort so vorbildlich im Schatten liegt, mit diesem Haus stimmt etwas nicht. Schau es dir nur mal genau an, von oben bis unten. Jetzt, in diesem Augenblick, bröckelt der Zement, der alle Winkel und Löcher abdichtet, rasendschnell ab. Feuchtigkeit kriecht durch die Wände, und an der Decke zeigen sich immer mehr Risse im Putz, während auf dem Fußboden die Fliesen anfangen, sich zu lösen. Eine Flutwelle von Rissen und Brüchen droht.

Reg dich nicht auf, Väterchen: Beauftrage ein paar Leute und laß alles abdichten, bevor es nichts mehr abzudichten gibt und vor lauter Elend alles zusammenstürzt. Das Haus erodiert, zerkrümelt sich selbst in rasendem Tempo. Keiner unternimmt etwas dagegen, keiner kann etwas dagegen unternehmen. Der Opa und die Oma, unternehmen die etwas? Nein, sie schlafen, während das Haus in aller Stille zerfällt. Der fünfte Pfeiler im Haus, wurde er als erster oder als letzter aufgestellt? Nur Mosa kennt die Antwort, aber die Deckfarbe blättert immer weiter und vor allem immer schneller ab. Offenbar wurde das Fundament nicht gut genug gelegt. Die Wasserleitungen geben Kupfer ab, die Einbauküche aus Spanplatten ist vom Holzwurm angefressen. Die Familie Minar wohnt für ein paar Wochen in einem Haus, das sich allmählich selbst auffrißt, und es gibt niemanden, dem dies aufgefallen wäre. Außer, außer einem – und dem Opa ein ganz kleines bißchen. Mosa, du alter Halunke, wo steckst du? Ich bin hier, hier bin ich, im Dorf am Meer; hier ist es kühl, zweiundzwanzig Grad, und eine Brise vom Meer weht mir um den Kopf. Kommt ihr noch? Das Haus? Was mit dem Haus los ist, meinst du? Ach, gegen die Betonfäule ist kein Kraut gewachsen, schon gar nicht in diesen Breiten, aber was macht das schon, Rosen verwelken und Häuser vergehen, aber unsere Liebe, die bleibt bestehen. Und noch was. Ich habe euch gesehen, als ihr ankamt. Es war Nacht, aber von der Rückseite des Hauses aus, bei den Kakteen, sah ich, wie euer Schiff angedampft kam. Ich wußte, daß ihr auf diesem Schiff sein würdet. Und plötzlich fiel mir das Geld wieder ein. Das Geld für das Haus, jede Menge Geld... Und auch ich weiß ab und zu nicht mehr genau, woran ich bin, und alle kennen die Tricks beim Wechseln, sogar ich kenne sie, ja gerade ich beherrsche sie. Aber gut, jetzt stehen andere Sachen auf der Tagesordnung. Feiern, feiern und noch mal feiern.

Große Freude herrscht – während Mosa in Touarirt allein eine Zigarette rauchte – an diesem Abend in dem herrlichen Haus: Sie waren nach Hause gekommen. »Setz dich, setz dich«, und Oma hatte sie in das kleine Wohnzimmer neben der Küche geschoben. Auf dem Fußboden war eine Plastikdecke ausgebreitet, und überall lagen Kissen. Lamarat mußte über seine eigenen Worte lachen und sagte zu seiner Schwester, die den ganzen Abend lustlos an die Decke starrte, die Hände auf dem Schoß, als wäre sie von einer Pistolenkugel getroffen worden: »Diese Oma, was für ein prächtiges Frauchen, ich brauche sie nur anzusehen, und sie lacht mir zu. Und weißt du, was das Komische ist, dieses Froschlachen bringt mich wiederum zum Lachen, so daß ich nicht einmal mehr weiß, warum ich überhaupt angefangen habe zu lachen.«

Der Taxifahrer nickte. »Hast du vielleicht schon mal von meiner Mutter gehört?« fragte er, während er die Hügel hinauf die Geschwindigkeit reduzierte. »Meine Mutter ist Wahrsagerin.«

»Ach, wirklich«, sagte der Junge. »Was sagt sie denn genau wahr?«

»Na ja, die Zukunft, wie deine Zukunft aussieht, unsere Zukunft, die Zukunft eines jeden, der dafür ein paar Dirham übrig hat.«

»Und wie geht das so vor sich, die Zukunft vorhersagen?« Der Junge war neugierig geworden, bestimmt hatte es etwas mit Blut und dem Opfern von Schafen zu tun.

»Genau weiß ich das auch nicht, aber bei mir hat sie ein paar Steine aus dem Kakteenfeld geholt und diese in einem irdenen Topf voller Holzkohle gebraten – ich mußte mich währenddessen auf einen Stuhl setzen und mich ruhig verhalten –, dann füllte sie eine Schüssel mit Wasser, kramte noch ein wenig mit den Steinen im Topf, hielt die Schüssel mit Wasser über meinen Kopf...«

Der Fahrer wollte weiterreden, aber der Junge wandte sich ihm zu und unterbrach ihn: »Das kenn' ich, das kenn' ich, so haben sie's bei mir auch gemacht, als ich das letzte Mal hier war, sie schmeißen dann die Steine in die Schüssel, und aus der Asche, die an die Oberfläche steigt, können sie einiges von dem herauslesen, was sich in der Zukunft ereignen wird.«

»Genau«, sagte der Fahrer mit einem Lächeln.

»Und wie sah deine Zukunft aus?« fragte Lamarat. »Weißt du, wie deine Zukunft aussah? All diese Weiber, die mit den Steinen spielen, erzählen einem doch nichts, sie murmeln irgendwas vor sich hin, und das war's.«

»Ja, das stimmt, viel sagen sie nicht. Meine Mutter wollte mir auch nicht viel erzählen, abgesehen davon, daß sie mir kurz in die Wange kniff…«

… und sehr viele Küsse verteilte. Es handelt sich bei der Begrüßung der Familie natürlich sehr wohl um eine Formalität. Erst die Umarmungen, die Lippen im Nacken fühlen. Wie oft man dann Küßchen geben muß. Diesseits oder jenseits der großen Flüsse. Zwei, drei, vier, fünf, sechs. Was sagt man? Laß sie ruhig reden. So machte es jedenfalls Rebekka, ganz schön ausgekocht; niemals Widerstand leisten, immer schön nachgeben, wie der Bambus in der wilden Umarmung des Windes (der Bambus, der aus der verkrusteten Erde heraus und an Lamarats Augen vorbeiflog). Sie breitete die Arme für meine Oma aus und ließ sich im Strom ihrer Worte mittreiben. »Gott möge dich erhalten (erster Kuß), Gott möge dich aufnehmen (zweiter Kuß), Gott möge dich beschützen (dritter Kuß), Gott möge dich behüten (vierter Kuß), meine Tochter (fünfter Kuß), Gott möge sich deiner Kinder erbarmen (sechster Kuß). Genug Segenswünsche also bis in die vierte Generation. Und das liebe Schwesterchen murmelte auch fein brav drauflos, spitzte ihre Lippen, küßte und tat gerade so, als erwiderte sie irgend etwas in dieser Art. Meiner Meinung nach brabbelte sie einfach etwas vor sich hin und sagte so was wie: »Supermann und Superfrau (erster Kuß), kaufen sich 'ne Supersau (zweiter Kuß), sie gibt Milch und legt auch Eier (dritter Kuß), darum ist sie superteuer (vierter

Kuß).« Den fünften und sechsten Kuß komplettierte sie mit Textfetzen aus irgendeinem mysteriösen Songfestivalliedchen. Oma wandte sich hinüber zu dem Jungen und legte ihm die Arme um die Taille, die Hände auf seinen Rücken. Lamarat sagte gar nichts, sondern ließ sich einfach umarmen. Wie ein Tintenfisch, den man totgeschlagen hat.

Sie nahmen im Wohnzimmer Platz. Das Zimmer war leer, abgesehen von der Decke und den paar Kissen, die auf dem Boden verteilt lagen. Ein wenig kühl. »Etwas ungemütlich«, hätte die Nachbarin aus Mohnsamenstadt gesagt. Der Junge setzte sich schnell hin, genau gegenüber von seinem Opa, der mit ausgestreckten Beinen vornübergerollt dasaß. In einem seiner Füße war ein tiefer, spitzer Abdruck. Als hätte jemand mit einem Eispickel hineingehackt. Die feste, gelartige, dickflüssige Masse war tatsächlich überall auf seiner Fußsohle, hatte sich wie ein Geschwür ausgebreitet außer an dieser einen Stelle. Sie sah eher wie ein Stern aus, ein kleiner Punkt mit davon ausgehenden Strahlen, die Gräben in die bröckeligen Schwielen rissen.

Dieser kleine Punkt war eine Jugenderinnerung, ein Andenken an die Schuhe, die er als kleines Kind getragen hatte. In Melilliaar verkauften die spanischen Schuster eine Art Sandale, die aus Gummireifen gemacht wurde. Die Gummilagen wurden von rostigen kleinen Nägeln zusammengehalten, die man hineingeschlagen hatte. Wenn der Opa diese Sandalen anzog, dann begannen seine Füße durch das Zusammenwirken von Gummi und Hitze zu schwitzen. Manche Nägel hatte man nicht besonders fachmännisch hineingeschlagen – man könnte auch sagen, sie waren ungenau reingekloppt worden –, so daß sie zur Hälfte herausragten. Auf dem Weg ins Dorf, in die Höhle des Wolfs, hatte sich ein solcher kleiner, lausiger Nagel hochgeschoben und in die Fußsohle gebohrt. Weh tat das nicht, barfuß laufen war viel schlimmer, vor allem, wenn Kaktusfeigen gepflückt werden mußten, aber der Nagel durchstach die Oberhaut, und Blut floß aus der Wunde. Der Opa hinterließ eine Spur von Dorf zu Dorf.

Lamarat starrte die ganze Zeit auf den Fuß, während sein Opa mit den letzten Wetterberichten aus Europa beschäftigt war. So viel verstand er durchaus: der Zustand des Wetters.

Die Oma des Jungen kniff ihm kurz in die Wange, als sie das Wohnzimmer des neuen Hauses betraten. Er spürte, wie die nassen Finger sein Fleisch zusammenpreßten. Der Grund für ihre Freude und ihre nassen Finger war, daß nach zehn Jahren die Familie gekommen war, um die Hochzeit zu feiern. Während sich Lamarat neben seinem Opa niederließ, sagte sie mit Görenstimme: »Und sei jetzt nicht knickerig« zum Vater, der aufschreckte und sie unwirsch ansah, womit er in etwa sagen wollte: »Ich bin erwachsen, Mutter, du mußt mir nicht mehr sagen, was ich zu tun und zu lassen habe.« »Dein Bruder heiratet nur einmal, und er hat dein Haus teilweise gebaut.« Und damit war die Sache erledigt. Sie benahm sich noch genauso wie früher, noch immer eine große Klappe. Immer reden wollen. Auch mit Lamarat. Sie hatte sich zu ihm umgedreht und überschüttete ihn mit Küssen und Worten. Über seine Größe, daß er so gewachsen sei, über seine körperliche Verfassung, daß er weiterhin gut essen solle, und nicht nur Margarine, und daß er der nächste sein solle, der sich verheirate. Lamarat erinnerte sich plötzlich daran, daß sie davon auch ständig gesprochen hatte: Immer wieder hatte sie während des letzten Urlaubs übers Heiraten gesprochen. Er war noch jung, zu jung sogar für eine Ejakulation, aber seine Oma redete schon vom Heiraten und von der 1a Henna, die sie für ihn, ihren lieben Jungen, machen würde. Vielleicht, dachte der Junge wiederum – er dachte sich ziemlich was zusammen –, wäre es besser gewesen, wenn sie damals nicht soviel über Henna und Eier geredet hätte, sondern mir statt dessen ein bißchen Sexualaufklärung gegeben hätte. Das hätte sie eigentlich tun sollen, aber vielleicht war ja das Gerede übers Heiraten und ein hübsches Mädchen so etwas wie verkappte Sexualaufklärung. Auf jeden Fall beantwortete Lamarat damals die Neckereien seiner Oma mit viel Lachen und Ausflüchten. Daß er noch gar nicht daran gedacht habe zu heiraten und daß er sich nie, nie und niemals Henna oder irgendwelches Zeugs auf die Hände schmieren ließe. Er wäre doch kein Weib, nicht seine Schwester oder seine Mutter oder Oma, die sehr wohl so dann und wann voller Flecken und Spritzer waren. Oma hatte dann immer gelacht, hatte genickt und war davongeeilt, um ihm noch ein Ei zu braten. Auf jeden Fall hatte sie irgend etwas gemacht. Das Lustige war, daß im Wohnzimmer in diesem Augenblick, als Lamarat ihr widersprach (»Ich denke noch gar nicht ans Heiraten, Oma«, und er wollte seine Ansicht mit vielen Anekdoten und Scherzen ausschmücken), die Oma zu Vater und Mutter hinüberschaute und heftig den Kopf schüttelte. »Was sagt er, mein Junge, ich verstehe nicht die Bohne.« Vater und Mutter lächelten gequält wie von Achselnässe geplagte Bauern. Oma wandte sich zu Lamarat und beruhigte ihn: »Wenn die Zeit da ist, und diese Zeit wird bestimmt irgendwann einmal kommen, dann wird diese Zeit schon von selbst dafür sorgen, daß er das Mädchen kriegt, das er gerne haben möchte.« Sie hatte ihn jedoch nicht verstanden. Er wollte etwas ganz anderes sagen. Es war, als schneide ihm jemand mit einem Stanleymesser ein großes Loch in das Parkett seiner Seele, um sie anschließend zu verbrennen. Lamarat dachte einen Augenblick lang, er sei der Analphabet der Familie, und das war er in diesem Moment wohl auch.

Lamarat stand auf, als er hörte, daß Oma auf Rebekka einquasselte, und sah, wie sie ihre Lippen spitzte und anfing, ein norwegisches Songfestivallied vor sich hin zu leiern; sie gab nach, überlebte und würde später viele Kinder kriegen und sie dann im Wohnzimmer zur Schau stellen, vollkommen abgestumpft. Lamarat stand auf (und dafür habe ich noch kein zukünftiges Bild; können Männer Frauen kriegen?) und ging aus dem Wohnzimmer, um die übrigen Räume des Hauses zu inspizieren.

Das waren große Zimmer mit Mosaiken und glänzenden, dunkelbraun glasierten Fliesenarabesken. Lamarat wollte dem Fahrer von den Duschen erzählen und von den Kakerlaken, die sich unter dem Rand der französischen Toilette einquartiert hatten; daß er sie auch an der Decke angetroffen hatte, im Schrank neben den Mottenkugeln, unter dem Nachttisch, unter dem Bett, daß sie überall waren, als wollten sie ein Zeichen geben. Er wurde aber von seiner Oma abgelenkt, deren Geplapper er den ganzen restlichen Abend im Wohnzimmer hörte. Das Leben einiger Menschen dreht sich einzig und allein um einen Pickel auf der Oberlippe, für andere ist eine Pilgerfahrt der Lebensmittelpunkt; für seine Oma bestand die einzige Möglichkeit zu zeigen, daß sie lebte, im Gebrauch ihrer Stimme. Jedes Wort, das sie sprach, war für sie ein Zeichen des Lebens und für den Jungen ein zunehmender Schmerz in den Ohren. Sie redete über alles mögliche: über den Preis für Eier, über die Größe der Wassermelonen, daß sie so gerne zurück ins Dorf ziehen würde... (»Aber«, sagte der Vater jedesmal, wenn sie dies beim Mittagessen – Fisch mit Wassermelone und gekochte, krümelige festkochende Kartoffeln, serviert in Soße mit Peperoni und dazu eine Flasche Cola und eine Flasche Fanta Florida – vorbrachte, »du wolltest doch so gerne hierher ziehen, du lebst hier wie ein Gott, was hast du in diesem Dorf zu suchen, Mutter, nein, hör nur auf mich, das Leben dort ist nichts mehr für dich, und, Mutter, wer sollte denn sonst dieses Haus hier unterhalten, die Fußböden und Fliesen reinigen und es vor Dieben und Einbrechern beschützen? Es ist gut, daß du hier bist, und noch besser scheint es mir zu sein, wenn du noch lange hierbleibst.« Dann hatte er genug gesprochen und nahm noch eine Scheibe Wassermelone, und der Opa beendete das Heimwehgejammer seiner geschwätzigen Frau, indem er die letzten Worte seines Sohnes mit einem »Inschalla« bekräftigte.) Und doch wollte sie weiterhin zurück ins Dorf; am liebsten wäre sie mit ihrem Sohn zurückgegangen, kurz nach der Fertigstellung des Hauses mit den fünf Pfeilern.

Lamarat war ein Junge, der sehr viel verstehen konnte, zum Beispiel warum jemand Taxifahrer wurde oder warum seine Oma ein so starkes Verlangen nach ihrem Landstrich hatte, aber warum der Onkel so gerne zurück ins Dorf wollte, war ihm ein großes Rätsel.

Das vorige Mal, als sie hier in Ferien waren, da hatten sie im Dorf gewohnt. Wer, und das wurden immer weniger, aus Melilliaar kam, der mußte durch allerlei kleine Dörfer gelotst werden, über eine schmale Asphaltstraße, die sich weiterschlängelte, in den Wald hinein, und die auf der anderen Seite des Kaps endete. Das Dorf lag abseits der Straße, fünf Kilometer ungefähr. Es gab keine Elektrizität, kein fließendes Wasser, kein Gas. Wenn der Abend gekommen war und die leeren Schüsseln gespült und aufgeräumt, dann saßen sie im Innenhof, und Lamarat schaute nach oben und beobachtete die Sterne. Er blieb so lange wie möglich auf und ging erst schlafen, wenn sein Onkel zu Bett ging, um dann am nächsten Morgen wach zu werden, hinter das Haus zu rennen, zwischen den Kakteen mit einem glatten Stein sein Geschäft zu machen – das heißt, man mußte hoffen, einen glatten Stein zu finden, ohne Scheiße und anderen Dreck – und vom hinteren Ende des Kakteenfelds aus das Meer zu betrachten, um zu sehen, wie die Stimmung des Meeres war, wie es aussah, am liebsten ruhig, ein bißchen runzelig, so wie die Haut eines Elefanten, der auch eben erst aufgestanden ist, denn dann hatte sein Onkel mehr Lust mitzugehen. Drinnen war das Frühstück fertig, ein Omelett, das völlig anders schmeckte, als er es gewohnt war, und Opa machte Tee, indem er auf dem Feuer in einem großen Kessel Wasser kochte, das Wasser in eine Teekanne goß, um dann Minze und Zucker beizumischen. So viel Zucker, daß der Junge immer wieder staunte, wenn er sah, wieviel er hineintat. Er schien mit dem Aus-dem-Sack-Löffeln gar nicht mehr aufhören zu wollen, sieben oder acht gehäufte Kouskouslöffel voll Zucker, aber es war ja schließlich auch leckerer Zucker.

Während dieses Urlaubs geschah es, daß Lamarats Vater anfing, von Häusern zu reden, die man in den Städten baute. Es sollte letztendlich ein Haus in einer über ihre Kräfte hinausgewachsenen Stadt werden. Aber, fragte sich Lamarat damals, dort im *remrach*, was konnten sie von einem Haus erwarten, das gebaut wurde, um nur sechs Wochen im Jahr von den Bewohnern, für die es bestimmt war, bewohnt zu werden? Nein, Vater hatte größere Pläne. Später, wann ist später? Ist das die Sonne oder ist das der Mond, Vater? »Später, wenn ihr einmal verheiratet seid, dann kriegt jeder von euch eine Etage für sich. Du die obere und das liebe Schwesterchen die untere, zusammen mit ihrem Mann.« Und wie er sie damals angesehen hatte, wobei er dem Blick des lieben Schwesterchens auswich, an jenem Morgen auf dem Innenhof des Hauses am Meer, Rebekka und Lamarat... Aus einem Transistorradio schepperte Midi I; ein Franzose erzählte, daß ein anderer Franzose eine Etappe der Tour gewonnen hatte und daß dieser Franzose das auf phan-ta-sti-sche Art getan hatte: aufrecht in den Pedalen wie ein durchgeknallter Hahn durch die Pyrenäen, in einem Wahnsinnstempo hoch, welch vernichtende Kraft sich dort an den Flanken von ich weiß nicht welchem Berg manifestierte! Dann folgten die Nachrichten im regionalen Idiom. Und Mosa hatte gesagt: »Ein Vorschlag, lieber Bruder, und du weißt, was ich sagen werde: Ich würde euer Haus wohl gegen Einbrecher bewachen, und nebenbei werde ich alle Schecks, die ankommen, versilbern, ich werde Zement von dem Geld kaufen, Backsteine, du weißt schon, ich werde dies und jenes für dich tun, Bruder, wenn du mir anschließend nur ein wenig bei etwas... mir ein wenig bei etwas helfen könntest, das mich selbst auch ein bißchen weiterbringt...« Aber weiter als bis zu diesem entscheidenden Punkt, weiter als bis zu diesen neugierig machenden Pünktchen, gingen seine Sätze nicht. Das eine machen? Was machen? Wollte er auch ein Zimmer in dem Haus haben? Lamarat wurde nicht schlau daraus.

Wer ihn aber sehr genau verstand, das war sein Bruder, Lamarats Vater. Als habe er auf diese Worte gewartet, stand er von seinem Kissen auf und sagte: »Mach dir keine Sorgen, Bruder, ich regle schon was für dich, mach dir keine Sorgen.« Eigentlich, und warum fällt mir das erst jetzt ein, denn man muß gar nicht lange nachdenken, eigentlich war das der Beginn der Hochzeit. Er erledigte Aufseherdienste, und als Gegenleistung setzte der Vater ihn nach Europa über, mit einer Frau als Ruder.

Ein ganz gewöhnlicher Deal also, aber es kam dem Bau des Hauses durchaus zugute. Noch nie hatte ein Marokkaner aus dem Landstrich so hart für seinen Bruder gearbeitet wie Mosa. Bei der Ankunft des ersten Schecks zog der Onkel in die Stadt, schlief in einem Zelt, das neben dem Krater stand, den man in den Boden gegraben hatte, neben der herausgebuddelten Erde, die Platz für die Pfeiler gemacht hatte, fünf an der Zahl. Als der Bau des Hauses, das von einem Skelett zu einem Schloß mutierte, voranschritt, schlief er im Haus, in einem kleinen hölzernen Verschlag. Nun war man an einem Wendepunkt angelangt, das war dem Onkel klar, wenn er das Haus betrachtete: In diesem Stadium konnte man daraus sowohl ein Haus als auch eine Moschee, aber auch einen Basar oder ein Gefängnis machen. Nur braucht man für die eine Möglichkeit mehr Zement als für die andere.

Aber nicht nur das Haus nahm Formen an, mehr Zement, mehr Backsteine, mehr Lohn nach getaner Arbeit, sondern auch der Gedanke, daß der Vater in absehbarer Zeit mit ihr herkommen würde.

Er sah sie zum erstenmal in dem Jahr vor der Hochzeit, dem Jahr, in dem das Haus fertiggestellt wurde. Die Eltern reisten extra an, um sich das Haus anzusehen; der Vater, der an der Hand herbeigeschleppt wurde, um das zukünftige Haus des Onkels zu bewundern, sah dem Onkel fest in die Augen: »Sie muß sich vielleicht erst an dich gewöhnen, du verstehst doch, was ich meine, Brüderchen, achtzehn ist sie jetzt, und nächstes Jahr wird sie neunzehn sein, wenn Der-dort-oben es will, paß also auf, denn du weißt: Ich tue dir einen Gefallen. Immer diese Eile, auch von deiner Seite, verstehst du, was ich meine, oder nicht? Wenn du wüßtest, wie viele Nächte sie geweint hat, wochenlang, aber das ist jetzt vorbei. Sie ist noch nicht ganz bereit für die Ehe mit dir, versuch also, ein bißchen nett zu ihr zu sein, verstehst du, was ich meine, oder nicht.«

Natürlich verstand der Onkel, was der Vater meinte, und er spazierte mit ihr ein wenig in der Gegend herum und sprach zu ihr von seinem Los, und er ließ sein Los in der Lostrommel rotieren, in einer Lotterie, in der jedes Los ein Eis, ein Küßchen und eine Umarmung plus Goldkettchen gewann, bis sie nichts anderes mehr sagen konnte als: »Ja, aber ich möchte auch in Zukunft selbständig bleiben. Ja, aber du mußt mich mit Respekt behandeln. Ja, aber wie soll ich wissen, daß du nicht ein bißchen flunkerst? Ja, du hast schöne blaue Augen, keiner hier hat blaue Augen. Ich werde sehen, ich will es versuchen, ich möchte dir so viele Dinge sagen, von denen ich denke, ich glaube, daß es schon gutgehen wird, ich habe geweint, weißt du, es wird schon gutgehen, weißt du, wir wollen es versuchen.« Und schließlich, nach dreimal seufz seufz seufz, war sie vollkommen beruhigt, und er warf sein Los noch einmal in die Lostrommel, und sie sagte an einem wolkenlosen Nachmittag im Stadtpark von Melilliaar, während sie Arm in Arm zwischen dornigen Gräsern spazierten: »Eigentlich würde ich dich doch ganz gerne heiraten, aber dann in Touarirt und nicht in Nadorp. Warum nicht, natürlich ist das in Ordnung.«

Es geht einfach weiter

Das Mädchen sagte ja, und der Onkel war glücklich, die Familie war glücklich, und das Mädchen schien durch all das Glück noch schöner geworden zu sein – während sich eine blau glasierte Fliese nach der anderen langsam aber unabwendbar löste. Aber so, wie es dort an der Ecke steht, im Schlagschatten der Sonne, würde man nicht auf die Idee kommen, daß man hier mit dem Verfall konfrontiert sein könnte. Lamarat fühlte sich gut, als er das Haus dort stehen sah. *In Nadorp steht ein Haus tralala-lalalie*, sang er. Und ein Haus bedeutete seinem Vater alles, tralala-lalala. Das wußte Lamarat, das sah Lamarat am Gesicht seines Vaters, der durchs Haus gegangen war und alles angefaßt hatte, als ob er, verdammt, ich kann es nicht anders ausdrücken: als ob er einen heiligen Gegenstand berührte. Er verbeugte sich vor den Pfeilern, steckte seine Nase in alle Küchenschränke, schnupperte daran, betastete die Klobrillen, ließ hintereinander hundertundeinmal den Lichtschalter klicken. Er ging wieder nach draußen, zum dritten Mal schon an diesem Tag, ging von Ecke zu Ecke, er sackte in die Knie, betrachtete den rechten Winkel aus der Breitmaulfroschperspektive, wühlte mit seinen Fingern in den Kieselsteinen auf dem Weg. Ließ die Kiesel in seiner Hand rollen, betastete mit seiner Rechten die Gitterstäbe. Warf die Kiesel wieder zurück auf den Weg. Große, runde Augen, dünnes Lachen und vor allem viel gucken. Die Pendeluhr, die jahrelang ununterbrochen in einer toten Ecke seines Hinterkopfs getickt hatte, war bei diesem Anblick offenbar schlagartig verschwunden. Die Pendeluhr hatte dort ständig getickt: arbeiten für das Haus, schlafen in dem Haus, wüten mit dem Haus, bezahlen für das Haus, und dann außer Haus arbeiten, von dem Haus aus die Welt beschießen, von dem Haus aus auf Pilgerfahrt gehen, die Kinder mit Kindern in dem Haus empfangen und schließlich das Haus gegen ein größeres Haus eintauschen…

Wenn das Haus einmal abgefahren ist, dann kann man nun mal nichts mehr machen, und an den Fenstern, der Farbe – Hellblau – des Hauses und den geschwungenen Linien an den Fassaden konnte man sehen, daß er nicht zuviel Haus auf die Gabel genommen hatte. Es stand da sprichwörtlich: wie ein Haus. Aber woran lag es nur, daß Lamarat nicht darin wohnen wollte?

Nach einer Woche hatten sie das Haus verlassen, um nach Iwojen zu fahren, um die Hochzeit zu feiern, und da betrachtete Lamarat das Haus wieder und wieder – he, shit, es liegt nicht an mir, es liegt an dem Haus, aber was ist es? – Lamarat hatte nicht verstanden, was sein Vater ihm schon seit Jahren klarzumachen versuchte: Das würde das Haus werden, in dem der Junge seine Hochzeit feiern durfte; eine Chance, die der Onkel ungenutzt hatte verstreichen lassen.

Wer einmal drinnen ist, kommt nie mehr raus, wer einmal draußen ist, wird von drinnen abgeknallt.

Als der Bräutigam aus Touarirt wegging, weil er so gerne zu seiner wirklichen Liebe wollte, einem Mädchen von der

Straße, das eine Nagelfeile in der Handtasche hatte, sie good-bye und bis bald küssen wollte, ihr sagen wollte, daß sie, obwohl sie eine naduweißtschon war, eigentlich doch ganz nett und lieb und ab und zu ein bißchen mürrisch war, und warum hatte sie ihn erst nach acht Monaten küssen wollen, da hatte er ein Taxi angehalten. Als er eingestiegen war – »hei, Chalid Blechbüchse-auf-der-Straße, wie geht's?« –, war das erste, was er fragte, nachdem das Händeschütteln erledigt war und er Zigaretten verteilt hatte: »Wie lange kennen wir uns jetzt eigentlich schon?« Chalid hatte es an den Fingern ausgerechnet, eine Hand, noch eine Hand und noch eine Hand plus einem Zeigefinger: insgesamt sechzehn Jahre. »Was soll man dazu sagen«, hatte der Bräutigam gesagt und dann geschwiegen, er sah aus dem Fenster, betrachtete die Landschaft, die vorbeiglühte. Der angehende Ehemann hatte das Seitenfenster heruntergedreht (mit den Zähnen, denn die Kurbel für die Scheibe war kaputt, und es gab keine Wasserpumpenzange in Reichweite), seinen Ellbogen nach draußen gelegt – die Zigarette im Anschlag – und zu dem Fahrer gesagt, daß sie einander schon ziemlich lange kannten: »Seit unserer Kindheit fast, oder nicht?«

Der Fahrer nickte, schaltete und fuhr in Richtung des Waldes, der vor ihnen lag.

Als sie in den Wald hineinfuhren, überall Nadelbäume – »Das riecht so gut«, fanden die Leute, die von außerhalb kamen –, da hatte der Bräutigam angefangen, von der Jugend zu reden, die sie gemeinsam erlebt und verbracht hatten. »Weißt du noch, wie wir zusammen in eine Klasse kamen, in der Zwergschule, du erinnerst dich doch daran, in der Nähe des Wasserbrunnens, den die Spanier gebaut haben. Erinnerst du dich noch daran, daß ein

Mädchen vor uns saß, drei Bänke weiter, ja genau die, Mimuna vom krummen Aseboch, mit dem Kopftuch, das sie tragen mußte, weil ihre Eltern es wollten, das aber, sobald sie über die Hügel hinter dem Haus war, abgenommen wurde, und mit Recht: Schönes Haar hatte sie, von der Haarwurzel an glänzte es wie frisches Nierenfett… Hast du später jemals wieder so schönes Haar gesehen, sei ehrlich, *¿compadre…?*« (Manchmal dachte der Bräutigam sich Namen für seine Freunde aus, auf der Stelle, ohne jeden Anlaß.) »Ich war so froh, wenn sie wieder da war: ihr Haar, alles an ihr war perfekt… aber trotzdem konnte ich sie nicht leiden…«

»Oh«, hatte der Fahrer gesagt, »wieso das denn plötzlich?«

»Es ist noch gar nicht lange her, als ich es entdeckte. Mir ist klar geworden, daß mich eigentlich kein einziges Mädchen fesselt. Nicht ein einziges.«

»Komisch«, sagte der Compadre. Er hatte mehr sagen und fragen wollen, aber die Straße verlangte seine ganze Aufmerksamkeit. Im Wald versteckten sich sieben Haarnadelkurven. Hinter jeder Haarnadelkurve konnte sich eine Zukunft verstecken, die aussah wie der Inhalt eines vollen Pansen, der auf die Frontscheibe eines anderen Autos geklatscht worden war. Um solche unangenehmen Situationen zu vermeiden, mußte man folgendes Procedere einhalten:

1. Fünfzig Meter vor der Kurve die Fahrt verlangsamen (erfahrene Taxifahrer bremsten ungefähr bei dreißig bis vierzig Metern, aber der Fahrer glaubte nicht an so etwas wie Erfahrung und trat deshalb fünfzig Meter vor der Kurve auf das entsprechende Pedal).

2. Zehn Meter vor der Kurve hupen (mindestens dreimal).
3. Im Schneckentempo durch die Kurve.
4. Kurve zu Ende, beschleunigen, es sei denn, es kommt noch eine Kurve.

»Weißt du«, sagte der Bräutigam, nachdem sie alle Kurven hinter sich gebracht hatten, »all die Mädchen, die wir uns zusammen angesehen haben, unter anderem auch die Mädchen, die an den Brunnen kamen, um ihre Bombots zu füllen, die Mädchen, die in unserer Klasse waren, die Mädchen aus der Umgebung, die wir kennen, die Mädchen, die wir auf den Hochzeiten hier in der Gegend abgearbeitet haben, all die Mädchen, von denen ich behauptet habe, ich sei in sie verliebt, ich würde mein Leben für sie hingeben, die Mädchen in Melilliaar, die paar verrückten in Nadorp und die sehr vielen paar, die ich jetzt schnell wie die Feuerwehr zu vergessen versuche, die ich von meinem Gehirn auffressen lasse, all diese Mädchen gingen mir vor einigen Tagen wie ein Blitz durch den Kopf, als ich ein wenig über den Innenhof schlenderte. Es war ein beklemmendes Gefühl, all diese Gesichter wiederzusehen, es waren zu viele, verstehst du, das kennst du doch auch, so viele Mädchen, wie ich gehabt habe?«

Bei dieser Bemerkung konnte der Fahrer nicht anders, als zuzustimmen. Der angehende Bräutigam hatte ganz sicher viele gehabt. Natürlich hatte man nie genug – warum hielten die Sultane sich sonst einen Harem –, aber er hatte bestimmt genug, um mit einem gewissen, unverhohlenen Stolz darauf zurückzublicken. Vor allem die Hochzeiten in der Gegend brachten eine Menge Mädchen ein. Manchmal kurvte der Fahrer einfach so ein bißchen in dem Landstrich herum, und dann, ganz selten, schien es, als begegne er all den Schätzchen von den Hochzeiten wieder, an der hohen Mauer vom Haus ihres Mannes rumhängend, unterwegs zu irgendeinem Tante-Emma-Laden oder unterwegs zu einem Brunnen. All den Mädchen, die er während der Hochzeiten aufgerissen hatte, indem er mit seinen Augen und Hüften nach ihnen geäugelt hatte, begegnete er in ihrer Eigenschaft als Frau, manchmal mit Kindern, auf jeden Fall aber im Besitz eines eigenen Esels und eines Satzes Bombots. Diese Mädchen waren es, die mit ihren Müttern zu den Hochzeiten kamen und, während die Väter drinnen den Rosenkranz beteten, die auf dem Innenhof rumsaßen und zusahen, wie die Henna, die man dem Bräutigam und der Braut auf die Hände schmierte, fertig gemacht wurde. (Die Hände wurden danach auf die Wand des Brautzimmers gedrückt.) Aber noch mehr als auf diese Verrichtungen achteten die Mädchen auf die Jungs, die der Reihe nach in den Hof kamen und wieder weggingen, auf der Suche nach etwas zum Vernaschen. Und es war ihnen doch ausdrücklich gesagt worden, auch vom Bräutigam, daß sie auf jeden Fall draußen bleiben sollten: Dort, wo die Musik spielte, da war ihr Platz.

»Und was war jetzt das Schöne an diesen Mädchen«, lachte Mosa aus vollem Hals, »später am Abend, wenn die Braut und der Bräutigam eifrig dabei waren, ihre Hände voller Henna auf die Wand zu pressen, dann entfernten sich die Mädchen von ihren Müttern, die viel zu sehr mit Johlen und Gebetemurmeln beschäftigt waren, um gemeinsam mit uns hinter dem Haus der Braut rumzumachen.« Der Bräutigam lachte. »Aber als ich über unseren Innenhof ging und ein bißchen mit mir selbst rummachte, da fielen mir wieder all die Mädchenschenkel ein, zwischen die ich mein Glied geschoben habe. Und bei diesem Gedanken kam mir das kalte Kotzen. Verstehst du?«

Sie waren noch ungefähr fünf Kilometer von dem Grenzort F. entfernt. Der Fahrer schaltete in den Dritten und nahm den ersten der vier Hügel, die zwischen dem Wald und dem Grenzort lagen. Du Arschloch, dachte er, wie sollte gerade ein Taxifahrer dich nicht verstehen.

Der zukünftige Bräutigam hatte seine Hände hinter sich auf den Autositz gelegt.

»Guter Stoff.«

»Mercedes eben«, sagte der Fahrer.

»Gehst du ab und zu noch mal ins Lolita?«

»Nein, Mosa, dort bin ich schon ewig nicht mehr gewesen.«

»Schön, sehr schön, aber was ich dir noch sagen wollte, wo wir nun sowieso schon über das Lolita reden: Gestern abend saß ich auf dem Innenhof und habe versucht, die Brüste zu zählen, die ich dort angefaßt habe. Alle, Stück für Stück, haben sie mir gehört. Wie viele Brüste habe ich wohl umfaßt, zähl mal mit, Chalid, hundert, zweihundert, vielleicht sogar hunderttausend. Verstehst du, was ich meine, oder nicht? Unzählbar viele Brüste habe ich in meine Hände kippen lassen. Und hat das weh getan? Nein, natürlich nicht, es fühlte sich gut an, schönes Gefühl, ein Mann zu sein. Aber all die Kniffe von damals, wie lange hält man das aus, verstehst du, was ich meine, oder nicht, Sidi Compadre Chalid? Bald habe ich nur noch eine Frau. Wenn dieser Abend vorbei ist, dann habe ich nur noch ein Paar, mit dem sich meine Hände beschäftigen können. Wie wird das sein, wird mich das nicht traurig machen? Nun sag schon was, Chalid, du weißt doch auf alles eine gute und passende Antwort, etwas Beruhigendes, so daß ich in Zukunft wenigstens schlafen kann, oder weißt du vielleicht nichts, lieber Chalid, hängst du auch schon zu sehr am Lolita?«

Was dem Fahrer jetzt allerdings vollkommen klar wurde, war, daß er nie wieder einen Fuß in die Lolita-Bar setzen würde, dort in Melilliaar, in der Nähe des Stadtparks, zur Besichtigung frei für alle mit Mut zwischen den Beinen, in der Nähe der Telefonzellen, von denen aus der Onkel seinem Mädchen – »I love you, Baby, und hier in Melilliaar regnet es zum Glück nicht« – so gut es ging Rede und Antwort zu stehen versuchte, wenn sie ihn fragte, wie lange noch, wie lange noch, Baby? Das kam ganz darauf an. Anfangs war es ein Jahr, dann waren es noch acht Monate, dann sechs, dann fünf und dann immer weniger, vier, drei, zwei und null nix niente, bis bald und schöne Grüße an deinen verrückten Bruder Lamarat. Der Onkel warf in diesem Jahr den Hörer ungefähr achtzehn- bis zwanzigmal auf die Gabel, und er machte dann auch sogleich von der Möglichkeit Gebrauch – er war sowieso in der Gegend –, in der Lolita-Bar zur Beichte zu gehen.

Die Lolita-Bar war eine Kneipe von fünf mal fünf Metern, oder drei mal drei, oder sieben mal sieben, Chalid wußte es nicht genau. Manchmal war die Kneipe für ihn nur eine Frau groß. Was er aber sehr wohl wußte, war, daß das Lolita eine Bar war, in der zehn mal zehn verschiedene Flaschen im Wandregal standen, und daß man dort für die Getränke und die Mädchen Preise bezahlte, für die man viermal eine Woche arbeiten mußte. Und das alles für ein paar Minuten – gib es nur ruhig zu, Mosa, länger konntest du es auch nicht zurückhalten – fickeln.

Chalid fickelte nicht mehr im Lolita, weil dort etwas passiert war, das ihn zu sehr abgeschreckt hatte, als daß er sich dort noch hätte wohl fühlen können. Und das gab der Fahrer ehrlich zu. Das sind Erfahrungen, derentwegen einen die Freunde auslachen – »was ist denn jetzt los, bist du 'ne Schwuchtel oder so was ähnliches geworden, es ist doch völlig klar, daß all diese Weiber so sind« –, etwas, das man am liebsten ungeschehen machen möchte, aber solche Dinge passieren, weil sie passieren müssen, wenn du weißt, was ich meine. »Na und«, ging Chalid dann hin und wieder der Hut hoch, in der Kneipe, aus der der Lahme damals schon längst verschwunden war, »warum sollte ich mir euer Gerede anhören, wenn ihr sie einmal so seht, wie sie wirklich ist, dann würdet ihr euch wünschen, daß euch die Eier abfallen.«

»Was hast du an diesem Tag geraucht, Mann, du halluzinierst, du bist krank, verrückt, wer weiß das schon so genau. Und überhaupt, was glaubst du, wer du bist? Du bist nur ein stinknormaler Taxifahrer. Niemand ist verpflichtet zu glauben, was du sagst.«

Jeder normale Mensch hätte sich an einer derartigen Beleidigung gestört, aber Chalid schien sie nicht zu hören, er guckte starr geradeaus und redete unbeirrt weiter: »Wenn ihr sie gesehen hättet, ach nein, ihr kennt sie ja selbst. Wie viele sind nicht auf ihr rumgekrochen? Sie mit ihren schönen Ohranhängern, ihren glatten Augenbrauen, den langen Wimpern und den roten Lippen, so herrlich einfach und natürlich: Betrunken sind sie natürlich noch schöner, versteht ihr, was ich meine, oder nicht. Heineken mögen sie nicht, nein, gebt ihnen Amstelbier oder besser noch Wein, denn das ist fein, hahaha, daß ich nicht lache, denn seit wann haben Frauen Geschmack!

Außer wenn sie mittrinken natürlich, dann solltet ihr mal hören, wie gut sie sich auskennen. Ich habe mit ihr getanzt, zu dem Lied, das folgendermaßen geht: *Du bist so schön wie eine Sonnenblume, und darum frage ich dich: Warum nimmst du gerade mich?* Sie nahm mich mit in das Hotel Lolita, nicht weit von der Bar Lolita entfernt. Zehn Minuten gehen, eine Minute, um tausend Peseten zu bezahlen, und zwei Minuten, um ins Zimmer zu gelangen. Fünf Minuten habe ich mit ihr geschmust. Man muß so einer Frau doch schließlich auch das Gefühl geben, daß man es speziell mit ihr treiben will, ansonsten ist das keine Kunst. Innerhalb von zwei Minuten waren wir ausgezogen und so weiter und so weiter. Wir legten uns aufs Bett, und ich hatte ein Gefühl, als zöge ein Engel an meinem Schwanz. Das einzige, was mir noch fehlte, war die Teufelin, die vor meinen Augen von einer Wand zur anderen wackelte. ›Mach schon‹, ermahnte ich sie, ›ich bebe innerlich.‹

Und dann, ob ihr es glaubt oder nicht, entfaltete sich die Fata Morgana. Die Teufelin zog sich aus, und Stück für Stück entpuppte sich mir ihre wahre Gestalt. Sie zog mehr aus, als sie hätte tun sollen. Und ich weiß genau, wenn der Lahme hier wäre, dann würde er jetzt sagen: ›Das hat man davon, wenn man all seine Träume verwirklichen will, manchmal hat man Glück, und manchmal hat man totales Pech, mein Junge, damit will ich sagen: Dieser völlig verkehrte Wurf mit diesem völlig verkehrten Würfel produzierte eine völlig verkehrte Offenbarung, selber Schuld, ulla pulla.‹ Aber ihr sagt nichts, denn ihr seid noch jung, Gott bewahre euch vor meiner Enttäuschung.

Zuerst fielen ihr Kleid, ihr rosa Pullover, ihr BH und ihr Slip. Dann entledigte sie sich ihrer künstlichen Fingernägel. Kein Problem; ich blieb ruhig, Flittchen tragen immer falsche Nägel, sonst sind sie keine Flittchen. Dann wischte sie mit einem Wattebausch, den sie aus ihrer Handtasche fischte, die dicke rote Lippenstiftschicht ab. Dann entfernte sie mit Daumen und Zeigefinger ihre falschen Wimpern vom linken und vom rechten Auge. Dann nahm sie ihre Ohranhänger ab und zog ihre Stöckelschuhe aus, dann machte sie um ihre Nase herum etwas Make-up weg und entledigte sich schließlich ihrer Perücke. Anschließend, und jetzt höre ich auf, denn sonst reiße ich ihr noch das Herz aus dem Leib, wollte sie ihr Gebiß rausnehmen – sie nahm ein Wasserglas von der Kommode und fummelte, während sie in Richtung Badezimmer ging, an ihren Zähnen herum. Versteht ihr nun, was ich sagen will, Jungs: Ich bin bekehrt, bekehrt zur Einsamkeit.«

Der Fahrer hatte diese Geschichte auch seinem besten Freund erzählt. Der hatte sie sich angehört, aber sich nicht entsprechend verhalten, schlimmer noch, es sah so aus, als steigerte er danach die Zahl seiner Besuche bei den Mädchen von Melilliaar noch. Denn Mosa war jemand, der süchtig nach Mädchen war; jemanden wie ihn würde man in anderen Gegenden als Idealisten bezeichnen.

Er war einer von denen, die dachten, daß eine Möse nach Honig schmeckt. Bis zu jenem Tag, er war achtzehn, als er das soundsovielte Mädchen an Land gezogen hatte und er sich, später am Abend, um es auszuprobieren, ein solches Haarteil an seine Lippen gepreßt hatte. Das Ideal, an dem zu laben er sich erhofft hatte, worin er rumsummen wollte wie eine Biene in der Honigwabe, wurde durch den Druck von zwei Schenkeln ins Reich der Fabel verwiesen.

Später hätte der Bräutigam ihn wegen dieses Ereignisses ausgelacht. Aber der Bräutigam war noch immer davon überzeugt, daß es irgendwo auf der Welt eine Frau gab, die wie Butter schmeckte, die bei schwacher Hitze mit Honig verschmolzen worden war, eine Delikatesse, die seine Mutter ab und zu für ihn gekocht hatte.

Es war deshalb auch besonders auffallend, daß der Bräutigam, nicht einmal ein Jahr, bevor er von seiner Hochzeit weglief, zum Fahrer gekommen war, um ihm zu erzählen, daß er sie gefunden, daß er dieses Mädchen in Nadorp getroffen hatte. »Wir sind im Stadtpark von Melilliaar spazieren gewesen; sie nahm dort meinen Arm, und so sind wir gegangen, Arm in Arm: wie Filmstars.« Auf dem Nachhauseweg an jenem Tag der ersten Begegnung hatte er beim Umsteigen in F. so lange gewartet, bis sein Freund, der Taxifahrer, gekommen war. Er war ihm um den Hals geflogen – was ist jetzt los, hatte der Fahrer gedacht – und hatte ihm ins Ohr geflüstert, daß er verliebt war. »Sie ist einfach, naduweißtschon, sie wird mich aus diesem Kaff herausretten.«

Mosa war jemand, der mit seinen Gefühlen oder seinen persönlichen Problemen nicht hinter dem Berg hielt. Er erzählte, daß sie aus Mohnsamenstadt käme – das war das erste, was er erzählte – und daß sie schön sei wie ein goldenes Armband, mehr noch, sie war so schön wie einer der Diamanten, die in den Schaufenstern der Juweliere lagen, die ein paar hundert Meter westlich des Zentrums von Nadorp eine ganze Geschäftsstraße nur für sich hatten. Und in dieser Straße würde er eine Halskette, eine Krone und Ohrringe für sein Mädel kaufen. So ein kupferfarbenes Band, das man sich um die Taille binden muß, im Wert von zehn Millionen marokkanischen Francs, Armbänder für eine Million das Stück und einen Satz Ohrringe mit kleinen Diamanten für je eine halbe Million das Stück. Der Fahrer hatte gelacht, und ihm war eingefallen, daß Mosa keinen Pfennig in der Tasche hatte. Wenn es in der Gegend eine Kirche gegeben hätte, dann hätte man Mosa als arme Kirchenmaus bezeichnet. Aber Geld war doch nicht wichtig? Daß er sie liebte, sowohl mit seinem ganzen Herzen als auch mit Leber und Milz, das war wichtig, und daß er sie lieben würde wie ein Bauer, der seinen Acker mit Zwiebeln bepflanzt. Niemals zuvor war Mosa in solch freudiger, erwartungsvoller Stimmung gewesen. »Sie hat sich in mich verliebt, weil ich aussehe wie jemand, der aus dem Norden kommt.« Und das stimmte; er hatte eine helle Haut, und das nicht zu knapp. Nicht umsonst wurde er der »Wurm der Moschee« genannt; weniger deshalb, weil er niemals in die Moschee ging, als vielmehr deswegen, weil er nicht genügend Pigmente in der Haut hatte, um braun zu werden. Aus diesem Grund hatte Mosa auch als einer der wenigen in der Gegend keinerlei Beziehung zum Meer. Er ging nur hin, wenn es unbedingt sein mußte, zum Beispiel als sein kleiner Neffe aus dem Norden da war, ein schmutziges Kerlchen, das jeden Tag, koste es, was es wolle, ans Meer wollte. Mosa war damals zwar die endlosen Hügel mit ihm hinabgeklettert, war durch den Sand am Strand gelaufen, hatte sogar kurz seine Zehen ins Wasser getaucht, als sein Neffe schon längst die Kleider abgestreift hatte, aber das Meer selbst, *das hatte noch nie auch nur einen einzigen Tropfen Schweiß von seinem Körper getrunken.* Lieber blieb er unter einem großen Felsen, im Schlagschatten versteckt, stehen und hörte einem Transistorradio zu, das Nachrichten brachte und Om Kalsoum aus Ägypten. Mosa, der hübsche junge Mann, der mit dem Äußeren eines *aromi*, eines Europäers, gesegnet war, kam deshalb auch als einziger durch den spanischen Zoll, ohne seinen Paß vorzeigen zu müssen.

Iloveyoubeer

Da ist er wieder, mitgebracht in das kleine Dorf am Meer. Willkommen, willkommen und größtes Lob, höchste Ehre dem, der den flüchtigen Bräutigam beim Schlafittchen gepackt und in sein Heimatdorf zurückgebracht hat.

»Wo ich ihn gefunden habe? In der Nähe des Hotels war ich ihm dicht auf den Fersen. Er ging in das Hotel, und ich, ich habe an der Tür gewartet. Ein Mann kam vorbei und fragte, ob ich es für mille Peseta tun möchte. Ich habe nein gesagt und gewartet, bis Mosa wieder rauskam. Aber er ging wieder zurück in die Lolita-Bar und tauchte erst wieder auf, als man ihn an die frische Luft setzte, kichernd, mit hängenden Armen und wackelig auf den Beinen wie eine Ente. Erst in dem Moment habe ich eingegriffen und gesagt: ›Lieber Onkel, heute findet das große Fest statt duweißtschon, heiraten, duweißtschon, und später geht's an die Fleischtöpfe duweißtschon... Würdest du jetzt bitte mitkommen?‹ Der Mann war dermaßen betrunken, daß es schon fast so aussah, als würde ein Blinder von seinem Blindenhund geführt. Und unterwegs sagte er ständig ›Iloveyoubeer, Iloveyoubeer‹, und nicht einfach nur so, sondern mit sehr hohen, kichernden Tönen und mit sehr tiefen im Dreivierteltakt: ›I-loveyou-beer, I-loveyou-beer‹, und so standen wir da und warteten auf ein

Taxi, das uns bitte so schnell wie möglich zurückbringen sollte.«

Mit dem Herrn auf dem Rücken ging er durch den Zoll, der sichtbare Beweis, daß seine Suche erfolgreich war. Wer ihn als erster über die Grenze kommen sah, das war Chalid, der im Windschatten eines dünnen, vertrockneten Bäumchens ohne Blätter und ohne Leben saß. War er das, der dort eine Zigarette rauchte, eine Marlboro in der linken Hand und die rechte Hand eingepackt in einer dicken Mullbinde, die eher wie rosa Toilettenpapier aussah? (In dem Landstrich wird Toilettenpapier in den kleinen Läden entlang der Straße verkauft. Die Rollen heißen El Hilal; es gibt auch eine Frauenband, die sich El Hilal nennt: Bermusik, erhältlich auf Videokassetten.) Das Thermometer in Chalids Wagen zeigte in diesem Moment zwanzig Grad an. Und das war eine enorme Verbesserung im Vergleich zu den höllischen Temperaturen, die bei Lamarats Hinfahrt nach F. geherrscht hatten.

Der Junge, der spürte, wie die Schweißtropfen auf seinem ganzen Körper rumhüpften, stieg in den Wagen und zog die Tür hinter sich zu, die erst nicht zugehen wollte. »Einen Moment«, sagte Chalid. Der Fahrer des Mercedes 240D, Baujahr 1978, schnippte seine Zigarette unter ein anderes Taxi, das auf die letzten Besucher der Kronkolonie wartete. In den Häusern in der Umgebung des kleinen Grenzortes, auf den Hängen und entlang der Straße nach Nadorp hatte man die Rolläden geschlossen. Auf dem Mäuerchen neben dem Taxistand saßen ein paar dunkelhäutige Männer, Nigerianer wahrscheinlich. (Oder es waren Gambier, Ghanaer, Leute, die genau wie die Bewohner des Landstrichs, und die Taxifahrer im besonderen, fürchterlich gerne Lammschädel essen; sie machen Suppe daraus. Iraner sind auch verrückt nach den Dingern; die mögen sie am liebsten, wenn die Augen noch drin sind.) Die Neger saßen auf Gartenstühlen. In ihren Händen hielten sie große Schädel, aus denen allerlei spitze Knochen hervorragten, und darüber war eine blutrote Soße, *semoule de blé dur* – »Weizengrießmehl fein« gemischt mit Bouillon –, gegossen worden. Mit ihren Fingern nahmen sie ein Stück von dem Lammschädel und knabberten die Knochen ab, sogen das Hirn heraus und aßen das Schädelfleisch auf. Schon den ganzen Abend waren sie mit Essen beschäftigt. Lamarat hatte die Männer in dem Augenblick dasitzen und futtern sehen, als er, von der Grenzstation kommend, in Richtung Taxistand ging. Sofort erkannte er, daß es sich bei den Knochen, dem Gepule und dem Geknabbere der Männer um ein Ringen mit einem Lammschädel handelte. Seine Mutter hatte ihm hin und wieder mal einen halben Lammschädel vorgesetzt; süß und kräftig schmeckte das. Und wer Lammschädel ißt, der sollte dabei sofort an die Königin der Niederlande denken. Für sie hatte Lamarat irgendwann einmal zweihundert Lammschädel gespalten. Die Königin wußte zwar nichts davon, daß er sich so abgerackert hatte, aber Lamarat schon.

Dazu war es so gekommen: Von den vielen reichen Tagen, die sein Leben zählte, hatte er einen in einer Metzgerei gearbeitet. Gut, ich gebe zu, das geschah in einem Traum, aber wie erklären wir, daß er naßgeschwitzt aufwachte, mit einem Krampf im Oberarm, einem dröhnenden Kopf, als ob er ihm gespalten worden wäre, und dem Gedanken, daß er gekündigt hatte? In dem Traum dauerte ein Tag zehn Stunden, von morgens acht bis abends um sechs, und keine sekundenlange Minute länger. Aus irgendeinem unglücklichen Zufall hatte Lamarat ausgerechnet den arbeitsintensivsten Tag erwischt. »Pack an«, sagte sein Chef, ein dicker Mann mit Schuppen auf den Schultern, einem dicken, herabhängenden Schnurrbart, der zu einem Zuhälter gepaßt hätte, und Armen wie ein Gorilla, und warf ihm eine Tüte mit Schädeln nach der anderen in die Arme. Wo bin ich, dachte Lamarat, ach ja, jetzt fällt's mir wieder ein, alles in Ordnung: Das ist das Zentrum von Mohnsamenstadt, und überall gehen dunkelhäutige Menschen an den Fenstern vorbei und linsen nach drinnen, auf der Suche nach etwas Leckerem, das sie in die *semoule de blé dur* tunken können. Aber das konnte unmöglich stimmen, denn erstens war es draußen nicht kalt, sondern glühendheiß, fast so heiß wie in Chalids Taxi, und zweitens wimmelte es auf der Straße von Weißen, echten Weißen, die aus dem Norden des Landes herangeschafft worden waren, um in Lamarats Traum aufzutreten. »Gut und hart arbeiten, denn draußen stehen lauter Neger, die wissen wollen, was du hier tust, verstehst du, was ich meine, oder nicht«, hackte der Metzger auf ihm herum, während die Zahl der Tüten, die ihm in die Hände gedrückt wurden, wirklich kein Ende nahm. Die Tüten waren an der weiß gefliesten Wand, über die sich breite, schwarze Fugen zogen, bestimmt zwei Meter hoch aufgestapelt, und Lamarat äffte den Inhaber nach, leise vor sich hin: »… verstehst du, was ich meine, oder nicht, verstehst du, was ich meine, oder nicht…«

Aber es war kein Traum; in dem Laden war ein Dritter, um das zu beweisen, und all die schwarzen Weißen draußen kannten ihn nur allzu gut: Er hieß Druppelmans. Dieser Herr arbeitete im Auftrag der niederländischen Königin, Ihrer Majestät und so weiter, und der Traum aus Worten, der sich über die Köpfe der Chinesen draußen ergoß, wollte kein Ende nehmen. (Es war sehr voll auf der Straße: mindestens eine Milliarde.) Und ein paar Chinesen huschten in den Laden und fragten nach einem Formular für die Einkommensteuererklärung. »Wie oft«, schrie der Chef ihnen als Antwort zu, »habe ich euch gesagt, daß wir hier diese elenden Tricks nicht mitmachen, das sind Witze, die der Staat sich erlaubt, dieser fürchterliche Staat, der uns nicht einen einzigen Pfennig läßt, den wir in der Hosentasche fühlen und dann denken könnten: Mensch, hab' ich ein Geld. Verstehst du, was ich meine, Ping-Pong, Tick-Tack, hier gibt es nichts zu holen. Hau ab und geh Neujahr feiern, gottverdammt! Wir haben Hochsommer, und ihr feiert das Jahr des fettgemästeten Mastkalbs, unglaublich! Warum eßt ihr keine Lammschädel?« »Chef«, fragte Lamarat in Wirklichkeit, »warum verkaufen Sie ausschließlich Lammschädel? Warum nicht auch Wiener Schnitzel, Kabeljau, Quecksilberchrom oder meinetwegen auch Formulare für die Einkommensteuererklärung; ich meine, warum einzig und allein diesen blutigen Pamp?« »Du heidnischer Hund«, der Metzger nahm noch eine Tüte und zischte diese Worte mit einer derartig feuchten Aussprache, daß sich der Junge das Gesicht mit dem Ärmelende abwischen mußte, »verstehst du denn überhaupt nichts, was ist denn nur mit der Scheißjugend von heute los, ihr wascht euch nicht den Arsch, freßt gemahlene Katzenpfötchen, und ihr könnt nicht einmal verstehen, warum ich der Königin so gerne Lammschädel verkaufe.« »Du solltest nicht so mit mir reden«, sagte Lamarat, aber er sagte es so leise, daß nur die Weißen draußen auf der Straße es hörten, und ihre Reaktion – eine Ermutigung – war, daß sie anfingen, superlaut in die Hände zu klatschen, so laut, daß einige Mitstreiter auf der Straße schwarz anliefen und sich in eine Ecke setzen mußten, um sich von der ganzen Geschichte zu erholen. Diese Geschichte aber, ein blöder Traum, geht einfach weiter: »Hör zu, Bürschchen, die Erklärung ist ganz einfach: Diese Schädel sind das einzige, was diese und so weiter und so weiter Dame hier ißt: Lammschädel, jeden Tag werden ihr hundert serviert. Ihr Mann scheint auch ein großer Liebhaber davon zu sein, aber es ist nicht in Ordnung, so zu reden. Was sie macht, das ist kein Essen, das ist Genießen. Und ausgerechnet wir, Potzhagelundgranaten, wurden ausgewählt, der Hoflieferant ihrer Küche zu sein. Für den Rest meines Lebens hänge ich nun wie an einem rostigen Nagel, der nicht abbrechen will, an ihrer Willkür; ihr ist es egal, daß ich wie ein Schaf stinke, wenn ich nach Hause gehe, so daß sogar meine Frau mich Lämmchen nennt.« »Weißt du, was du tun solltest«, sagte Lamarat, »du solltest dir ein paar Dumme besorgen, draußen aus dem Publikum, die diese Arbeit für dich erledigen. So funktioniert das Ganze doch schon seit einhundert Millionen Jahren, ich meine: Wenn das Fleisch nicht gar wird, denkt man sich Feuer aus; und wenn zu viele Feuer gemacht werden, dann eröffnet man eine Metzgerei. Das ist die Idee: Sieh zu, daß du Leute findest, die diese Arbeit für dich erledigen können.« Der Metzger wurde von dem übertriebenen Geschwafel Lamarats immer mutloser. Während er die Schädel der Reihe nach auf den Hackblock legte, so daß Lamarat einen nach dem anderen spalten konnte: »Gebratenes Hirn in Knoblauch, Zwiebeln und ein ganz klein wenig Basilikum; das Standardrezept, sie ist verrückt danach«, sagte der Chef zu Lamarat, bis zu dreimal hintereinander. »Hör zu, Junge: Die Leute da draußen wollen nicht wie Schafe stinken, die essen lieber Schweinefleisch, und weißt du, was sie außerdem sagen: Daß es billiger ist und daß man eine dickere Soße daraus machen kann. Die Leute da draußen werden für die Arbeit, die sie machen, sehr gut bezahlt.« »Was machen sie denn?« fragte Lamarat. »Sie machen Schlagzeilen, eine nach der anderen, Schlagzeilen tippen, abwägen und wiegen, treten und hobeln, nähen und das Eis brechen, sich allerlei Märchen ausdenken. Guck!« Und er riß seinen Arbeitsanzug auf. Was bekam Lamarat dort zu sehen? Einen dicken Bauch, auf den mit schrecklichen gotischen Buchstaben, deren Enden in alle Richtungen wiesen, tätowiert war: MILCH MACHT FIT. »Das war vor ein paar Jahren eine riesige Schlagzeile. Es ist Wahnsinn, aber sie verdienen viel Geld damit. Und weißt du, was das Verrückte ist: Es greift auf andere Länder über, und es spricht vor allem Leute an, die eine solche Arbeit auf gar keinen Fall machen sollten, Taxifahrer zum Beispiel.« Und er röchelte über einem gespaltenen Lammschädel, den er daraufhin wieder in die Plastiktasche steckte. »Für das Sößchen duweißtschon, versteht du, was ich meine, oder nicht.«

Träume, was sind Träume? Instinkte, eine falsche Blutzirkulation, ein nettes Männlein mit einem Säckchen voller Sandkörner, die dir mit der Absicht in die Augen gestreut werden, dich in ein herrliches Abenteuer zu locken.

Wer weiß das schon, sagte Lamarat in seinem Traum zu sich selbst, *Taschentuch legen, zwei Paar Pantoffel habe ich angezogen, eins aus Stoff und eins aus Leder, hier lege ich mein Taschentuch hin*. Es stimmt, zwei Paar, noch viel mehr Paare, hier lege ich mein Taschentuch hin, und was bekommt man: laufen, anschlagen, und nach dem Applaus geht man nach Hause. Aus und vorbei. (In seinem Traum aber lief

Lamarat immer weiter, denn wo war das Taschentuch, wo war es, wo waren all die anderen?)

»Jetzt Mund halten, weiterhacken und den Erwachsenen nicht auf die Nerven gehen und so.« Und damit hatte er allerdings recht, denn gleich am ersten Tag so viel schwätzen, das ist vollkommen verkehrt. In diesem Moment leerten sich draußen die Straßen, in dem gleichen Tempo, wie sich die Tüten des Metzgers mit Lammschädeln füllten. Obwohl die Flut von Schädeln nie zu versiegen schien. Das ist also das, was man sinnlose Arbeit nennt, dachte Lamarat und drehte sich in seinem Bett noch einmal um. Die Knochen flogen bei jedem Schlag mit dem Beil wie die Splitter einer explodierenden Granate durch die Gegend und verkratzten die Fliesen, Blut floß an den Schädeln hinab, durchtränkte den Hackklotz, gerann auf Lamarats Händen, kroch unter seine Fingernägel und pladderte auf den Fußboden. Aber all das geschah für einen edlen Zweck: Er tat es für die Königin. »Morgen empfängt sie Gäste, und dann serviert sie Schädel«, berichtete Herr Druppelmans dem Jungen, während dieser einen Schädel nach dem anderen zur Explosion brachte. »Schon wieder«, sagte der Metzger, »mag sie zur Abwechslung nicht so Sachen wie zum Beispiel Vitaminsäfte oder Cashewnüsse, die schmecken doch viel besser, und du weißt doch, was die Leute sagen: Einseitige Ernährung schwächt den Körper.« Mit diesen fröhlichen Worten überreichte der Metzger die Schädel plus der Rechnung für Ihre Majestät, wobei sie letztere nie zu sehen bekommen würde, weil der Mann, der abrechnen kam, den Kassenzettel, gleich nachdem er den Laden verlassen hatte, zu einer Kugel zerknüllte und in den Rinnstein warf. »Auf Wiedersehen«, sagte der Metzger, »bis bald, und bestell ihr einen schönen Gruß und guten Appetit duweißtschon, ich weiß nie so recht, was ich sagen soll.« Nach dem Herrn kamen ein paar Nigerianer in den Laden und verlangten eine ähnliche Portion: ein paar Schädel. Der Metzger mußte passen, und während Lamarat sich das geronnene Blut von den Händen kratzte, beschloß er, den ganzen Krempel hinzuschmeißen. Er zog seine Schürze aus und sagte dem Chef, daß er sich jemand anderen suchen sollte. Und genau da, an dieser Stelle, im Moment der Kündigung, Punkt sechs Uhr, zog Lamarat die Tür des Traums hinter sich zu und wurde wach.

In der Metzgerei, aus der er weggegangen war, hatten zwei Gartenstühle gestanden. In einer Nische bei der Kneipe saß der größte Teil der Leute auf Gartenstühlen. Vor der Tür saßen Männer aus dem Grenzdorf F. und tranken eine Tasse Tee, Kaffee oder ein Erfrischungsgetränk; ebenfalls auf Gartenstühlen. Der Fahrer trank dort auch ab und zu einmal etwas. In letzter Zeit sogar öfter, weil die klapprigen Holz- und Eisenstühle (Made in Algeria) durch Gartenstühle ersetzt worden waren. Auf den Gartenstühlen saßen dunkelhäutige Männer, die von weither gekommen waren, um in Länder übersetzen zu können, in denen sie den Beruf eines Verkäufers ausüben würden. Sie würden sich selbst dort in diesen Ländern als Gebrauchsgut verkaufen: als Asbestentsorger, als Gürtelverkäufer auf Volksfesten, als Verkäufer von Damenunterwäsche, von Wettkampf- und Trainingsanzügen und Zigarettenstangen (Casawinstonbest) aus Tschechien, als Schaufensterpuppe, hinter Glas gesteckt, um mit Murmeln gegen die Scheibe zu werfen – Zunge aus dem Mund und dann geleckt –, als Tänzer, als Taschendieb, als Verkäufer von Aufblasknüppeln, als Portier, als dieses und jenes (außer natürlich als Schlagzeilenmacher). Der Fahrer des Mercedes-Benz 240D (Import aus Belgien) kannte die Geschichte von dem Mann, der seinen Landstrich aus Puppenhäusern und wertlosem Tinnef verließ, um anderswo allein zu sein, aber leider, wen traf er dort: sein Spiegelbild als Heftzweckenverkäufer, im Besitz einer speziellen Sorte von Turnschuhen, einer speziellen Sorte von Kopf und vor allem eines Puppenhauses, von Beruf Brezelverkäufer. Und es gab eine sehr große Gruppe von Menschen, die einen sehr großen Landstrich voller Puppenhäuser verließ, um irgendwo anders Heftzwecken und Pfannkuchen verkaufen zu können. Heftzwecken, um den Leuten zu Diensten sein zu können, und Pfannkuchen, weil hübsche Mädchen die immer so gerne mögen, Pfannkuchen mit Sahne. Genau, dachte Chalid Blechbüchse-auf-der-Straße: Mosa (der im Wagen rülpste und anschließend sagte: »I love you, beer«) ist auch so einer: auf dem Weg zum Glück, auf dem Weg zu einem Dutzend Mädchen. Warum sollte Muhammad zum Berg gehen, wenn der Berg auch zu Muhammad kommen kann? Steuerfrei und handlich verpackt? Aber trotzdem, aber trotzdem, wenn man sich umschaut, sieht man: Schüsseln und Rolläden, Pepsi-Cola-Reklame und Maxiröcke ohne Gürtel, die um Marktstände herum laufen, Ilikeyou-Schmierereien und anstatt Stangenweißbrot mit Thunfisch ein Schokoladeneis. Nichts Neues unter der Sonne.

Ich verstehe die Leute nicht, dachte Chalid, ich verstehe die Leute nicht, die Haus und Hof verlassen, um irgendwo anders… dieselben zu bleiben.

Lamarat, dem der Onkel an der Seite klebte, winkte Chalid wie-hieß-er-doch-auch-gleich-wieder zu.

Eine Gedächtnisauffrischung: Mein Name ist Chalid, und ich komme von oben, aus eurem Dorf, dort auf den Hügeln, wo der Boden rot ist, und du, seitensprüngiger Junge aus Iwojen, kommst du nicht von da unten, von dem Land, wo das Wasser fließt, wo alles so grün ist? Und dort, wo das Wasser nicht hinkommen kann, liegen dort nicht abgefahrene Autoreifen und leere Dosen, in denen Hefe war und auf denen ein Bäcker abgebildet ist, der einen riesigen Brotlaib mit einem Brotschieber aus dem Ofen holt? Liegt derartiger Müll dort nicht rum, in den Tälern, wo die Erosion die heiße Luft auffrißt? Dort liegt sogar noch viel mehr Kram, zum Beispiel zerbrochene Bombots und kaputte Töpfe. Du, Junge aus dem Norden, kommst aus einer Gegend, in der der Boden für die Menschen sorgt; warum bist du von dort weggegangen? Ich kenne deinen Vater, du brauchst mir nicht zu sagen: »Ich war es nicht, der weg wollte.« Du brauchst nicht von all dem Ruhm zu erzählen, den du verpaßt hast. Dein Vater konnte auch sehr gut Mensch-ärgere-dich-nicht spielen; auf seinem kleinen Acker, dort unten im Tal, zwischen dem Brunnen und den Granatapfelbäumen, mit Trauben, Kartoffeln und Zwiebeln spielte er Mensch-ärgere-dich-nicht. Zwiebeln und Trauben kann man mit Brot essen – Brot, das die Mutter deines Vaters mit Hefe aus Dosen machte. Kartoffeln mußten gekocht werden, gebraten in Olivenöl der Marke »Kristal«. Zu den Kartoffeln gab's manchmal Fleisch. Manchmal, denn Fleisch war teuer, und man bekam es nicht immer. Oben bei der roten Erde, neben der Asphaltstraße nach F., da gab es einen Metzger, der die dampfende Rinderleber meistbietend verkaufte. Und dein Vater ging dort ab und zu mal vorbei, wenn er zu Ende gegessen und geschissen hatte, nach seinem Gang in die Moschee. Der an der Schnellstraße, genau, nicht weit vom Hufschmied. In eurem Dorf gab es auch eine Moschee, hast du das gewußt, aber da ging dein Vater nicht hin. Was ich allerdings wohl weiß, ist, daß deine Mutter dich mal dorthin gebracht hat. Wie alt du warst? Drei Jahre oder so. Um böse Geister und Ängste zeitlebens von dir fernzuhalten, hatte sie dich mit der Milch einer weißen Pflanze mit gelbem Blütenstaub eingerieben. Die junge Frau hat dich anschließend in die verlassene Moschee gebracht und dich im Gebetssaal dein erstes Gebet sprechen lassen. Du hast so laut geweint, kaum zu glauben. Dann öffnete die junge Frau die Tür und nahm dich mit nach draußen. Und jetzt stehst du vor mir, zwanzig Jahre alt, und du willst zurück in das Dorf. Hat deine eigene Gegend dich enttäuscht? Abgesehen von den Negern auf den Bänken und in den Kneipen gab es in F. niemanden, der hören konnte, wie der Fahrer nachdachte. Er ging zur Wagentür und schlug sie zu. »So, die ist zu!« Der Taxifahrer wollte mit Lamarat über dessen Onkel reden, den Onkel, den er gefunden hatte. Den Onkel, den man in das Auto geschoben hatte, der seinen Finger auf den Mund gelegt hatte und augenblicklich einschlief.

Laut schnarchend und mit einem Daumen im Mund saß er auf dem Rücksitz. Er fiel ihnen nicht zur Last, und Chalid Blechbüchse-auf-der-Straße fragte: »Wo hast du ihn aufgegabelt? In Melilliaar, aber Melilliaar ist groß, wo genau in Melilliaar? Versuche, es mir genauer zu erklären.«

Was aber sollte er denn erzählen? Daß er nach Melilliaar gefahren war; zu einer bestimmten Stelle, einer Stelle, die von Bäumen und kleinen Rasenflächen umgeben war (hartes Gras, steinhart, kleine grüne Stacheln, mit denen man Lammschädel spalten und eine Königin glücklich machen könnte: ohne Splitter, schön glatt entzweigehackt). Seinen Instruktionen zufolge mußte Lamarat noch ein wenig weiter gehen. (»Hinter dem Stadtpark ist es, und der Stadtpark liegt am Platz der Spanier. Geh durch den Park, dann landest du automatisch bei einem kleinen Kiosk, so einem, wo Süßigkeiten, Marlboros und Eis verkauft werden, und voilà, da wirst du ihn finden, leicht...«, hatte das Pickelgesicht gesagt, während er sein Glas ausgetrunken hatte.) Der Onkel kam aus der Kneipe, LOLITA stand oben in matten Neonlettern dran, Lo-li-ta, nie würde der Junge diese erloschenen Buchstaben vergessen. (Als er später im Bus saß, zusammen mit Mosa, der ihm den Zeigefinger in die Seite bohrte, um dann kichernd in die andere Richtung zu schauen, da wußte er nicht mehr, wofür diese Buchstaben standen; sie schwappten in seinem Kopf hin und her, sechs Buchstaben, von denen zwei identisch waren.) Was der Junge nicht vergaß, war die Frau, die der Onkel umarmte, ein Lolita-Mädchen – und das fand Lamarat weniger normal.

»Chatischa, Chatischa!« wollte Lamarat ausrufen, als er sie und die Hände sah, seine Hände, mit dicken Fingern vom Harken in den Zwiebelfeldern des Landstrichs, Hände, die sich irgendwo mitten auf dem molligen Körper und – wir wollen es für den Onkel hoffen – der nachgiebigen Seele befanden, dort, wo das Leben gemacht und geboren wird; oder ein ganz klein wenig höher, was macht das schon für einen Unterschied. Und dann dachte der Junge, fliegenflink, wenn das hier eine Lolita-Kneipe ist und sie eine Lolita-Frau, dann sind sie bestimmt unterwegs zu einem Lolita-Hotel, um dort eine Runde zu lolitaen.

Aber, junger Herr, warum sagtet Ihr denn nicht zu Eurem Lolita-Onkel und seinem Attribut: Halt, im Namen der Liebe, kehre zurück zu deiner zukünftigen Frau. Warum habt Ihr Euch ihm nicht in den Weg gestellt, um ihn von dem verderblichen und unchristlichen Pfad, den er einschlagen wollte, abzubringen? Tja, dachte Lamarat, tja, das habe ich alles nicht gemacht. Ich habe mich ruhig verhalten, blieb stehen. Eigentlich hätte ich tun müssen, was der Basarjunge mir auf meinem Streifzug durch Melilliaar empfahl: »Solltest du ihn in einer Kneipe finden, dann sieh ihn an wie ein trauriger Hund, der auf seine Portion Dosenfutter wartet, und sag ihm, daß er nach Hause kommen soll oder so was – sag es aber ja so, daß niemand dich hört, denn sonst weiß innerhalb kürzester Zeit jeder, welch fürchterlichen Gesichtsverlust dein Vater und deine Familie erleiden – und wenn alles in Ordnung ist, dann wird er bestimmt mit dir gehen.« »Und wenn nicht alles in Ordnung ist, wenn er nichts von mir wissen will? Was dann, oh allwissender Vetter, der sich bereichert, indem er fusselnde Kaftane und stinkende Portemonnaies verkauft?« »Dann«, antwortete das Orakel von Nadorp, »dann sitzen du, dein Papi und das Mädel ziemlich in der Scheiße. Geh jetzt und laß mich in Ruhe.« Und Lamarat war gegangen und hatte nicht gewonnen – »und dabei ist das so wichtig, gottverdammt, warum kapierst du das nicht, Junge, das ist das einzige, was zählt: gewinnen oder verlieren, gegen wen oder bei was, ist vollkommen egal«, hätte der Lahme gesagt – und schaukelte, den Hintern auf dem Sitz des Autos, rauf und runter Richtung Iwojen, als würde er tatsächlich, mit dem Arsch in einer Überdosis Scheiße, rauf und runter geschaukelt. Und durch seinen Kopf geisterten Sätze wie:

Du hättest irgendwas sagen sollen, irgendwas. Er hat ganz bestimmt naduweißtschon gemacht... Jetzt, wo er nicht kommt, jetzt, da du ihn hast gehen lassen, was nun...? Sie war das Mädchen, von dem dein Vetter sprach, die ihn abblitzen ließ... Ob sie es für Geld macht, ob sie es gut macht, ob sie es mit dir machen würde, würdest du es mit ihr machen wollen...? Nein, nein, daran will ich nicht denken, ermüde mich nicht länger, krankes Haupt voller Boulevardzeitungen! *Dem schmachtenden Blick von Onkelchen nach zu urteilen, hatte er einen riesigen Appetit auf sie... Ob sie Nagellack trägt, Schuhe mit hohen Hacken...? Sie trug doch rote Schuhe...? Und was hatte sie in ihrer dicken Tasche, ein Badelaken, eine Unterhose, Gleitmittel...?* Das stimmte nicht, sie wollten reden, er wollte mit ihr darüber reden, daß es so nicht länger weitergehen konnte, daß er wegging... *Du bist hinter dem hohen Baum stehengeblieben, du hast dich erschrocken, so wie du dich nie zuvor erschrocken hast, und du tatest absolut nichts; deine Mutter hat dich umsonst in die Moschee gesteckt, und dein Vater hat dich umsonst mit nach 'Ollanda genommen und dich umsonst mit Kalbskotelett gefüttert, umsonst Kleider für dich gekauft, verstehst du, was ich meine, oder nicht, und dich umsonst in die Koranschulen geschickt und umsonst deine Haare gekämmt, und du bist umsonst aufgewachsen, wärest du doch nur Mensch-ärgere-dich-nicht-Spieler geworden, dann hättest du zumindest Aussicht auf einen kleinen Gewinn in deinem merkwürdigen Leben gehabt...*

Lamarat gefiel das überhaupt nicht. Er sah Chalid an, der sagte: »Wenn du verstehst, was ich meine, dann siehst du jetzt zu, daß du wie der Blitz nach Hause kommst.«

Einige Tage bevor er die überdosierten Schläge der Reihe nach auf sein Haupt bekam, die auch in Chalids Haupt vibrierten, lernte Lamarat in der Stadt, einige Tage vor dem schwarzen Tag, einen Mann kennen, Ammunier, genannt der Lahme.

Ammunier verkaufte OMO und Damenbinden, »aber nenne ihn bloß nicht ›Lahmer‹«, hatte seine Oma gesagt, die ihn zu dem Minigeschäft auf der gegenüberliegenden Straßenseite geschickt hatte. In diesem Laden erzählte der beste Mensch-ärgere-dich-nicht-Spieler aller Zeiten ihm dies und jenes über seinen Onkel und beim Würfeln zwischen den Zähnen hindurch auch von den schweinischen Aktivitäten, die dieser an den Tag legte.

Ammunier kannte Lamarats Vater.

»Dein Vater ist ein Schwätzer, ein Gaukler, er wußte, daß er sie ihm nicht zur Frau hätte geben sollen, er wußte es einfach. Schau, es gibt zwei unumstößliche Wahrheiten im Leben: Mit Frauen sollte man keinen Handel treiben (und das meine ich in doppelter Hinsicht), und eine Frau auf einem Schiff bringt Unglück. Dies sind die einzigen Wahrheiten, die es gibt, und weißt du, wobei ich sie entdeckt habe, na, rate mal?«

Lamarat riet und riet, aber er kam nicht drauf. »Los, komm schon, sag es mir.«

»Beim Spielen, in den Würfeln; je öfter ich würfle, um so öfter erlebe ich klare Momente, je mehr ich spiele und je weniger ich rede, um so glücklicher bin ich. Sieh mich an: Ich bin häßlich, das weiß ich, denn selbst die alten Weiber nehmen die Beine in die Hand, wenn sie mich erblicken. Ich hinke, auch das weiß ich, ich könnte also sowieso nicht mit ihnen mithalten, und schon bevor ich laufen konnte, hat man mir das eingeschärft. Aber ich besitze etwas, das sonst niemand hat: Ich kann spielen, und bei jedem Würfeln offenbart sich mir eine unauslöschliche Wahrheit.

Ich bekomme oft zu hören: Was du tust, lieber guter bester Ammunier, ist falsch. Das sagen Freunde, die dann wie faule Äpfel von meinem Baum fallen, es werden immer mehr, sie sagen mit ihren schönen, runden Worten und ihren verschnörkelten und gesegneten Augen: ›Spielen und Würfeln gehören dem Teufel, und das ist nicht gut für dich, für niemanden, schwöre dem Spiel ab, Ammunier, das ist kein Spiel, das zu spielen Gott dir erlaubt.‹ ›Dann such ich mir eben einen anderen Gott‹, sage ich dann. ›Das wird dir nicht weiterhelfen, Ammunier, denn es gibt keinen Gott, der dein allmählich immer ärgerlicher werdendes Getrieze und Schikanieren mit den Würfeln gestatten würde. Du sitzt in der Fallgrube, Ammunier, und das einzige, was fehlt, ist ungelöschter Kalk. Hör auf damit, dann werden dir viele Schmerzen erspart bleiben.‹ Diese Bande von Arschlöchern habe ich aus meinem Laden gejagt, um es einmal so auszudrücken, und ich habe ihnen hinterhergebrüllt: ›Verschwindet, ihr Pharisäer, ihr spielt mit dem Leben anderer Menschen.‹ Euer sogenannter Hokuspokus-*Scheitan* ist für mich gut, denn wenn das Mensch-ärgere-dich-nicht-Spiel vom Scheitan kommt, dann fahre ich gut mit ihm, also laßt mich mit den Teufeln leben.« Und mit solchen blasphemischen Äußerungen beendete er jedes Gespräch, das er mit Lamarat führte.

»Laß mich jetzt spielen, geh unter die Dusche oder so, du siehst verschwitzt aus. Und übrigens, betest du, lieber guter bester Lamarat, Sohn von Minar dem Schlechtgekleideten?«

»Nein, warum?«

»He, halte mich nicht zum besten, so was durchschaue ich mit einem Blick: Du betest nicht, du hast nie gebetet, und wenn du es einmal versucht hast, dann war das für dich nicht viel mehr als ein kleines Experiment.«

»Tja, das mag sein«, gähnte Lamarat Ammunier den Transformator an, »habe nie so drüber nachgedacht, Beten habe ich zwar gelernt, natürlich, in der Koranschule, und praktiziert habe ich's wohl auch schon mal, aber so was verblaßt mit der Zeit, verstehst du...«

»Natürlich verstehe ich so was, wegen des Spielens natürlich. Dein Körper leidet an Erosion, schwerer Erosion. Aber Kopf hoch, noch sind Hopfen und Malz nicht verloren: Geh jetzt in Windeseile dort rein, und versuche zu beten, verjage die Schlangen aus deinem Körper, und sag zehnmal laut *Esgibtkeinengrößerenalsdich*. Nun mach schon, geh und sag es so laut, daß ich es hören kann.«

Das nenne ich dreist, der Bursche will mir sagen, was ich zu tun habe, er, der sich selbst als Anhänger des Antichrist bezeichnet, unser Supermonopolist.

»Wenn ich das recht sehe, dann bist du auf religiösem Gebiet auch nicht mehr sonderlich aktiv.«

»Pah! Deine Beschuldigung ist zu erbärmlich, als daß ich darauf antworten würde. Die einzige Antwort, die ich habe, ist, daß ich niemanden mehr anzubeten brauche. Bei dir liegt Erosion vor, es kann noch genug gesät werden, etwas Schönes wird wachsen, wenn du nur willst. In meinem Fall liegt die Sache anders, denn bei mir gibt es keinen Boden mehr, keine Unterlage, nur Würfel und ab und zu eine Büchse Mango, sogar die alten Weiber wollen mich nicht, das sagte ich doch schon.«

Es wurde zunehmend schwierig, bei diesem Abtrünnigen die Geduld zu bewahren, und deshalb ging Lamarat nach Hause, zu Bett, und später am Nachmittag versuchte er irgendwas wie Beten, beten zu dem guten Gott, jemandem, der größer war als der Eiffelturm, die sieben Weltwunder und das World Trade Center zusammen, größer als alles Verstehen von Würfeln und ihrem Pendant.

Apropos: Es klappte nicht. Mitten im zweiten Gebet sah er Tausende von verschiedenen Arten des Hinkens vor seinen Augen, und darüber mußte er so lachen, daß er erst aufhören konnte, als er auf den Knien lag, ein Stück seines Gebetsteppichs in den Mund gesteckt und hineingebissen hatte.

Wie schon gesagt, alles geht gut, bis einem irgendwann Räder und Reifen in die Quere kommen, die sich in die falsche Richtung drehen und immer mehr Risse bekommen, die mit keinem Feuer zu bekämpfen sind, wenn die Sonne so hoch steht, daß alles verdorrt, die Nahrungsmittelpreise steigen und die Menschen für jede Kleinigkeit Stoßgebete gen Himmel schicken. Gewohnheiten, die man nicht ablegt, vor allem wenn man in Zeiten des Wohlstands sagen kann, daß man den Wohlstand auch ein wenig jenen Stoßgebeten zu verdanken hat und man sie deshalb in Ehren halten müsse. Aberglauben nennt man das, und warum nicht? Aus dem Nichts steigen die Worte auf, und das merkte Lamarat dann auch sehr deutlich, als er in das Taxi von F. nach Nadorp umgestiegen war.

Diesmal keine leeren Sitze, sondern eine Familie, deren Oberhaupt in jeder scharfen Kurve eine verrückte Geschichte aus seinem Leben erzählte, der er einen kurzen Bismillah hoch zehn als Begleiter mit auf den Weg gab, und man hörte, wie seine Frau ordentlich mitbrummte, um sich anschließend wieder einen Teil ihres Tuches in den Mund zu stopfen.

»Als ich in Libyen war… oh, die Zeit hättest du miterleben sollen, Bruder«, schwadronierte der gute Mann mit dem dichten Bart und dem wohlgefüllten Magen, der ihm auf halber Strecke anfing Probleme zu bereiten, jedenfalls behauptete er das.

»Ja, erzählen Sie ruhig.«

»Als ich in Libyen war… oh, was für eine Zeit, lieber Bruder…«

»Sie meinen Libyen, Tripolis, verspätete Flüge, Sandkästen und Öl, Sidi Hadschi?«

»Das Land meine ich; wo ich gearbeitet habe von, sagen wir, kurz nach der Ölkrise bis kurz vor dem Erdbeben in Mexiko. Dort ließ es sich gut leben, und mit ›dort‹ meine ich, Bruder, lieber guter Mann, ich werde es dir erklären…«

»Stopp! Lassen Sie mich den Satz an Ihrer Stelle zu Ende führen, lieber Sidi Hadschi: Jede Menge fettes Essen, gegrillte Ziegen, Reis mit Curry und überall ohlalala?«

»Bei Gott, bei Zeus, bei wem auch immer: Du bist gut informiert, Mensch! Auf jeden Fall, ich arbeitete bei einer Ölgesellschaft… damals, Bruder… wurden wir jeden Morgen von einem mürrischen, arroganten Busfahrer, einem Libyer, vom Hotel zur Raffinerie gefahren, und, Gott höre meine Worte…«

Der Fahrer unterbrach ihn: »Lassen Sie es mich sagen, während wir diese zwei Kurven durchfahren: Dieser Fettsack war arrogant, so arrogant, wie derart fette Schweine nur sein können, war es nicht so, lieber Sidi Hadschi?«

»Hmm, nicht schlecht. Du hast es ziemlich genau getroffen, das kann man nicht anders sagen… Was ich aber noch sagen wollte: der Kerl war vielleicht arrogant! Und überhaupt habe ich festgestellt, daß diese Schnörkelbuchstabenschwätzer sich immer wer weiß was einbilden, lieber Bruder, als hätten sie das Feuer, das Rad und die Waschmittelreklame gleichzeitig erfunden! Aber, wie dem auch sei, was ich sagen wollte, Bruder…«

»Sprechen Sie sich aus, lieber Sidi Hadschi«, ermutigte ihn der Fahrer, der sich mit einem halben Auge nach Lamarat umsah, als er in die Kurve einlenkte, die Richtung Nadorp führte.

»… was ich sagen wollte: Egal, wo ich gewesen bin, auf Pilgerfahrt, in Libyen, an der Azhar, in Ägypten… überall wußten sie immer viel eher, wo ich herkam, als ich das von ihnen wußte, und sie wußten auch immer ganz genau, wie sie es mich fühlen lassen konnten, wie minderwertig ich war, kannst du mir in diesem Punkte halbwegs zustimmen oder nicht, lieber Bruder?«

»Natürlich, Sidi Hadschi, der Sie so viel älter sind, als ich es bin, Ihre Worte klingen in meinen Ohren wie ein glasklares Gesetz, und übrigens: Ein verständnisvoller Mensch ist in diesen Zeiten Gold wert.«

»Hmm, hmm, das stimmt. Aber du weißt doch, Gold ist *haram*, und ganz nebenbei: Du bist doch nicht versichert, oder? Das gehört sich nämlich nicht, echt, fürchterlich *haram*, fies, bah und pfui, du paßt doch auf, Junge?«

»Ganz ruhig, ganz ruhig, Sidi Hadschi, ich werde nichts tun, was Ihnen auch nur eine Sekunde lang Kummer bereiten könnte, wirklich nicht! Aber erzählen Sie weiter, Sidi Hadschi, Sie machen die Sache ungeheuer spannend.«

»Das meine ich, und wenn ich fortfahren darf: Das Schlimmste hast du noch gar nicht gehört. Man konnte mit seinen Landsleuten keine drei Worte wechseln, ohne daß so ein Turban neben einem stand und wissen wollte, was für eine minderwertige Sprache man da spreche, und ganz schlimm war es, wenn wir den Dialekt unseres Landstrichs sprachen, Mann, Mann, Mann, dann gab es für diese Saubande kein Halten mehr: Wie geprügelte Hunde fühlten wir uns, verstehst du mich-der-ich-viel-älter-bin, oder verstehst du mich nicht, lieber Bruder?«

»Ich stimme Ihnen zu.«

Der Fahrer nahm wieder eine Linkskurve und Nadorp – Minarett, Backsteine, vertrocknetes Gras – lag glänzend wie ein fettiger Wattebausch am Fuße des abschüssigen Weges.

»Lieber Hadschi, was kannst du denn erzählen über jene Zeit, oder über diese Zeit, oder sogar über diese Gegend…« (sie reden noch immer über den Landstrich mit den vielen, vielen Piff-Paff-Puff-Tanten, die auf Kamelen angeritten kommen) »… in nicht einmal hundert Kilometern Entfernung von hier wird behauptet, wir seien debil, und es gibt so viele, die das behaupten, daß ich davon selbst langsam debil werde.«

»Es ist gut zu wissen, daß wir, was unsere Ideen angeht, auf einer Linie liegen. Es ist immer wieder eine Freude, mit so einem vernünftigen Menschen, wie Sie es sind, zu reisen, und unter uns gesagt: Es sieht fast so aus, als wäre überall die Anti-Dialekt-Krankheit ausgebrochen, egal, wo man hinkommt: nichts als Neid zwischen uns Menschen, unglaublich, manchmal denke ich, warum trage ich in Gottesnamen noch eine Dschellaba, warum schleppe ich einen Rosenkranz mit mir rum. Ja, solche Fragen quälen auch Menschen wie mich, und da wir jetzt sowieso auf hundertachtzig sind, frage ich dich: Warum sind gerade zu unserer Sorte von Menschen so viele Propheten gekommen? Komm, verrate es mir, wenn du es weißt, mein lieber guter Bruder. Ich meine, und verzeih, daß ich diesen Standpunkt einnehme, aber ich sage nochmals: Moses, Jesus, die ganze Bagage, und vorneweg, als Krönung: unser eigener, einziger, echter Muhammad, sein Name sei gepriesen, wenn ich mich so unanständig ausdrücken darf, Gottvergibmir, wissen Sie es?«

»Gut, daß Sie so ehrlich sind, Sidi Hadschi, aber auch ich, einfacher Kutscher, der ich bin, kann auf solche komplizierten theologischen Fragen keine Antwort geben. Verzeiht mir, aber vielleicht kann ich Ihnen mit einem Rabatt auf den Fahrpreis weiterhelfen.«

»Den Rabatt akzeptiere ich«, klärte sich die Miene des Hadschi auf und verdüsterte sich gleich anschließend wieder, »und ich füge gleich hinzu: Das, was wir Menschen brauchen, sind Peitsche und Holzknüppel, dann kann man mit beiden gleichzeitig schlagen.«

Danach war es für einen Moment still, und Lamarat hatte das Gefühl, in einer schwarzen Komödie gelandet zu sein.

Plötzlich, einfach so, aus eigenem Antrieb und ungefragt, sprang der Hadschi auf und brach in dümmliches Geschwafel aus, wobei er vom Hölzchen aufs Stöckchen kam: »Soll ich Ihnen mal was gestehen, wirklich etwas gestehen, nein, nicht daß ich soundsoviele Millionen auf der Bank habe, das weiß inzwischen jeder, sogar ihr Taxifahrer wißt es, sehr geschickt habe ich dieses Geheimnis durch die Mauern meines Hauses sickern lassen, nein, wenn Sie wüßten: Am liebsten, am allerallerliebsten, so denke ich manchmal bei mir selbst, wäre ich als Jude geboren worden, und dann am liebsten in, wie heißt das Städtchen doch auch gleich wieder, New York. Und was für eine Macht die da drüben haben, okay, Amerika, der Teufel hole dieses Land, unterstützt sie, und sie bleiben Juden, Schlangenbrut, aber sie haben Kibbuze voller Apfelsinen, Trauben, und überall hängt Pepsi-Cola, oder wie heißt dieses teuflische Erfrischungsgetränk, in den Bäumen.«

Der Taxifahrer riß die Augen weit auf, und er flüsterte leise: »Gottverdammt, ich habe hier einen Korajisch, einen Götzendiener, im Auto sitzen.«

Aber der Hadschi konnte kein Ende finden: »Noch mehr Beweise? Nimm irgendeine Karte, sie kommen fast immer aus Deutschland, aber selbst die lügen nicht, und du weißt, was die Deutschen mit den Juden gemacht haben, und dann behaupten sie von uns, wir seien minderwertig, aber gut: Nimm die Karte, und sieh dir den Mittleren Osten einmal an: Alles knochen-, aber auch wirklich knochentrocken, nicht einmal ein dicker Kaktus wächst da... nirgends, außer auf so einem kleinen Stück Scheißland: Aus unserem Palästina haben die Juden ein Superland gemacht! Verstehen Sie mich, Bruder, natürlich verstehen Sie mich, ich bin nicht für die Juden, manchmal, in einem Anfall von Wahnsinn, denke ich schon mal, daß wir die Gaskammern viel besser gebrauchen könnten: Sofort hätten wir wieder beide Füße auf der Erde, wir kriegten obendrein noch einen Haufen Geld aus Amerika, das wir diesmal nicht gegen Düsenjäger und Pepsi-Cola eintauschen müßten, und wir bräuchten auch nicht so eine große Lippe zu riskieren, wenn Sie wissen, was ich damit sagen will, und natürlich wissen Sie, was ich damit sagen will...«

Mirakulös, wie der Taxifahrer, ohne den Rückspiegel zu benutzen, den er aus Gründen des Anstands umgedreht hatte, sehen konnte, was hinter ihm passierte, und wie er dem Mann folgen konnte, ohne ihm ins Gesicht zu blicken. Bis sie auf dem Parkplatz in Nadorp ausstiegen, blieb es an diesem Freitagnachmittag ruhig im Wagen. Diese Leute, dachte Lamarat, als er aus dem Auto stieg und bezahlte, sind Engel. Sie waschen ihre Füße mit OMO, essen zig Kaktusfeigen, ohne ein Abführmittel nehmen zu müssen, und verschwinden von Hochzeiten, ohne Tschüs sagen zu müssen. Zu diesem Verein gehöre ich jetzt: Die Vereinigung Derer, Die Sich Einen Maßgeschneiderten Holocaust Wünschen.

Die Sonne hatte immer noch keine Lust, tiefer zu sinken, bemerkte der Aufmerksame, als er in der Stadt Nadorp angekommen war und er das Taxi mit seinem untreuen Passagier zurückgelassen hatte. Lamarat überquerte die Straße und suchte den Weg, der ihn zu seinem Vetter führen konnte, dem Jungen, der ihm vielleicht den Weg zu seinem Onkel würde zeigen können.

Unvorstellbar, wie viele Tiere durch so eine Stadt kriechen, Kakerlaken, Esel, Pferde und außerdem noch die Wespe, die über seinem Kopf schwebte, die seine Schritte begleitete. Wenn Lamarat einen Stein gehabt hätte, dann hätte er ihn nach der Wespe geworfen. Er überlegte, daß das Töten einer Wespe wahrscheinlich genauso schwierig ist wie das Töten einer Katze. Katzen sind größer, aber göttlicher, Wespen sind kleiner, aber tödlicher; Differenz null.

Derjenige, der Lamarat den Weg zu seinem Vetter mitten in der Stadt gezeigt hatte, hieß Ammunier, ein junger Mann von ungefähr dreißig, mit blauen Augen, roten Strohhaaren und einem großen Muttermal auf der Nasenspitze, der auf der anderen Straßenseite, gegenüber des neuen eigenen Hauses in Nadorp, einen Laden betrieb. In dem Augenblick, als Lamarat den Basar betrat, war Ammunier gerade dabei, sich selbst zu besiegen.

»Ich spiele gerade, siehst du das nicht? Laß mich in Ruhe.« Er würfelte viel, er würfelte wenig, er würfelte vor allem sehr oft, so oft, daß die Geschwister – drei Brüder und drei Schwestern, darunter eine im heiratsfähigen Alter – angefangen hatten, ihn den bekloppten Spieler zu nennen. Ammunier der Verschwender, der Schwachkopf, der Torkler, der Brummkreiselspielmann. »Mit diesen Spielchen, die du da spielst, junger Mann, verschwendest du deine Zeit, das bringt kein Geld, keine Frau und auch keine Ehre ein«, wiederholte seine Mutter immer wieder bis zur Ermüdung, »was willst du damit erreichen? Wozu sind diese Spielchen gut? Hör auf damit und sieh zu, daß du diese Waschmittelpakete los wirst. Er aber hörte nicht auf zu spielen und verkaufte dadurch trotzdem nicht ein Paket weniger; im Gegenteil, sein Geschäft florierte wie sonstwas: »Wieviel ich verkaufe? Ach, morgens viel, mittags etwas weniger, und wenn der Abend herannaht, dann kommen noch ein paar späte Kunden.« Und er sagte zu seiner Mutter: »Hör mir mal genau zu, Frau: Du solltest nicht so große Töne spucken, liebe Mutter, Spielen ist das einzige, was ich kann, und zwar gut!« Und er warf wieder einen Sechserpasch – schwuppdiwupp, schon wieder ein Roter im Häuschen! Er spielte jeden Tag, den er geöffnet hatte – und das hatte er sieben Tage in der Woche – von acht Uhr morgens bis zehn Uhr abends mit einer unglaublichen Geschwindigkeit Mensch-ärgere-dich-nicht gegen sich selbst: Das Brett lag auf der Ladentheke, und die Finger seiner Hand flogen von den farbigen Figuren hinüber zu den Würfeln, als verfolgte eine Hornisse die Hand. Acht Figuren: ein Quartett rote und ein Quartett gelbe – und dann spielen. Er weigerte sich, ungeachtet des ständigen Bettelns seiner Brüder und Schwestern – »oh, please, eine Partie nur, komm schon, dann kaufe ich dir auch ein Paket OMO zusätzlich ab; he, mach schon, Mann, was bist du bloß für ein Arschloch!« – gegen andere zu spielen. »Das ist leicht erklärt: Ich bin einfach zu gut, viel viel zu stark für jeden.« Er hielt sich selbst für perfekt in der Mensch-ärgere-dich-nicht-Lehre und für viel zu gut, um sich zu einem Spaß-Spielchen mit anderen herabzulassen. Und, da mußte man ihm recht geben, und das taten seine Brüder und Schwestern auch, es stimmte. »Mensch-ärgere-dich-nicht kann man nicht lernen; entweder man kann es, oder man ist ein Stümper«, antwortete Ammunier, wenn die Käufer von Waschmitteln und die Besucher seines Ladens, wozu auch Lamarat gehörte, ihn fragten, wie er es anstellte, so verdammt gut zu sein, daß eigentlich nur er selbst ein würdiger Gegner für sich war, und was man machen mußte, um ein Meister im Ärgern zu werden. (Man erzählte sich, daß er das Spiel im Schlaf, im Traum weiterspielte.) »Da hilft kein Bitten und kein Flehen; seht mich an: Wo wurde ich geboren? In einem Loch zwischen Kakteen, und fünfmal am Tag der Aufruf zum Gebet; ich bin nicht anders als ihr; ja, ich bin sogar weniger als ihr: Ich hinke.« »Aber«, gossen die Brüder und Schwestern unabsichtlich noch mehr Öl ins Feuer, »eine Körperbehinderung, das hat doch nichts zu sagen! Sperenzchen-Bluff-Pokerface spielen, häh, wieso sollte dich das daran hindern, gut zu spielen; ja mehr noch: Gerade durch deine Behinderung bist du in der Lage, das Spiel gut zu spielen. Du mußtest nicht auf dem Acker arbeiten, du mußtest nicht wie deine Altersgenossen am Brunnen Wasser holen, du wurdest immer vom Vater mit der Rute, mit dem Riemen, mit den Schwielen auf den Händen übersehen, weil du sowieso nur ein lahmer…« Und das machte ihn wütend, wenn ein Angriff nicht gegen den Ball, sondern gegen den Mann ging: »Blödsinn, Geseire, faule Redensarten! Gerade ich sitze immer tiefer als das Brett, wo das Spiel läuft, meine Übersicht über das Spielfeld wird durch das Bein, das mich benachteiligt, eingeschränkt. Guckt nur, wir spielen gegeneinander.« Er hatte das Brett zu Lamarat hinübergeschoben. »Du kannst mit deinem Hintern hin und her schieben, du kannst dich hinknien, draufgucken, beurteilen, wo welche Figur steht, du kannst von deiner Position aus vorausschauend zu Werke gehen. Aber ich? Mein Bein, mein linkes Bein, ist wie ein Holzklotz an meinen Körper geleimt; ich sehe fast nichts, aber hier ist das nicht so schlimm, gegen mich selbst habe ich immer Heimspiel, ich kann eine bestimmte Art von Position einnehmen, mit der ich es mir selbst bequem mache, verstehst du, was ich meine, hör gut zu, denn bei deiner Geburt hast du eine Menge Chancen verpaßt…«

Lamarat verstand nicht alles von dem, was Ammunier sagte, und deshalb nickte er auf gut Glück wie ein auf Höchstgeschwindigkeit eingestelltes Metronom: »Nein-ja-nein-ja.«

»… sieh, als du noch an den Titten deiner Mutter nuckeltest, da spielte ich bereits in den Kneipen am Rande der Schnellstraße, die kenne ich alle, ich weiß genau, wie jede einzelne Tasse Minzetee zubereitet wird, welche Sorte Haschisch dort geraucht wird, wie viele Tüten Pipas am Tag verkauft werden und in welcher Kneipe sich die Fans von diesem oder jenem Fußballklub treffen. Mir persönlich kann Real Madrid gestohlen bleiben; die verdammten weißen Trikots von denen kriegt man nie vernünftig sauber. Ich spielte jeden Tag, gegen alle und jeden, ich besiegte die Lahmen, ich besiegte die Blinden, und ich besiegte die,

die nicht sehen konnten, aber du mußt wissen, daß man mich dort nicht gerne sah, schon sehr bald, sie können es nicht leiden, wenn jemand Erfolg hat, sie hassen mich, die Leute, die spielenden Jugendlichen, die Kinder, weil ich nicht nur einfach so gewann, sondern überlegen, wegen meiner Art zu spielen, wie ich die Würfel rollen ließ, die Figuren beobachtete, weil ich das Glück sah und zupackte, deshalb wurde ich zu einem gefürchteten und verhaßten Mann; und darum sitze ich jetzt hier. Ich war einfach zu gut für diese Bande von Rowdys und teetrinkenden Junkies. Eines Tages sagten sie zu mir – ich kann mich noch genau daran erinnern, an diesen Sonntagnachmittag nach dem Spiel Barcelona gegen Real Madrid, das mit einem Kantersieg der Katalanen endete –, und auch die Wirte beteiligten sich daran, bestimmt, weil ich meinen Tee immer gewann und nicht ein einziges Mal eine Runde ausgegeben habe: »Ammunier, hör gut zu, wir legen nicht länger Wert auf deine Siegermentalität. Hau ab! Und jetzt bin ich hier, ihren Tritten und ihrer Spucke mit knapper Not entkommen. Sprich ruhig ein Dankgebet für mich. Aber das Spiel liebt mich, denn es hat mir Wohlstand gebracht. OMO geht wie geschnitten Brot mit Marmelade über die Theke, und ich habe genug Zeit, um meine Spielchen zu machen…« (schon seit ein, zwei Jahren verkaufte er sehr viel Waschpulver an sehr viele Frauen, von denen keine wußte, was es mit diesen komischen bunten Dingern und dem verteufelten Gewürfel auf sich hatte) »… und ab und zu kommen Leute her, die von mir gehört haben, daß ich wirklich gut sei, weißt du, daß ich alles beherrsche, wirklich alles, ein goldenes Händchen habe…« Er schwenkte die geballte Faust vor Lamarats Augen, als ließe er einen Hammerschlag auf das in ein Geschirrtuch gewickelte Zuckerbrot hinuntersausen, »... und diese Leute wollen dann gegen mich spielen. Aber das mach' ich nicht; Groll, Groll beherrscht mein Spiel...« (Ärger, Ärger, der schon im Namen des Spiels zum Ausdruck kommt: *Mensch-ärgere-dich-nicht*. Aber in dem Landstrich heißt das Spiel anders, einfacher, *peitschi* oder so ähnlich.)

Lamarat erschrak in Anbetracht der vielen Vorwürfe, die Ammunier dem Landstrich machte; er mußte das doch nicht unbedingt so deutlich...

»Hör gut zu, Junge, eine Lehre für die Zukunft. Niemand in dieser Gegend mag dich, jeder kann und will gerne dein Blut trinken. Kennst du diesen Jungen, das Pickelgesicht?« (Bei solchen gemeinen Worten brach Ammunier in Lachen aus.) »Er betreibt einen kleinen Basar in der Stadt, und da hockt er mit seinen überflüssigen Dschellabas und Kassetten und spielt Schalmei; er gehört auch zu denjenigen, die mich weggejagt haben; denk an die Worte, die er damals zu mir in Iwojen sagte, wenn du ihn das nächste Mal siehst: ›Wenn du dich noch einmal in dieser Kneipe blicken läßt...! Verzieh dich, du stinkst nach Schweinepisse!‹ Echt wahr, das sagte er zu mir, auch wenn er es bestreiten wird, du kennst diesen Jungen doch bestimmt, oder? Warum siehst du mich so komisch an...« (Jesus, was meint er, dachte Lamarat und schüttelte verneinend den Kopf) »... schüttel nicht so den Kopf, schließlich gehört der Kerl zu deiner Verwandtschaft: Er ist dein Vetter. Er und dein Onkel trafen sich jeden Tag, jeden Tag hockte er im Basar deines Vetters, wenn es hier nichts zu tun gab, wenn kein Zement gebraucht wurde, keine Ziegelsteine, kein Eisen, ich will damit sagen, wenn man sein Geld nicht für Baumaterialien brauchte; dein Onkel war anständig zu mir, er wollte nicht gegen mich gewinnen, er ist anders, aber dieser Vetter …! Er versuchte, mich hinters Licht zu führen, aber das ist ihm nicht gelungen, seine Eifersüchteleien hatten nichts anderes zur Folge, als daß ich jetzt in einer Woche mehr verdiene – vor allem jetzt, wo ihr aus dem Norden hier seid – als er mit seinem elenden Basar in einem Jahr…«

Und so schimpfte er in einem fort: »… ich kann ihn nicht leiden, ich kann ihn nicht leiden, ich kann ihn nicht leiden…«, und für einen Moment vergaß er das Spiel. Lamarat aber hatte so langsam den Eindruck gewonnen, daß es vielleicht eine Lösung sei, diesen Vetter zu besuchen. Die Tage wurden einem in der Umgebung des Hauses ziemlich lang, und irgendwas mußte man schließlich tun (besonders wenn der Vater und dessen Vater ständig mit Töpfen und Schüsseln ankamen und die Frauen ein ausgemergeltes Familienmitglied nach dem anderen begrüßten und mit Mandeln und Pistazien vollstopften). Ammunier, der einen Würfel nach dem anderen rollen ließ und Figuren verschob, gefiel das nicht: »Stör mich nicht beim Spielen, vor allem nicht, wenn ich mich gerade selbst besiege.« Er war aufgestanden und hatte widerwillig seinen Finger in Richtung des Nordteils der Stadt erhoben und hatte gesagt: »Immer geradeaus, dann wirst du's schon finden.« Und er war wieder zurück in seine Spielhöhle geschlurft, in der einen Hand zwei Würfel, die andere zur Faust geballt, und hatte dabei gemurmelt: »… ich kann ihn nicht leiden, ich kann ihn nicht leiden…«

Lamarat war an der Zimmermannswerkstatt vorbeigegangen – ein Einmannbetrieb, in dem fünf Jungen unter fünfzehn schmirgelten, beizten und schreinerten – und an der Hähnchenschlachterei, und dabei dachte er an das große Glück, das Ammunier zuteil geworden war. Vielleicht verlangt dieses Kuriosum nach einer näheren Erklärung: In Nadorp gibt es keinerlei Sehenswürdigkeiten außer der Hähnchenschlachterei; auf einer Fläche von fünf mal fünf Metern laufen zahllose Hühner rum: zum Verkauf. Neben dem Hühnerschlag steht eine Art Maschine, und daneben stehen zwei Jungen, die beide in ihrer rechten Hosentasche die Kasse verwalten. Nehmen wir an, Sie sind ein Kunde. Dann gehen Sie zu den beiden Jungs und verlangen »dieses Huhn«. Dabei zeigen Sie auf ein willkürliches Mitglied der Familie Federvieh. Manchmal kriegt einer der Jungs aber nicht das Tier zu packen, das Sie gerne mitnehmen wollten, aber was soll's, man kann nicht alles haben. Sie sparen sich also jeden Kommentar und bitten, das Huhn zu schlachten. Wird gemacht, ist im Service inbegriffen. Diese Art von Arbeit wird meistens von einem Gebet und ein paar Schnitten mit einem Kartoffelschälmesser mit einem orangefarbenen Griff (Made in Germany) begleitet. Dann folgt der schönste Teil Ihres Auftrags: Während das Huhn noch wie ein abgestochenes Schwein ausblutet, hält einer der Jünglinge das Huhn in die Maschine, die neben dem Showroom für das Federvieh steht. Diese Maschine besteht aus nichts anderem als einer Trommel, auf der allerlei Gummilappen befestigt sind. Die Trommel wird gestartet, die Gummilappen wirbeln im Kreis, und man hält das Huhn gegen die Trommel. In Nullkommanichts fliegen die Federn in das Waschbecken. Das Huhn wird erst mit dem Kopf an die Gummilappen gehalten, dann mit dem Hinterteil, bis alle Federn ab sind. Der andere Junge nimmt eine weiße Tüte, in die das Huhn kommt, und rechnet mit Ihnen ab. Dann können Sie nach Hause gehen, und eine Stunde später steht eine Pfanne mit einem köstlichen Huhn auf dem Tisch. Mit Kartoffeln,

Möhren und einer Bratensoße natürlich. (Vergessen Sie aber nicht, ein paar Safranfäden darüber zu streuen.)

Lamarat ging an dieser Sehenswürdigkeit vorüber und kam nicht lange danach auf die Hauptstraße von Nadorp – das Singapur Nordafrikas, wie Ammunier die Stadt nannte –, eine breite Straße, die bis zum Seepavillon führte und an deren Seiten dichtgedrängt allerlei Geschäfte standen, in denen Plastiktaschen, Lederjacken, Schmetterlingsmesser und dergleichen mehr verkauft wurden. In dieser Straße befand sich auch der Basar des Vetters, der leicht zu finden war. Der Laden lag an einer Straßenecke, und sein Vetter hatte vor der Tür gestanden und hatte ihn schon von weitem kommen sehen. Das Gesicht des Vetters sah noch am ehesten aus wie ein weichgekochtes Ei, das gerade dabei war umzukippen, und es enthielt aller Wahrscheinlichkeit nach mehr als sechzig Prozent wäßrige Akne.

»He, junger Mann, lieber Lamarat, Sohn des Minar, komm mal her und sag nicht, daß du nicht weißt, wer ich bin«, hatte der junge Mann ihm zugerufen. »Du bist mein Vetter, wir sind Vettern, meine Mutter ist die Tante deiner Mutter…« Und noch ehe Lamarat etwas sagen konnte, hatte er ihn schon in seinen Basar geschleppt. »Wie schön, daß du da bist, ich habe dich noch nie gesehen…« Er betrachtete Lamarat noch einmal genau. »… du kommst nicht einfach so hierher, der Lahme, der Spieler hat dich geschickt, habe ich recht oder nicht?« Er grinste und zog ein Sitzkissen heran. »Lebt er noch, oder hat er inzwischen gegen sich verloren?«

Auf dem Sitzkissen, auf das Lamarat sich setzen wollte, stand ein Dromedar. Ein kleines Kamel aus Leder. In den Höcker des Dromedars konnte man eine Glühbirne schrauben. Sehr beliebt bei spanischen Touristen.

»Setz dich ruhig«, sagte das neue Familienmitglied, jedenfalls war er das für Lamarat, denn für den Vetter war es, als lungerte der Junge hier schon seit Jahren rum. Lamarat nahm das Dromedar runter, schob sich das Sitzkissen zwischen die Beine und setzte sich hin. Der Vetter ging raus: »Schnell Tee holen, für meinen neuen Vetter«, und Lamarat saß da, und eine Glühbirne drückte ihn im Schritt.

Keine zehn Sekunden später war sein Vetter wieder da, mit einem Tablett, einer großen Kanne Tee und drei Gläsern, just in case. »Bitte«, und er pißte sein Glas voll. Hübsch zu sehen, wie jemand ein Glas vollpißt. Er nahm die Kanne in die rechte Hand und hob sie hoch in die Luft. Er nahm das große – mit Betonung: große – Glas in die linke Hand und ließ es zwischen seinen Fingern über dem Emailletablett schweben. Er kippte die Kanne leicht nach vorne. Und voilà: Er strullte das Glas ganz voll, bis eine hohe Schaumkrone anzeigte, daß es jetzt wohl genug sei. »So, lieber, neuer Vetter, bitte: ein Gläschen von unserem selbstgebrauten Bier.« Was meinte er mit selbstgebrautem Bier? Gab es etwa einen berauschenden Stoff in den Minzeblättern? Fing man davon tatsächlich an, merkwürdig zu faseln und zu trampeln? Der Junge zögerte, nahm aber das Glas trotzdem an und ließ sich in das Sitzkissen zurücksinken. Während sein Vetter im Teehaus nebenan war, hatte er sich kurz umgesehen. Der Basar, eine Umkleidekabine von drei mal vier Metern, war vollgestopft mit allerlei touristischem, folkloristischem Nippes. Die Decke des Ladens hing voller Kaftane und Dschellabas. Die Dschellaba ist das Arbeits- und Ausgehkleid der marokkanischen Frau, obwohl es heutzutage auch genug Männer gibt, die gerne so ein weites Sackkleid trügen. Auch ein Betrock hing dort. Es war schwarz, und auf dem Stoff liefen zentimeterbreite Linien von oben nach unten, wie vorgeschrieben.

»Das Mädchen, das dein Onkel heiraten wird, ist wirklich eine Pracht! Aber dir muß ich das ja nicht erzählen, du kennst sie schließlich seit Jahren.«

Der Vetter hatte seine Schwester also schon gesehen. War denn gar nichts mehr heilig?

»Er war mit ihr in Melilliaar.«

»Was haben die beiden dort gemacht?«

»Er hat den Vater und die Mutter zum Markt geschickt und war zusammen mit ihr im Park, um dort ein spanisches Vanilleeis zu essen.« Der Vetter lachte. Ein paar vom Tee schäumende Zähne wurden sichtbar. Auf einem Schneidezahn klebte ein Stückchen Minzeblatt.

»Im Park, am Rondell Place de España, schob sie ihren Arm unter seinen, den er schon die ganze Zeit eng an seinen Körper gepreßt hielt. Er hat ziemlich verdutzt geguckt. Aber sie sagte: ›Arm in Arm gehen, so machen wir das in Europa.‹« Er lachte jetzt noch lauter. »Diese Aktion hat deinem lieben Onkel drei Nächte lang den Schlaf geraubt. Nie zuvor hat eine Frau ihn so durcheinandergebracht…«

»Hat er denn schon andere Frauen gehabt?«

In diesem Augenblick wurde die Aufmerksamkeit des Vetters abgelenkt, und er stürmte nach draußen, wobei er laut rief: »Chatischa, Chatischa!« Eine zierliche Frau kam auf ihn zu. Sie hatte eine Sonnenbrille auf und trug das Haar in einem Knoten, aus dem Strähnen wippend heraussprangen. Sein Vetter wedelte mit den Händen, machte übertriebene Gesten, drehte den Kopf hin und her und lächelte bei jedem Wink der Frau. Alle paar Sekunden berührte er sie kurz, als wollte er damit zeigen, daß er sich wirklich für sie interessiere. Die Frau trug ein Kleid, das ihre Beine kurz über den Knien umspannte, ihre Füße steckten in Ledersandalen. Sie hielt eine lederne Tasche gegen ihre Seite geklemmt, an der ein paar goldfarbene Buchstaben baumelten. Eine Freundin vielleicht, Verwandtschaft? Das erschien Lamarat unwahrscheinlich, dafür sah sie etwas zu sinnlich aus. Eine Bekannte, eine Klassenkameradin, eine Kundin vielleicht? Sie nickte ein paarmal, sein Vetter faßte ihr noch einmal kurz ans Kinn. Sie ließ sich all diese Intimitäten gefallen, und dann ließen die beiden voneinander ab. Der frischgebackene Vetter Lamarats kam in den Laden und nahm auf dem Kissen Lamarat gegenüber Platz. Seine Pickel waren rot angelaufen, es sah so aus, als könnten sie jeden Moment explodieren.

»Was sagst du zu diesem süßen Ding?« Lamarat antwortete nicht, womöglich stellte sich später heraus, daß sie die Schwester seines Vetters war. »Morgen fahre ich mit ihr nach Melilliaar, mal sehen, was dann so alles passiert.« Lamarat wußte nicht, was er damit meinte, und sah seinen Vetter so lange an, bis dieser in Lachen ausbrach. Er stand auf, holte einen Kugelschreiber hinter der Theke hervor und spielte damit, wobei er leise vor sich hin murmelte: »Das Mädchen deines Onkel, das war, und ist hoffentlich immer noch, eine Perle...«

(Eine Perle, die dann im Bett zeigen mußte, welchen Wert sie hatte. Die Eltern des Bräutigams waren sich einig: Ihre Enkelin war blitzsauber, sowohl von außen als auch von innen. Sie würde beweisen können, daß sie zeit ihres Lebens ihre Jungfräulichkeit bewahrt hatte.)

Eine der brennenden Fragen, die Lamarat auf der Zunge lagen, war: Wie verläuft so eine Hochzeitsnacht?

»Sag, Vetter, wenn mein Onkel nachher mit dem Mädchen ins Bett geht, was passiert dann?«

Der Vetter setzte sich auf eins von den schwarzen Kissen, die er zum doppelten Preis als üblich an die Spanier verkaufte. Der Junge hatte sich immer vorgestellt, daß es bei so einer Hochzeitsnacht allerlei Gesänge und Rezitationen geben würde, bei denen er nicht mitmachen konnte: »Sie werden wohl feiern, bis spät in den Abend; das Zimmer wird eingerichtet, aber das wird diesmal nicht gemacht, weil er sowieso weggeht, und dann wird der größte Teil der Gäste nach Hause gehen.«

»Aber natürlich erst, wenn sie sich vollgestopft haben.«

»Ja, natürlich, diese Bauern können nichts anderes als essen und ackern.«

»Und dann wird vom Bräutigam erwartet, daß er seine Pflicht tut. Die Entjungferung.«

»Ja, genau.«

»Und dann?«

»Dann wird er, wenn er das hinter sich gebracht hat, rauskommen müssen und eine Rakete zünden – wenn alles klappt, natürlich.«

»Natürlich, wenn alles klappt… Und wenn es schiefgeht?«

»Du meinst, wenn nichts kommt? Tja, dann: Entschuldigung, tut mir leid, beim nächsten Mädchen besser, ich glaube, du gehst jetzt besser wieder nach Hause. Tschüs und auf Wiedersehen.«

»Wird er das auch machen…? Wenn… na du weißt schon?«

»Was? Dein Onkel mit deiner Schwester? Wo denkst du hin! Nein, keine Sorge, der Bursche möchte so gerne weg von hier, der würde sogar eine Schildkröte heiraten, um in Deutschland, oder wo wohnst du auch gleich wieder, leben zu können. Und übrigens, wenn kein Blut kommt, dann...«, sagte der Vetter, »... dann nimmt er eine Nadel, sticht sich in den Finger und läßt das Blut vorsichtig auf das Laken tropfen, denn, weißt du, wir sollten natürlich nicht allzu kleinlich sein...«

Das geschah ein paar Tage, bevor Lamarat nach Nadorp zurückgekehrt war. Er war in den Laden geschlichen und hatte seinen Vetter mit zwei Teegläsern in der Hand angetroffen.

»Na, Vetter, bist du wieder da? Wer? Ach, du suchst deinen Onkel. Nein, ich weiß nicht genau, wo er ist, aber irgend etwas sagt mir, daß er..., daß er in..., daß er sich nach Melilliaar geschlichen hat, in eine Kneipe... Willst du die Adresse haben? Wenn du nach Melilliaar reinkommst, mußt du so und dann so gehen, und, o ja, bestell ihm einen schönen Gruß, wenn du ihn siehst...«

Die Grotte Gottes

Jetzt, da der Onkel einmal gefunden ist und wohlbehalten im Taxi liegt und schnarcht, da Lamarat sich fragt, ob und wann er wohl wieder wach werden wird, und das Taxi die Hügel rauf und runter fährt, wird es Zeit, die Wirklichkeit zu piesacken, eine Wirklichkeit, der ich sowieso schon ziemlich übel mitgespielt habe, denn wer glaubt schon, daß ein blöder Nagel den Tod eines Menschen bewirkt, daß ein Bauernsohn eigentlich Mensch-ärgere-dich-nicht-Spieler hätte werden sollen und – am unglaubwürdigsten von allem – daß Häuser ohne irgendein Zutun der Natur oder des Menschen zu Staub und Wind zerfallen.

Noch einen Tick unglaubwürdiger ist die Geschichte, die sich die Hauptfigur nie hatte erzählen lassen. (Niemand erzählte sie ihm, und es ist sowieso die Frage, ob überhaupt einmal jemand kommt, der es wagt, sie ihm zu erzählen. Und jedesmal, wenn Lamarat Leuten begegnete, die ihn schon seit seiner Geburt kannten – und das waren ziemlich viele, über die ganze Welt verteilt, bis runter nach Patagonien –, dann würde in deren Kopf sofort ein Schalter umspringen, und sie würden sich an seine Geburt erinnern; in einer Gigasekunde ließen sie dann in Gedanken diese Geschichte vor sich ablaufen, aber sie würden ihm nichts davon verraten. Das macht man nämlich nicht, über andere Leute Geschichten erzählen.)

Lamarat wurde nämlich in einer Geschichte geboren, die einen hohen Taschenspielertrickgehalt hat, der Geschichte – und jetzt kommt's – vom Bund der Großmutter mit Sidi Rabi.

Vielleicht ist es so, vielleicht aber auch nicht, auf jeden Fall aber ist es so oder so. Doch die Menschen in dem Landstrich vergessen nicht gerne, also muß in dieser tatsächlich passierten Lüge, in diesem Hirngespinst, das trotz allem eine gewisse Existenzberechtigung für sich beanspruchen kann, dennoch auf irgendeine Weise ein winzig kleiner, ein itzipitzi kleiner Kern von Wahrheit stecken. Und überhaupt, was kümmert mich das alles! Ich erzähle die Geschichte einfach und sehe dann, was passiert.

Die Geschichte von Oma und Gott, von dem Pfannkuchenweib und dem Allmächtigen Spalter – wie Mosa der Barmherzige sein Glied dann und wann nannte – wurde auf allen Hügeln und in allen Tälern rund ums Dorf erzählt. Als Lamarat gerade geboren war, quasselte jeder darüber. Aber alles nutzt nach einiger Zeit ab, verweht, verfliegt, und das einzige, was bleibt, ist: »Ach ja, damals, das waren noch Zeiten.« Widmeten früher die Mädchen am Brunnen, die Jungen, die auf dem Weg zum Brunnen waren, und die Männer auf den Maisäckerchen um den Brunnen herum diesem Thema so dann und wann noch mal eine ernsthafte Betrachtung – »Ob sie wirklich eine Botschaft Gottes empfangen hat? Und wenn ja, warum dann in Gottes Namen ausgerechnet sie, dieses Pfannkuchenweib?« –, so wurde es doch schon bald zu etwas, über das man sich wunderte, über das man lachte. Denn auch wenn die Menschen in Iwojen nichts vergaßen, ihre Meinung über die Ereignisse und Dinge änderte sich sehr wohl. Und in der Zeit, als in Nadorp Häuser mit Wasser und Feuer gebaut wurden, war dieses Wunder für jeden, der irgendeine Beziehung zu dem Landstrich hatte, etwas, worüber nicht mehr besonders häufig gesprochen wurde; es war zu einem kleinen Wunder geworden, von neuen Wundern verdrängt, größeren Wundern wie Amstel-Bier, luftgefederten Schuhen und Antennenschüsseln, die die Titten und Mösen majestätisch und in voller Größe in die Wohnzimmer brachten.

Aber es gibt etwas, das viel schöner ist als ein Wunder, und das ist der Klatsch, und am allerschönsten ist, so Chalid Blechbüchse-auf-der-Straße, ein Geheimnis, in Klatsch verpackt. Das Zwiegespräch zwischen Oma und Gott kannte er aus der Zeit, als er durch die Berge und Höhen von Iwojen streifte und hin und wieder Leute, die in der Nähe des Brunnens auf Mädchen warteten, die so herrlich mit der Zunge schnalzen konnten, über dieses und jenes lachen hörte: »Worüber lacht ihr?« fragte Chalid dann. »Wir lachen über eine Geschichte von früher, ist Jahre her, vielleicht kennst du sie: von der Alten und ihrer Mutter«, antworteten sie dann. »Los, erzählt, erzählt«, sagte dann Chalid. Und so geschah es, daß Chalid die Geschichte hörte, die er sich zum wiederholten Male erzählen ließ, weil die Mädchen sowieso noch nicht da waren und weil sie schön war und... merkwürdig.

Am Tag, als Lamarat der Glückliche geboren wurde, pflügten die Männer, und die Kinder von Iwojen hockten an den Froschtümpeln und bastelten Puppen aus Lehm. Ein Tag also, an dem mit minimalen Mitteln das Maximale erreicht werden sollte. Die zukünftige Mutter des Jungen verspürte gegen acht Uhr morgens die ersten Wehen. Sie lag an diesem Morgen allein im Bett, denn der zukünftige Vater hatte sein Tagewerk auf der Werft, die zu diesem Zeitpunkt auf dem letzten Loch pfiff, bereits begonnen, und der Mutter wurde plötzlich klar, daß sie sich noch nie so angestrengt hatte wie jetzt. Sofort bedauerte sie die Pläne, die sie früher einmal in einer teuflischen Nacht geschmiedet hatte. Aber jetzt war es zu spät, jetzt hieß es pressen. Die zukünftige Großmutter wurde an diesem Morgen schon recht früh durch das Geheule geweckt, sie band ein besonderes Kopftuch um – ihr Geburtskopftuch – und eilte zu Hilfe. Sie hielt die Hände der schwangeren Frau und konnte nichts anderes tun als beten. Ein Arzt, der die Geburt des Kindes in wissenschaftliche Bahnen hätte lenken können, konnte nicht eins-zwei-drei herbeigeschafft werden, denn man hatte noch keinen Telefonanschluß, und es war Tradition, daß die Frauen bei einer Geburt die Hebamme spielten. Die Hebamme war die mit der größten Erfahrung, in diesem Fall also, in Ermangelung einer erfahreneren Frau, die Großmutter.

Und welch einen Lärm die werdende Mutter machte! Es sollte noch bis zum Nachmittag dauern, bis das Kind aus der Grotte Gottes kroch. Denn Gott wollte seine Kinder nicht einfach so der unmenschlichen Natur preisgeben; eine Frau mußte für ihr Kind arbeiten, kämpfen, sie mußte zeigen, daß sie das kleine Ding, das an ihrer Brust saugen sollte, verdient hatte.

All das wußte die Großmutter bis in alle Einzelheiten, denn sie hatte davon geträumt, hatte darüber mit Gott gesprochen.

Aus unterschiedlichem Munde, hier und da, verstreut im Dorf und in den Hügeln – und das waren nicht die schlechtesten Quellen –, kam dem Fahrer zu Ohren, daß der eigenartige Traum einige Wochen vor der Geburt des Kindes geträumt worden war, kurz nach dem Ende des Fastenmonats. (Es kann aber auch nach dem Opferfest gewesen sein, Kalender waren in dieser Region ein seltenes Gut.) Die Großmutter soll am Brunnen den Frauen von ihrem Traum erzählt haben: Eine Stimme habe zu ihr gesprochen und gesagt, niemand solle wissen, wann das Kind geboren werde, und der Vater würde das Kind nicht sehen, wenn es, sich wälzend in Blut, Pisse und Scheiße, zur Welt komme. Danach soll Gott sich zurückgezogen haben mit den Worten: *Der Mund einer Frau kann einen Menschen machen und zerbrechen.* Und dies wiederholte das Pfannkuchenweib dreimal für ihre verdutzten Zuhörerinnen. So etwas Supermagisches hatten die Frauen am Brunnen lange nicht gehört, und selbst die älteren Frauen, diejenigen, die älter waren als die Großmutter und im Dorf die Aufgabe hatten, anhand von Steinen die Zukunft vorherzusagen, ließen die Arme sinken und murmelten eine Reihe von Gebeten, die die Worte Gottes vor den bösen Geistern schützen sollten, die sich möglicherweise in der Nähe des Brunnens versteckt hielten.

Die Großmutter war über diese Worte erstaunt gewesen, war nicht schlau daraus geworden, denn schließlich wußte doch jeder, wann Kinder geboren wurden, und der Vater hatte doch genug Urlaubstage genommen und Geld geliehen, um die Geburt seines Kindes miterleben und mitfeiern zu können. Man hatte die Großmutter gebeten, gut achtzugeben und die zukünftige Mutter keinen Augenblick aus den Augen zu lassen; auch erschien es ratsam, kurz vor der Geburt ein paar Säckchen mit Salz im Haus zu verstecken, um so die *schnuns* zu beschwören, die eventuell um das Haus schwebten.

Alle hatten den Traum schon fast wieder vergessen, als Lamarats Vater, der kurz vor der Geburt mit verhaltenem Jubel und Begrüßungszeremoniell im Dorf empfangen worden war – »Mein Gott, stellt euch nicht so an, schließlich handelt es sich nicht um den Propheten« –, plötzlich weg war. Der Vater verschwand in der Nacht, entschuldigte sich für seine Eile, aber ihn rufe die Pflicht. Arbeiten, arbeiten, arbeiten für Häuser in vielen Städten. Seine Mutter hatte nicht verstanden, warum ihr Sohn plötzlich sein Bündel schnürte, und gab sich dem Terror der Stechuhr geschlagen. »Gottverdammtnochmal, dein Kind kommt zur Welt«, hatte sie wortwörtlich gesagt, aber er schien nur allzu erleichtert darüber zu sein, daß er bei der Geburt seines Erstlings keinen *acte de présence* zu geben brauchte. Die erste Weissagung war eingetroffen; Omas Träume hatten jetzt eine vorhersagende Qualität bekommen, und die paar Frauen, die am Brunnen ihre Vision mit einer spöttischen Handbewegung, die so etwas Ähnliches wie »Quatsch« bedeuten sollte, abgetan hatten, wagten es fortan nicht mehr, ihre wahrsagerische Kompetenz zu bezweifeln, und fragten, ob sie auch von ihren Kindern geträumt habe.

Jetzt blieben noch eine Vorhersage und eine kryptische Prophezeiung übrig, die sich beide am Tag der Geburt bewahrheiten sollten. Es war nämlich so, zeichnete der Fahrer aus den Mündern der Quellen im Landstrich auf, daß die Großmutter sich morgens ans Pfannkuchenbacken machte. In einer riesigen Holzschüssel knetete sie Mehl und Hefekörner zu einem großen Fußball, aus dem Fußball knetete sie Tennisbälle, und die Tennisbälle klopfte sie zu Quadraten platt, zehn insgesamt, und die Zehn war in der

Gegend keine magische Zahl. Die Quadrate packte sie auf ein kohlrabenschwarzes Backblech, beträufelte sie mit Olivenöl und ließ sie zischen und wimmern, ein Quadrat nach dem anderen. Dann nahm sie die rostige Schere aus ihrer Innentasche – »Und genau darum drehte sich das Ganze«, erzählten die alten Männer des Landstrichs einander, während der damals noch junge Fahrer ihnen zuhörte, »denn mit der rostigen Schere schnitt sie in dem kleinen Vorgarten Minzeblätter.« »Genau«, plapperten die alten Männer, die nach dem Pflügen, Dreschen oder Traubenpflücken an einer Kreuzung von Wegen und Gassen zusammenkamen, einander nach, »als sie dabei war, die Minze zu schneiden, da hörte sie, wie die zukünftige Mutter das zukünftige Kind zur Welt brachte.« Wundersam, wundersam, und am allerwundersamsten war jedoch, daß die Großmutter hochschreckte und in das Zimmer rannte, dasselbe Zimmer, in dem heute abend die zukünftige Braut und der zukünftige Bräutigam ihr Zusammensein feiern sollten – ein ins Auge springendes Detail, wie der Fahrer meinte. Im Zimmer fand die Großmutter die Frau, die sich in den fürchterlichsten Krämpfen wand, und sie half, so gut sie es vermochte, dabei, das Kind zur Welt zu bringen, während die Männer das Getreide droschen und die Kinder im Dorf an den fruchtbaren Lehmgruben spielten. Als der Junge schließlich geboren war und sich ohne Gebrechen in der Pisse und Scheiße krümmte, da erinnerte sich die Großmutter wieder daran, daß sie die Nabelschnur, die Verbindung zwischen Himmel und Erde, durchtrennen mußte, weil sonst das Kind nie ein Kind seiner Mutter werden konnte. »Und erst in diesem Moment fiel ihr wieder ein, daß sie die Schere, dieses rostige, verschlissene Ding, mit der schon zig Kinder auf die Welt gebracht worden waren, benutzt hatte, um im

Garten Minzeblätter zu schneiden, und daß sie die Schere vor Schreck dort hatte liegenlassen.«

Und dann geschah das Allerwundersamste der ganzen Geschichte, der Teil, den die Männer so gerne einer ernsthaften Betrachtung unterzogen: Sie fand die Schere nicht. Sie war verschwunden, wie vom Erdboden verschluckt. Das fand der Fahrer zwar schön, gleichzeitig aber auch beängstigend; damals war er, als er diese Episode hörte, erschaudert, und jetzt, als erwachsener Mann, erschauderte er wieder. Er sah den Jungen an, der von Nadorp erzählte und wie oft im Monat die Sonne nicht schien.

... in diesem Augenblick erfüllte sich die zweite Prophezeiung: Der Großmutter blieb nichts anderes übrig, jedenfalls fiel ihr an diesem Tag nichts anderes ein, als die Nabelschnur durchzubeißen. Sie biß sehr kräftig zu. Eigentlich zermalmte sie die Nabelschnur mehr, als daß sie sie durchbiß, während gleichzeitig die quadratischen Pfannkuchen verbrannten. Erst als sie das blutige Stück in ihrem Mund spürte, fielen ihr wieder Gottes Worte ein. Aber da lag der Junge bereits friedlich da und wurde von seiner neuen Mutter auf Erden in den Schlaf gelullt.

Der Junge, um den es sich dabei handelte, der neben dem Fahrer saß, er, dessen Nabelschnur durchgebissen worden war, hatte diese Geschichte nie zu hören bekommen. Keiner in Nadorp hatte ihm etwas erzählt – und Ammunier hütete sich; der lauschte, seit er den Laden hatte, nur noch den Geschichten seines Spiels –, weder vor zehn Jahren, bei seinem letzten Besuch, noch jetzt sollte ihm jemand etwas von dem erzählen, was der Großmutter, der Mutter und dem Jungen passiert war.

Rezepte für die Liebe

Der Tu-was-ich-tue-Kurs Teil I, Lektion A, *Kochen für zwei Personen*: Man nehme ein an gutem Meerwasser gelegenes kleines Dorf, gieße dahinein 50 cl Mann und die gleiche Menge Frau und bedecke das Ganze mit einer dünnen Schicht ewiger Bindung aus der ersten Pressung. Dies erhitze man am ersten Tag auf kleiner Flamme so lange, bis am zweiten oder dritten Tag das Öl so warm ist, daß einem nichts anderes übrigbleibt, als die vom Blattgrün befreiten Gäste zusammen mit ihren Mündern, Trommeln und Frauen (ohaoha – rein mit dir, Mutter) hineinzugeben. Man mische diese Substanz am besten mit einem Holzlöffel, der schon bei mehreren Hochzeiten benutzt wurde; das gibt dem Ganzen so etwas Unbestimmtes wie Glück und Segen, wie es scheint, wie man sagt, auch wenn dies, das schwöre ich Ihnen, in keinem einzigen Kochbuch steht.

Gleichzeitig fritiere man auf kleiner Flamme und in einer nicht zu tiefen Pfanne einige in Ringe geschnittene bärtige Männer und brate sie braun, lasse sie aber nicht aus den Augen. Während die Ringe gar geschmort werden, füge man eine Handvoll Banknoten hinzu, so daß das Ganze zu einer etwas dickeren Soße einkocht. In der Zwischenzeit sollte man natürlich auch die wichtigsten Bestandteile des Gerichtes – den Mann und die Frau –

nicht vergessen. Diese müssen nämlich nach ein paar Stunden aus dem Topf genommen, mit kaltem Brunnenwasser abgeschreckt, in zwei weiße Tücher gewickelt – gut abtrocknen – und anschließend – an sich unnötig, dies zu erwähnen: *einzeln* – in einem Ofen bei mindestens 150, höchstens 200 Grad erhitzt werden, bis der Mann durchgebraten und die Frau halb gar ist – stechen Sie, wenn Sie nicht ganz sicher sind, kurz mit einer Gabel hinein, bis Blut hinausläuft; die Kruste sollte jedoch schön braun sein. (Bei dem Mann müssen Sie sich keine so großen Sorgen machen, die sind so oder so meist gar.) Das Fleisch, die fritierten Ringe und die Bouillon aus dem Meerestopf stelle man zusammen an einen kühlen Platz und warte dann – ein, zwei, fünfzig Jahre, je nachdem, was passiert. Genau beobachten, nicht berühren und alles seinen Gang gehen lassen.

Betont werden muß, daß dieses Rezept natürlich jederzeit mit Mais, Reis, Koriander, Paprika, Treibhaustomaten, Gurken und Mutterschaftsurlaub (vorzugsweise mit viel Sahne) ergänzt werden kann. Bon appétit!

In der Gegend von Touarirt bekam Chalid langsam Appetit. Er versuchte, sein Verlangen nach Fleisch und Butter zu stillen, indem er sich all die Gerichte vorstellte, die den Gästen auf der Hochzeit vorgesetzt wurden; er dachte an die Töpfe, an die Mägen und die Lämmer, die der Reihe nach das Messer zu spüren bekamen. An die zahllosen Schafe, die am Vorabend und am Morgen des ersten Tages der Hochzeit geschlachtet wurden, daran, wie sie lebendig an der Mauer des Schafstalls aufgehängt wurden und wie ein sachkundiger Mann aus der Gegend, der kaum noch Zähne im Mund hatte, ihnen die Kehle durchschnitt. Er dachte an das warme Blut, das herabfloß, und an die Hitze, die aus dem Blut aufdampfte. Anschließend würde der Mann den Schafen mit einem Kartoffelschälmesser die Haut von den Köpfen abziehen, ihnen die Schädel abhacken und die Eingeweide – Leber, Herz, Lungen, Magen, Därme, Nieren, Milz und die Testikel – einer ebenso sachkundigen Frau übergeben, die das Ganze in einen großen Eimer pfefferte und Wasser dazugoß. Um sie herum stand eine Gruppe junger Frauen, einige mit einem Kind auf dem Rücken, und jede nahm sich eines Teils der Masse an. Die eine wusch das Herz, entfernte das Blut, das in der Aorta geronnen war, eine andere kratzte mit einem Messer den braunen Dreck vom Pansen ab, die dritte schnitt die Lungen in Stücke und warf sie in einen bereitstehenden Topf, die vierte entfernte das Häutchen von den Testikeln und schnitt sie entzwei, während die Nieren vom Nierenfett befreit wurden (und dieses Fett wird nicht etwa weggeworfen, denn es kann als Zusatz zur Soße beim Garkochen von Fleisch gebraucht werden). Die Milz wurde zusammen mit Leber, Pansen und Därmen, aus denen das darin angesammelte Grün rausgeknetet worden war, in einen großen Topf getan und aufs Feuer gestellt.

Ein paar Stunden später konnte das erste Opfer der Hochzeit aufgetragen werden: ein kräftiger, manchmal zu mächtiger Topf mit Eingeweiden. Zu diesem Zeitpunkt hatte der sachkundige Mann das Schaf längst von seinem Fell befreit, das anschließend von der Mutter des Hauses auf der Innenseite mit Salz eingerieben und auf dem Dach zum Trocknen ausgelegt worden war. Das nun aller überflüssigen Teile ledige Schaf wurde schließlich mit einem verrosteten Hackbeil – wie viele Hochzeiten mochte es miterlebt haben – in Stücke zerlegt. Die Schultern, die

Haxen und der Rücken wurden in kleinere Stücke geschnitten und verschwanden anschließend in einem großen emaillierten Topf mit einem Durchmesser von einem Meter, der auf das Feuer gesetzt wurde. Tomaten, grüne Oliven und Brechbohnen hinzu, und dann köcheln lassen.

Ungefähr zu der Zeit, als ein Leuchtkäfer zum drittenmal am Mond vorbeiflog, stieg Lamarat aus dem Wagen. Er zerrte Mosa nach draußen, der sich, immer noch schnarchend und mümmelnd, an ihn hängte. Mosa zog eine Banknote aus der Innentasche, einen Schein und noch einen Schein und danke Chalid, Wiedersehen. Der Wagen raste zurück auf die Straße und jagte davon Richtung Haus und Hafen.

»Ha!« sagte Lamarat am Anfang des Pfades, der am Zuckerberg entlang nach Touarirt führte, zu Mosa. »Nun müssen wir allein sehen, wie wir zurechtkommen, du und ich. Und die Leute, die auf dich warten. Mosa, gosa, losa, König des Hasenpaniers, komm, wir gehen, zu deiner Hochzeit am Meer!« Und Lamarat legte seinen Arm noch fester um die Hüfte seines Onkels und schleppte ihn mit sich fort.

Mosa hatte Lamarat, als dieser das erstemal in den Landstrich zurückgekehrt war, fast jeden Tag mit ans Meer genommen. Jeden Morgen nach dem Frühstück packte er seine Badehose und ein zerschlissenes Handtuch ein und sagte: »Also dann los, weil du so gerne möchtest.« Er ging noch hinters Haus, um zu pinkeln, und dann berichtete er, während er sein Urin in das Feld des tiefer gelegenen Hauses hinabströmen ließ, wie das Meer an diesem Tag aussah. Er rauchte noch eine Zigarette – für die Zeit der Ferien wechselte er von Casa Sport zu Marlboro – und sah mit ziemlich glasigen Augen hinüber zum Meer. Seine Füße steckten in Plastiklatschen aus Melilliaar, an denen noch Lehmreste klebten.

Das Meer sah jeden Morgen anders aus. Manchmal schien es glatt wie ein Blatt Aluminiumfolie zu sein, so schön, und wenn man den Blick Richtung Horizont wandern ließ, dann entdeckte man, daß das Wasser sich kräuselte. Aber das störte das Bild nicht. Während er – ungefähr zwei Kilometer – an den Strand hinunterging, das letzte Stück felsig und steil, dachte Lamarat: Das Meer bleibt so, heute kann ich über das Wasser gehen, wie Jesus Christus. Wenn er aber unten ankam, dann sah das Meer anders aus. Es hatte ihn reingelegt, es war doch klatschnaß. Das meinte der Onkel mit »ruhig«: im Sinne von »er ruht, er hat sich hingelegt«.

Manchmal, wenn die Wolken tief hingen – ein grauer Schleier, der, wenn man zum Zuckerberg hinüberblickte, wie um diesen herumdrapiert aussah, sich aber innerhalb weniger Stunden verzog –, sagte er, daß die See aufgewühlt sei. Und so war sie dann auch: schwarzgallig, überall sah man Tränen fallen, Schaumflocken im Wasser.

Trotzdem war er hinuntergegangen, er wollte einmal fühlen, wie das war. Er schwamm dann in einem schmutzigen Meer, umgeben von Ästen, Styropor und Seetang. Aber trotz allem, das Meer war während der paar Wochen nun mal für ihn da.

Sein Onkel erzählte ihm einmal eine Geschichte von seinem Onkel, dem Bruder des Opas also. Der war ein leidenschaftlicher Strandräuber, und er ging die Strände auf der Suche nach Beute, Geschenken des Meeres, ab. Eines Tages fand er eine Kunststoffkiste, auf die Reklame für Eis gedruckt war. Er hatte sie mit nach oben genommen und zu den anderen Sachen geworfen. Als er sie am nächsten Tag aufmachte, da fand er darin nichts als Scheiße.

Der Onkel schwamm fast nie, obwohl er einen schmalen und sehnigen Körper hatte, der fürs Wasser wie geschaffen schien. Meistens hockte er im Schatten, hörte sich eine Cassette an und rauchte eine Ferienzigarette, denn »Casa-Sport-Zigaretten schmecken wie Pferdeäpfel mit Disteln«. Dann stolperte Lamarat hinter dem großen, sehnigen Körper seines Onkels her den Hang hinunter zum Wasser. Während er tauchte, sich treiben oder von den Jungen aus dem Dorf jagen ließ, saß sein Onkel unter einem kahlen Felsen am Ufer und bastelte an seinem kleinen Radio rum. Er hörte gern Berbermusik. Lamarat schätzte die hohen Töne der Frauen und die niederen Anspielungen der Männer nicht so sehr, wenn auch jetzt mehr als früher. Wenn er genug geschwommen war, gingen sie wieder hinauf. Das war eine ziemliche Kletterpartie.

Er saß zusammen mit seinem Onkel und den Jungen aus dem Dorf in einer kleinen Bucht, in die das Meer herrlich hineinschäumte. Ein großer Felsen lag im Wasser; einige der Jungen kletterten hinauf, um von dem Felsen aus ins Wasser zu springen. Mosa lachte die Jungen aus. Er erzählte Lamarat, daß dessen Vater, sein älterer Bruder, derjenige war, der als erster versucht hatte, von dem Felsen zu springen. Lamarat wußte nicht, daß sein Vater ein so großer Held war.

Der Taxifahrer, der schon seit Jahren nicht mehr am Meer gewesen war – arbeiten, arbeiten und noch mal arbeiten, du verstehst – genehmigte sich, während Lamarat, den Onkel auf seinem Rücken, mühsam einen Weg durch die Steinhaufen suchte, die im Dunkeln viel, viel größer zu sein schienen als bei Tag, zu Hause als Betthupferl einen Whisky, den er mit Leitungswasser verdünnte. Was er tat, war etwas Besonderes: Whisky (niemand in dem Landstrich trank Whisky außer ihm) mit Wasser aus dem Hahn (niemand, abgesehen von Chalid, verfügte über fließendes Wasser). Während er trank, dachte er an die Fahrt. Ein Genauigkeitsfanatiker, dieser Lamarat, der soviel erzählen wollte, der aber mit seinem Onkel zurückmußte, der im Taxi nichts anderes lallen konnte als: »He, Iloveyoubeer, he, hörst du: Iloveyoubeer, Iloveyoubeer.« Und noch einmal: »Iloveyoubeer.«

Mit einem Glas Whisky in der Hand trat Chalid Blechbüchse-auf-der-Straße aus seinem Haus, ein Haus mit Fliesen, die bombenfest hielten, mit Blick auf den Zuckerberg und die Schnellstraße, nicht aber auf das Meer.

Mosa war müde, aber zufrieden gewesen, wie es sich gehört, und er hatte dem Taxifahrer, der ihn zurückgebracht hatte, erzählt (wobei er dem Blick Lamarats auswich), wovor er fortgelaufen war. »Ich hätte heute abend heiraten sollen, weißt du, aber Frauen sind problematisch, weißt du, weißt du, verstehst du, was ich meine, oder nicht. Kennst du die Geschichte von dem Mann, der nach Patagonien ging, um vor seinen Landsleuten zu fliehen? Das sollte ich auch tun: machen, daß ich wegkomme.

Während Chalid Blechbüchse-auf-der-Straße trinkt, mit raschen Schlucken, und über seinen Hof sieht, wackelt ein Fuß nach dem anderen über die Felsen, und das Bewußtsein, das zu diesen Füßen gehört, fragt sich: Wie bringe ich das meinem lieben Schwesterchen bei? Und während all dies und noch viel mehr in dem Landstrich Iwojen herumirrt, diesem kleinen Stück Erdkruste, das immer mehr Menschen verliert, während all dies geschieht, hat ein Mädchen von kaum zwanzig Jahren die Nase voll und verläßt heimlich ihr Haus, ihren Vater, ihre Mutter, ihr Omilein und Opilein und den Rest der überflüssigen Gästeschar, um irgendwo anders zur Besinnung zu kommen. Nein, nicht zuerst ins Kakteenfeld, das ist verboten, das gehört, du weißt schon, den beiden, der Schönen und dem Segelohr, aber vielleicht kannst du dich später woanders hinhocken.

Und wo kannst du das besser als auf dem Friedhof? »Guten Tag, Ahnen, verliefen eure Hochzeiten auch immer so reibungslos? Gingen die auch immer so glatt über die Bühne?« Das Mädchen betastet der Reihe nach die Grabsteine, die kreisförmig angeordnet sind. Hier bleibe ich sitzen, ich stehe nie wieder auf, denkt das liebe Schwesterchen, hier bleibe ich sitzen, und ich stehe nur auf, um ihn umzubringen, schwört sich die Schwester. Und wenn ihr mich mit noch so vielen Gewürzen einreibt, mit noch so viel Basilikum, mit noch so viel scharfem Pfeffer, du bist rettungslos verloren, Mosa, das liebe Schwesterchen wartet nicht länger.

Was Lamarat jedoch sehr nett von Mosa fand, war, daß er sich immer die Zeit genommen hatte, etwas mit ihm zu unternehmen. Manchmal, eigentlich jeden Tag – damals, vor zehn Jahren, in den sechs Wochen glücklicher Gefangenschaft in Touarirt – holte Mosa ein Brett hervor, auf dem vierzig Kreise waren, und außerdem zweimal vier Spielfiguren, blau und schwarz, sowie zwei fast vollkommen rundgeknabberte Holzwürfel. »So, jetzt spielen wir *paatschi*, du verstehen, Neffe klein, von mir? Es ist nicht schwierig: werfen, sechs würfeln und dann einfach setzen«, und verdammt: Lamarat gewann und gewann, und Mosa warf den ganzen Kram hin. »Schade«, sagte er dann, während er die Figuren, das Brett und die Würfel in eine Schachtel packte und diese unter einen Stapel von Baumwolldecken schob, »schade, daß du nicht hiergeblieben bist: Du hättest in dieser Gegend Weltmeister werden können, du hättest all die Lahmen, Blinden und Tauben besiegen können.«

»Weißt du, was das ist, mein lieber guter Neffe«, schreckte Mosa plötzlich zu Lamarats Verwunderung auf, »... wie soll ich sagen, du wirst denken: Säufer, Trunkenbold...«

Lamarat drehte sich zu Mosa um, aber der machte keinerlei Anstalten, von seinem Rücken herunterzukommen.

»... Drecksau, aber natürlich liebe ich deine Schwester, ich würde alles für sie geben, aber, sorry Mann, denk einfach, ich bin betrunken, eigentlich habe ich nichts mit ihr. 'türlich, nettes Mädchen, gepflegt und alles, aber es gibt noch mehr...«

Am Ende des Pfades, hinter den Feldern, zwischen »Wind von San Antonio« und »Unser Haus« kam das Haus »Höhle des Wolfs« ins Blickfeld. Dort, dachte Lamarat, dort sitzen Menschen – sein Vater, sein Bruder, seine ganze Familie –, die am liebsten sein Blut trinken würden, und er erzählt mir hier in aller Seelenruhe, daß er Rebekka eigentlich gar nicht haben will und daß es »noch mehr« gibt.

»Verstehst du, was ich meine, lieber Neffe, oder...«

»Nein. Ich verstehe dich ganz und gar nicht«, kam Lamarat ihm zuvor und schleppte ihn weiter.

»... Iloveyoubeeriloveyoubeer«, murmelte Mosa auf seinem Rücken, »es gibt noch mehr, sehr viel mehr, so viele Frauen, daß ich nicht mehr weiß, wie viele es waren, und ich komme von ihnen nicht los. Die eine kann dies gut, die andere das, und ich sehe nichts Böses darin, bei beiden jeweils die besten Früchte zu pflücken, weißt du«, und er fuhr, weil er an Chatischa dachte, mit einem leichten Zittern in der Stimme fort: »All diese unterschiedlichen Qualitäten, und nun werde ich aus meinem Paradies vertrieben, und statt dessen kriege ich ein Mannsweib, das mir auf den Rücken schlagen wird!«

»Ist das der Grund, lieber Onkel«, sagte Lamarat, »weil es dir nicht mehr vergönnt sein wird, an verschiedenen Mösen zu naschen? Ist das der Grund, warum du keine Lust hast zu heiraten, warum dir dieser Abend so zuwider ist? Ist das der einzige Grund?«

»Nein, nein, haha, nein, natürlich nicht!« Mosa lachte schamlos. »Natürlich ist das nicht der einzige Grund! Aber verstehst du denn nicht, daß ich, daß, daß ich ein Mann bin, gottverdammtnochmal! Ich bin ein Mann, und ein Mann braucht einen Schild, etwas, nennen wir es einen Vorhang, hinter dem er tun kann, was er will... Übrigens, lieber Neffe, hast du schon mal, haha, Ricard getrunken, durchsichtig wie Wasser, wenn er in der Flasche ist, aber ein weißes Gespenst, wenn er ins Glas fließt? So bin ich auch in gewisser Weise, lieber Neffe, wie Ricard: Für die Außenwelt unsichtbar, ruhig abwartend, aber das, was ich zu verbergen habe, meine wirkliche Farbe, mein gespenstisches Wesen, das ist meine wahre Gestalt; die kennt keiner, nicht einmal einer der Taxifahrer, haha, hihi, hickhick, ist das nicht zum Totlachen...!«

Du redest wie ein kopfloses Huhn, dachte Lamarat und sagte: »Hör auf, mich zu ärgern, du drückst dich in Gebärdensprache aus.«

»Paß auf, Neffe, nicht so vorwitzig, ja, du weißt doch, wie das ist mit Ricard: Ein Glas schmeckt gut, das zweite noch besser, aber wenn du zuviel trinkst, dann rührst du das Zeug nie wieder an«, und er grölte in die stark dampfende Nachtluft:

»Bonitamitdengroßentitten
Olgalinamitdemgroßenarsch
Bahinadichwürdichgerneküssen
Darifazeitdichzuverlassen
undamwunderbarstenvoneuchallen
Chatischawirrkopfpulverisiererinmeinerstimme!

Warum, ihr Mädchen, enden all eure Namen auf dieses komische A, und warum in Gottes Namen schulde ich euch so viel Geld, und warum, letzte unbeantwortete Frage, warum will und wage ich es nicht, mich von euch zu lösen?« Und er wandte sich an Lamarat: »Lieber Neffe, frag deine Schwester oder meinen Bruder, ob sie mir mit ihrem großen Mund helfen können, mich von meiner Vergangenheit voller weißer Gespenster zu lösen. Wenn sie das mit ihren Simsalabimhänden fertigbringen, dann hast du hiermit einen Freibrief, sie darum zu bitten.«

Lamarat wußte nicht, was er meinte. Was der Onkel sagte, wollte nicht hängenbleiben, die Worte wirbelten in Lamarats Kopf umher, auf der Suche nach einem Netz, in das sie die Töne, die sein Onkel von sich gab, werfen konnten, so daß er sie studieren und vielleicht verstehen konnte. Lamarat schwieg und ging weiter am kegelförmigen Zuckerberg entlang. Er wollte das Gesprochene unausgesprochen lassen, er wollte nicht glauben, daß sein betrunkener Onkel keinen Unterschied zwischen Chatischa und Rebekka, seiner lieben Schwester, sehen konnte, er wollte sich nicht eingestehen, daß er Angst hatte, daß Mosa, ungeachtet all der Fortschritte, die er sich ins Auge gefaßt hatte – Aufenthaltserlaubnis und Maiskolben aus der Dose (Made in Denmark) –, der bleiben würde, der er war: ein Mann mit einem Mangel an Chatischas, Dinas, Olginas, ein Junge, der für immer und ewig in einer Lolita-Welt leben wollte. Aber er ließ das Gesprochene unausgesprochen und wühlte mit beiden Händen in einer besseren und schöneren Vergangenheit nach zwei anderen Händen.

Lamarat geht, seinen Onkel auf den Schultern (der wieder angefangen hatte, »Iloveyoubeer« zu lallen), den Hasenpfad hinab und denkt dabei an die vielen Sechsen, die er früher würfeln konnte, oft eine nach der anderen; Mosa war dann jedesmal perplex. Das Haus, in dessen Mitte eine Gaslampe brennt, kommt näher, der Hasenpfad am Zukkerberg vorbei ist schon lange nicht mehr so steil, und Chalid Blechbüchse-auf-der-Straße beschließt, zu Bett zu gehen, und er redet sich ein, daß ihm der Epilog wohl im Traum erzählt werden wird.

(Statt dessen träumt Chalid von Lammschädeln, Waschmittel, tausendmal tausend Losen, die ein Blinder in Melilliaar verkauft, und von einer Stimme, die sagt: »Glaub nicht an Träume, versuch dein Glück.«)

Nachdem nun der Taxifahrer raus ist, bleiben noch: Lamarat, der sich einredet, daß er jemanden einen Abzählreim deklamieren hört, unheimliches Flüstern von jenseits der Sträucher, und last but not least: das Mausi-Mädchen, das auf einem nicht abgezählten Grabstein aufgebahrt liegt. Das liebe Schwesterchen schwört sich, Mosa zu verfluchen, ihn mit Hilfe von allen möglichen Geistern zu zerstören, und sie fängt an, im Dialekt des Landstrichs allerlei verrückte Sätze zu murmeln, wie zum Beispiel: »Der Teufel möge Mosa fressen, der Scheitan möge ihm den Verstand verwirren, das Feuer möge ihn mit Haut und Haaren verzehren, ich will sterben, wenn er jemals eine andere Frau heiratet.« Lamarat hört das: laut und deutlich.

Unglaublich, er springt vom Hasenpfad herunter und bahnt sich einen Weg durch die Büsche, denn wenn er richtig gehört hat (und das hat er), dann ist dort jemand und flucht wie ein Verrückter, eine Frauenstimme zudem, wer könnte denn das nun schon wieder sein… »He, Rebekka, nun hör schon auf mit dem Gezwitscher! Und überhaupt: Was in Gottes Namen machst du hier?«

Nachdem Rebekka ihre Hände auf seinen Mund gedrückt und ihm eine Ohrfeige verabreicht hatte, fragte sie ihn, wo ihr Mann, ihr zukünftiger Ehemann-bis-daß-der-Tod-uns-ausscheidet, geblieben sei. »Dort drüben ist er. Er liegt auf dem Hasenpfad und schläft seinen Rausch aus«, und er deutete mit dem Finger in die entsprechende Richtung. Rebekka durchquerte die Sträucher, und dort, tatsächlich, fand sie ihn. Sie betrachtete seinen schnarchenden Mund, lief siebenmal im Kreis um ihn herum, bückte sich und packte ihn an der Nase: »Hallo, bist du noch da? Du willst nicht aufwachen? Dann bleibe nur liegen, du Schlappschwanz, wenn du unbedingt ein Schläfchen machen mußt.« Sie stand auf, sah zu Lamarat hinüber, hob ihre Hände in den dunklen Nachthimmel und sagte: »Döskopp, warum heißt du in Gottes Namen Döskopp! Verleugne deinen Vater, und schwöre diesem Scheißnamen ab!«

»Dem Kerl werden wir erstmal eine kalte Dusche verpassen. Faß mit an«, sagte Rebekka, ging in die Knie, packte Mosa an den Armen und flüsterte ihm ins Ohr: »Ich liebe dich, du Kummer meines Lebens, du Arschloch, das du bist«, und zog Mosa mit einem Ruck hoch. »Schöner, herrlicher Mosa, du sollst wissen, ich liebe dich so sehr und möchte noch so viele glückliche Momente mit dir teilen, daß ich dich sogar eigenhändig noch einmal beschneiden würde, um dich nur für mich zu haben.« Sie drehte sich zu Lamarat hin: »Weißt du, als ich noch klein war, lieber, unschuldiger Ratje, als du draußen vor der Tür bis zur Verblödung hin und her ranntest, da träumte ich schon von einer Hochzeit am Meer. Großes Lagerfeuer, ein riesiges Glas Bowle, überall Gitarrenmusik und ein Mann, der sich den ganzen Tag abhetzt, um mir alles recht zu machen. ›So, noch ein wenig Sand über deine Zehen, Schatz, hier noch ein Kissen, Liebes, genug zu trinken, zuerst von der Ananas…‹ Nun ja, zwar gibt es in diesem gottverlassenen Dorf keine Bowle und auch kein Feuerzeug oder Glas, aber Meer gibt es hier genug, mehr als genug… Komm, los«, kreischte die Schwester, »wir gehen zum Meer. Und nicht vergessen: Den Faulpelz nehmen wir mit.«

Und Lamarat, der seinen Onkel mit sich fortschleppte wie ein Esel seine mit Trauben gefüllten Körbe, geriet mehr und mehr in Verwirrung (was sollen die Gäste denken, was wird Vater sagen, was wird Mutter tun?) und dachte etwas, das ich jetzt auch – schon wieder – denke: *Um dies zu erklären, brauchte man ein Puppenhaus*.

Tja, ein Puppenhaus, was wurde doch auch gleich wieder darüber gesagt und geschrieben: Ein Haus, von oben bis unten voller Puppen. Ah ja, jetzt erinnere ich mich wieder: Ein Haus, das man von oben bis unten mit Puppen füllt, Frauenpuppen und Männerpuppen, jede hat ihre eigene Farbe und Kleidung... exakte, klare, deutlich abgegrenzte Symbolik... komisch... wie kam ich darauf... es kam einfach so durch die Luft dahergeflogen, zackbumm aufs Papier. Obwohl es keinerlei Funktion hat, kommen mir immer mehr Zweifel. Ich glaube, ich habe einen *fürchterlichen* Fehler gemacht: Wir vergessen das lieber, das mit dem Haus und all diesen Puppen, wir sollten es wegwerfen und uns lieber der Nacht auf dem Friedhof und der süßesten Puppe überhaupt zuwenden: dem lieben Schwesterchen Rebekka, der Puppe, die Mosa dahin brachte, wo er hingehörte – ins Meer, in dem zu schwimmen er sich nie getraut hatte.

Und auf dem Weg nach unten, über kleine Pfade, Steine und tote Frösche, Lamarat, der Mosa rechts festhielt, und Rebekka, die ihn links festhielt, sagte sie: »Im Park hat der liebe Schatz zu mir gesagt: ›Ich kenne nur eine einzige Frau, die ich wirklich lieben kann, und das bist du. Seit deiner Geburt träume ich schon von dir.‹ Vater kam zu mir in das Zimmer aller Zimmer und sagte: ›Reg dich nicht auf, er ist nur mal kurz weg, kurz pinkeln gegangen, Hände waschen, ganz normal, alles in Ordnung, du weißt, wie Männer sind, immer beschäftigt, beschäftigt, beschäftigt, bleib du nur ruhig hier sitzen, paß auf, daß du dir nicht die Kohle von den Augen wischst, einfach dasitzen und schön sein und so tun, als ob nichts wäre‹, und weg war er, auch er verschwand hinüber zu den Herren und Männern, und gleich anschließend, was glaubst du, wer reinkommt: Mutter. Sie fing an zu erzählen. Woher sollte ich wissen, daß sie so viel auf dem Herzen hatte. ›Früher war doch alles anders, als ich deinen Vater heiratete, da saß ich auch hier in diesem Zimmer, völlig starr vor Angst, ich war noch viel ängstlicher als damals, als dein Bruder geboren wurde, da war Gottseidank deine Oma da, um mir zur Hand zu gehen. Aber an dem Abend, Gott, was war er schlecht, ich habe mich nie getraut, darüber zu reden, aber ich will ehrlich sein: Alles mußte ich allein machen, und dann sagte ich: Und, was hat man dir denn in den Kinos von Melilliaar überhaupt beigebracht? Wie man zur Schalmei tanzt? Aber es hat dann doch noch alles geklappt, riesige Flecken hatte ich auf dem Laken, das mußt du mir erst einmal nachmachen, mein Kind, und er wurde auch immer geschickter, dein Vater war nämlich auch einer von diesen braven Typen, einer von den Männern, die sich nie zu den Frauen in der großen Stadt trauten, um sich dort aufklären zu lassen…‹, aber warum guckst du so komisch, Brüderchen, liebes Dummerchen, es stimmt wirklich: Es sprudelte nur so aus ihr heraus, als hätte sie sich all das extra für diesen Abend aufgespart, bis kurz vor meiner Transformation zur Frau von Welt, und dann hat sie weitererzählt du weißt ja wie das mit ungezogenen Mädchen ist wenn sie einmal in Fahrt sind dann machen sie vor Himmel und Hölle nicht halt sie sagte auch daß sie mich viel netter findet als dich jetzt hörst du es auch einmal von jemand anderem Brüderchen von mir sagte sie daß ich die vollen neun Monate im Bauch geblieben bin und daß ihr dies sehr viel Freude bereitet hätte verstehst du und noch komischer ist sie fand es so toll daß ich im Krankenhaus geboren wurde sie erinnerte sich vor allem noch an die Trauben und an die Bananen die Papi ihr mitbrachte und an die Schwestern die alles für sie taten sogar den Hintern abwischen weil sie angeblich Rückenbeschwerden hatte herrlich fand sie es im Krankenhaus den ganzen Tag nichts tun verstehst du und plötzlich kam sie auf das Thema Faulheit sie entschuldigte sich dafür daß sie morgens so oft im Bett geblieben war weil sie so gerne lange schläft aber dafür könne sie wirklich nichts das sei eine Folge ihrer Erziehung ihre Mutter verwöhnte sie so und sie entschuldigte sich auch dafür daß sie nicht so gut kochen kann hab ich übrigens nie was von gemerkt das fand sie ziemlich schlimm aber das kam durch ihre Erziehung weil sie soviel Geld hatten mußte sie selbst keinen Finger krumm machen eine schöne Zeit aber auch eine ziemliche Zeitverschwendung und deswegen schämte sie sich dann kam sie wieder auf meine Probleme zu sprechen ruhig liegen bleiben Mädchen wenn er nachher auf dir liegt mach die Beine breit und laß ihn nur machen misch dich nicht ein sag nichts tu einfach so als wärest du ein Kloß aus rohem Hackfleisch in den er nach Belieben hineinstechen kann und wenn er dich etwas fragt dann antworte so kurz wie möglich wenn er will daß du dich anders hinlegst dann mach das aber nicht übertrieben ach ja lache ihn nie aus und gib ihm nicht das Gefühl daß dir nicht gefällt was er macht ach es wird schon gut gehen nach all dem Rumvögeln weiß er wenigstens wie's geht ich meine wenn ich die Geschichten höre die Oma und die anderen Frauen erzählen dann scheint er sich einen ziemlichen Haufen Flittchen gehalten und an dem Bau unseres Hauses bereichert zu haben es ist eine Schande aber was soll man da machen er ist ein Mann und die Huren rennen überall rum wirklich überall und alle sind sie süchtig nach diesem weißen Pulver wie das auch immer heißen mag genau wie all die Männer von denen sie sich ficken lassen auch alle sind hier süchtig es ist unglaublich und ich muß dir ehrlich gestehen Brüderchen daß ich langsam ein wenig Angst vor dem bekam was an diesem Abend noch passieren sollte denn stell dir vor er ist auch einer von dieser Sorte und seine Freundinnen auch die aber auf der anderen Seite woher hat er dann das Geld ich fürchte mich so Lamarat lieber Bruder ich fürchte mich so es ist ein Gefühl als hätte man mich aufgehängt als könnte ich jeden Moment zerplatzen und das ist überhaupt nicht spannend weißt du früher als ich mich manchmal noch traute verrückte Sachen zu machen da stahlen meine Freundinnen und ich in den Spielwarenhandlungen Murmeln die Schlümpfe und kleine Piraten lagen in allerlei Kästen in der Nähe der Kasse und man hatte ständig ein Auge darauf aber wir hatten einen Trick wenn sie für einen Moment unbeaufsichtigt waren dann nahmen wir drei oder so und steckten sie in den Mund und bei der nächsten Gelegenheit wieder ein paar solange bis nichts mehr in den Mund paßte du hättest mich rausgehen sehen sollen auf dem Weg nach draußen so tun als sage man auf Wiedersehen und dann bis um die Ecke rennen und ausspucken aber ich hielt es nicht länger als eine Minute aus ich hatte solche Angst ich könnte eine Murmel runterschlucken aber eine Freundin von mir die kleine Negerin die kennst du doch die immer zwei Finger im Mund hatte vielleicht hatte sie deshalb so eine große Klappe die steckte sich mindestens dreißig in den Mund wirklich komplett voll und keiner bemerkte es bis sie eines

Tages auf die Fresse fiel zack als sie nach draußen gehen und wegrennen wollte von wegen wegrennen denn man hatte die Straße stellenweise aufgebrochen die Leute aus der Spielwarenhandlung mußten sie ins Krankenhaus bringen komisch nicht sie mußten Hilf dem Dieb spielen denn die Murmeln waren ihr in die Speiseröhre und in die Lunge geraten aber was ich erzähle ich ich fürchte mich so vor ihm vor nachher vor diesen komischen Krankheiten ich glaube ich habe dir die Geschichte schon mal erzählt ist vielleicht schon lange her aber die Spannung beim Mopsen war eine andere als jetzt die vorm Vögeln im Augenblick komme ich mir einfach nur klein vor was wenn er nicht wieder auftaucht was wenn er mich nicht will ich meine ich bin ein paarmal auf seinen Schultern geritten mit beiden Beinen über seinen Schultern und es scheint als könnte es dadurch von innen zerreißen und Schwimmen ist auch nicht gut aber was macht das schon es gibt eine Menge Tricks und Mutter sagte daß sie mich liebt auch wenn nichts kommt und daß ich es schlau anfangen müßte einfach ein bißchen mitbewegen und weinen sehr viel weinen dann wird er bestimmt etwas von seinem Blut auf das Laken tropfen lassen auf jeden Fall habe ich Sicherheitsnadel & Schere bei mir aber ich erzähle dir so viel hoffentlich erschreckst du nicht ach wir Mädchen sind doch so viel schlauer was seid ihr Jungs schon was wollt ihr eigentlich immer nur gewinnen gewinnen gewinnen am liebsten wäret ihr doch alle als Stoppuhr geboren worden und doch ist dein Onkel charmant als wir voriges Jahr durch den Stadtpark spazierten da sagte er nichts er wußte nicht was er sagen sollte wirklich absolut nichts und er sah sich auch die ganze Zeit um als ob er sich ein bißchen vor mir schämte aber vielleicht schämte er sich vor sich selbst wer weiß auf jeden Fall habe ich dann doch dem Schweigen ein Ende bereitet spaßeshalber weißt du und habe seinen Arm in meinen gelegt und er hat vielleicht erstaunt geguckt erstaunt unglaublich ich habe noch nie so große Augen gesehen ziemlich hübsch eigentlich und überhaupt mit dieser Nase das hat was wenn du dich da mal nicht vertust wenn du dich da mal bloß nicht mit ihm vertust nachher wenn er mitkommt wenn er denn mitkommt dann wirst du schon sehen was er noch zustande bringen wird und dann sagte Mutter daß ich ruhig sitzen bleiben und mir keine Sorgen machen sollte einfach alles geschehen lassen und nicht vergessen eine Rakete abzufeuern wenn alles überstanden ist.«

Hochzeit am Meer

»Auwili-auwili-auwili! Wißt ihr, was ich glaube, liebe Leute: Ich glaube, meine Augen sehen, daß diese Nichtsnutze dort hinten in Richtung Meer laufen.«

Der Vater, der diese Worte zur Mutter und zum Opa und zur Oma gesagt hatte, war seit dem Augenblick, da Lamarat sich auf den Weg machte, in einen trägen Schlaf gefallen. Langsam verschwanden die Gäste, die sich zweieinhalb Tage lang an Minzetee und Mandeln gütlich getan hatten, aus dem Haus und zerstreuten sich über die Hügel (in ihren Gesäßtaschen: Nun ja, zu fressen genug, aber keine Spur von der Braut oder dem Bräutigam, nicht ein Schimmer zu sehen. »Verspätung«, sagte man; »Vorbereitungen, die schiefgelaufen sind«, sagte man; wenn du mich fragst, dann stimmt mit dieser Familie etwas nicht). Mit der Zeit wurde eine Fleischschüssel nach der anderen aus dem Eimer mit Seifenlauge genommen, abgewaschen, abgespült und an die Lehmmauer zum Trocknen gestellt. Die Mutter der Braut rannte wie eine Verrückte über den Innenhof, um die Leute zum Bleiben zu veranlassen. »Tante Litifaa, warum mußt du denn jetzt schon gehen? Und wer hat gesagt, Tarir, daß du nicht länger bleiben kannst? Wo wollen Sie denn so früh am Abend schon hin? Wir haben noch jede Menge Tee, Pistazien und genug Tratsch für zehn Leute; bitte, bleibt noch ein bißchen, mindestens so lange, bis wir sagen können, daß etwas passiert ist.« Schade, schade für die Mutter: Alle gingen, und niemand blieb. Und schließlich gaben es auch die Fliegen auf und flogen in einem eleganten Bogen auf die Teeblätter hinab, die überall verstreut lagen, um sich dort an den Zuckerkörnern zu laben.

Mit dieser Aktion der Fliegen wurde der Abend eingeläutet, und selbst der Vater, der mehr und mehr daran zweifelte, ob sechzig Minuten überhaupt als eine Stunde zu rechnen seien oder nicht vielmehr als eine Minute, verlor langsam den Glauben daran, daß die Hochzeit noch ein Erfolg werden würde. »Nur gut, daß wir hier sind«, murmelte er in seinen Bart, »der Wind der Schande und der Scham zieht an diesem ausgestorbenen Erdnußschalendorf rasch vorüber, überschlägt es, beachtet es überhaupt nicht, denn dieser verteufelte Wind wagt es nicht zu denken, daß hier Menschen wohnen.« Dann blieb ihm, als niemand mehr kam und alle weggingen und nur er selbst sitzen blieb, nichts anderes übrig, als zu schlafen – und er sah hinüber zu seinem Vater, der rechts in der Ecke des langgestreckten Wohnzimmers eingenickt war.

Als er, mit dem unangenehmen Gefühl, im Sitzen eingeschlafen zu sein, wach wurde, kam das durch Wortfetzen, die nicht an ihn gerichtet waren und die einzeln, langsam und schleppend von hinter dem Haus herüberklangen, wie es schien. Wörter und Satzreihen, die von Murmeln, die steckenblieben, von Astronauten, von katholischen Kerzen, von Knallfröschen, die zusammen mit Holzkohlestücken explodierten, von Schlümpfen, von Mit-der-Knete-Abhauen, vom Ponylager, von Armen, die festgehalten wurden, und von schön sein, Mädchen, erzählten.

»Verdammt, wenn das nicht die Stimme meiner Tochter ist«, schreckte der Vater aus seinem Nickerchen auf, lief in den Innenhof und rüttelte die Mutter und die Oma wach. »Ich habe sie reden gehört, über Zwerge und Zeitmarkierungen, zusammenhangloses Geschwätz. Wenn ihr mich fragt, dann bin ich davon überzeugt: Was da passiert, kann unmöglich in Ordnung sein.«

Zu viert setzten sie sich in Bewegung, einer hinter dem anderen her, vorne der Größte, am Schluß die Kleinste, wie die Daltons: der Vater, der Opa, die Mutter und die Oma. So gingen sie nach draußen, hinter das Haus, und alle spitzten sie die Ohren, um zu horchen, ob noch mehr verhexte Wörter und Sätze in der Luft schwebten.

»Du hast geträumt, Sohn, ich höre absolut nichts. Du bist auf einen Traum reingefallen.«

»Aber, aber, aber genau dahinten ist… dort sind sie, alle drei, da unten… gerade sind sie hinter dem Haus vom alten, lahmen Buchnak, der unter Franco gedient hat, verschwunden«, kreischte die Oma, und sie hatte recht. »Was machen wir noch hier? Wir müssen hinter ihnen her.«

Und die Mutter nahm ihr Kleid, das mit Kristallperlen und Plastikpailletten bestickt war, hoch, um auf eine tiefer gelegene Terrasse springen zu können. »Los, Beeilung, diese Bande, die sich vom Teufel hat betören lassen, zurückholen! Nach Hause bringen, die sollen tun, was getan werden muß, und dann nichts wie nach Hause, fort, fort aus diesem unglückseligen Ort…!«

Verdutzt, vollkommen sprachlos sprangen die Mutter, der Opa und die Oma – woher hatten sie nur diese Energie – der Reihe nach hinab, immer weiter nach unten, Terrasse um Terrasse, Treppe um Treppe slalomten sie der Reihe nach, hintereinander, aufeinander, durcheinander im holperigen Eins-zwei-hopsasa-Schritt um die Kakteen, die Felsen und Terrassen herum, bis zwischen ihren Füßen und dem Meer nur noch ein Junge, eine Frau und ein Opfer lagen.

»Gott, hab' ich Lust, ein schönes Lied zu singen! Gott, hab' ich Lust, diesen meinen Mann mal ordentlich unter Wasser zu drücken! Du kennst doch bestimmt was Nettes, lieber Ratje, sing mal eins deiner Lieder so wie eins-zwei-drei: Nun sind wir gleich da, nun sind wir gleich da, ja, wir sind schon ganz schön nah...«

»... hopsasa«, beendete Lamarat das Lied an ihrer Stelle.

Während sie, schon ziemlich wackelig auf den Beinen, dem Sandpfad folgten, kam das Meer immer näher, bis es so nahe war, daß Rebekka sagte: »Jetzt sind wir da.« Sie gab ihrem Bräutigam einen Kuß auf die Lippen, schob ihre Zunge in den weitgeöffneten Mund und sagte: »Ich liebe dich; immer und ewig, das steht fest.« Und sie ließ ihn langsam in den Sand fallen. Sie schwankte hinüber zur gegenüberliegenden Seite des Strandes, und kurz bevor sie ihr Brautkleid hochhob und in die Hocke ging, sagte sie zu Ratje: »Nicht gucken. Ich bin kein Film, sondern deine Schwester.«

Opa (ist ein guter Mann) hatte in seinem Leben viel erlebt, hatte viele Äcker gepflügt, seine Kinder weggegeben und eine Unsumme an Sternen zusammengezählt, aber der Eifer, mit dem seine Schwiegertochter einen Schlängelpfad nach dem anderen runterrannte, erschien ihm in seinem Alter dann doch als zu ungestüm. Die Oma hingegen behielt das Tempo bei, weil sie vom gleichen Adrenalinschub getrieben wurde wie ihr Mädchen, deren Nabelschnur sie durchgeschnitten und so fachmännisch wieder hineingesteckt hatte: Das war das Adrenalin der weiblichen Ehre, die auf dem Spiel stand, die gerettet und wiedererobert werden mußte, gerettet und dorthin gebracht, wohin sie gehörte: zwischen vier Wände. Laßt sie ja nicht entwischen, denn sonst wird der Kohlestift durch Dior-Mascara, Ilikeyou-Lippenstift und -Nagellack ersetzt, und damit verkommt alles zur Schande all derer, die in den vier Wänden zurückgeblieben sind. Also stemmte die Oma ihre Fersen noch kräftiger gegen die Felsen, ließ ihre Zehen noch geschwinder hochschnellen und versuchte, mit dem Mut der Verzweiflung, ihre Tochter zu überholen.

Der Vater ist eine Geschichte für sich. Während des Wettlaufs nach unten wirbelten die Fragen durch seinen Kopf: *Warum renne ich so schnell was mache ich hier und wieso fürchten wir daß irgend jemand diese Szenen sehen könnte die Frauen sind verrückt die Frauen rennen sich noch an einem der Felsen zu Tode*, denn immer, wenn er meinte, die Führung übernommen zu haben – bin ich jetzt Erster, oder sehe ich so schlecht? –, trabte seine Schwiegermutter mit der Zunge aus dem Mund an ihm vorbei und rannte ihn dabei fast über den Haufen. »Du bist wohl besessen, Weib«, rief er ihr hinterher. Es ist ein Wunder, dachte der Vater, während er sich nach seinem Vater umsah, der einige Meter hinter ihm her wackelte, die Arme an den Seiten baumelnd, es ist ein Wunder, daß die Frauen in ihren schweren Kleidern, ihren Badelatschen und diesem alles betäubenden Duft, der sie umgibt, sich derart abhetzen können: Hut ab.

Schwesterchen hatte recht: Sie war seine Schwester und nicht irgendeine Peepshow in irgendeinem verrückten

Land im »Westen«. Die Hände vor den Augen (wie er es auch bei *King Kong* und *American Werewolf* gemacht hatte) und dabei die Handflächen auf die Augäpfel pressend, um sich so die Sicht auf die urinierende Schwester zu nehmen, erschienen vor den Augen Lamarats explodierende Meteoriten und herabstürzende Asteroiden, die sich akkumulierten, sich sammelten, sich aufhäuften, so daß ihm schwindelig wurde.

Von diesem Moment an, dem Moment, als in seinem Innern alles groß und rot wurde und außen alles stink und wütend, wurde vor Lamarats Augen alles ein wenig schummerig, sowohl was die Dinge angeht, die vor seiner Nase passierten, als auch die, die sich in seinem Kopf abspielten.

Als sie fertig war, ihr Brautkleid bekleckert und geschürzt, sagte Rebekka: »So, was für eine Erleichterung«, und rannte ein paarmal um Mosa herum, den sie nicht weit vom Wasser in den Sand gelegt hatte. »Guter Junge, lieber Junge, was hast du gemacht.«

Rebekka kniete nieder und machte seinen Gürtel los. »Den Erzählungen zufolge, die ich heute abend gehört habe, war dieser Jüngling der Liebling aller Mädchen von Melilliaar, und wenn ich dieses Geflüster auf meine Zukunft übertrage, dann gibt es nur eine Möglichkeit: Nämlich, daß er mich auch als Liebchen benutzen wird. Es sei denn, ich kuriere ihn von dieser verrückten Idee.« Rebekka schwieg, holte eine Schere aus den Tiefen ihres Kleides und sah Lamarat – der an Stelle einer Schere nur einen dunklen, schnipsenden Fleck wahrnahm – an: »Ratje, Ratje, es ist Zeit, nur noch mit einer Zunge zu reden. Der Augenblick ist gekommen, dir die wahre Geschichte deiner Geburt zu berichten…«

Oh, Chalid Blechbüchse-in-einem-Doppelbett, hörst du, wie sie alle geheimen Geschichten verrät?

»... wußtest du, daß du nicht normal geboren wurdest?«

»Ach, nein, wieso, was genau? Ich meine: Wie meinst du das?«

»So, wie ich's sage, da gibt's nicht viel zu erklären: Deine liebe Oma, dieses geschwätzige Weib, das schneller reden kann als Gott Kinder machen, hat, und jetzt sage ich dir eiskalt, wie es wirklich war: Sie hat deine Nabelschnur kaukau durchgebissen, anstatt sie schnipp-schnipp durchzuschneiden, wie es jeder normale Mensch mit klarem Verstand tun würde.«

Und von diesem Moment an war es Lamarat noch schummeriger zumute (vor Erstaunen darüber, was ihm angetan und nicht angetan worden war? Aus Ekel, weil er schon bei seiner Geburt so etwas wie ein gebissener Hund war? Oder wurde diese heftigere Schummerigkeit – die herabstürzenden Meteoriten wurden jetzt durch explodierende Sonnensysteme ersetzt – dadurch hervorgerufen, daß er das Hemd herausgezogen und seinen Nabel betrachtet hatte?), und er traute sich auch später nicht, Näheres darüber zu berichten, denn wer glaubt schon so etwas:

»Aber du sollst wissen, Lamarat – denn alles ist gut, und alles, was je passiert ist und was passieren wird, kann wiederverwendet werden –, daß Oma mich auf glänzende Ideen gebracht hat... Ist es nicht phantastisch, daß sie, um dein Leben zu retten, als Not am Mann war, daß sie in diesem Augenblick, völlig spontan und unerwartet, mit Hilfe einer göttlichen Eingebung, das Schläuchlein durchbiß? Es gibt manchmal Dinge, die müssen einfach gemacht werden. Und um Mosa für den Rest seines Lebens vor den unerwünschten Einmischungen anderer Frauen zu retten, schneide ich jetzt sein Schläuchlein durch.«

Es wurde also schummerig... Rebekka (ihre Augen traten aus den Höhlen, und ihre Lippen bekamen einen öligen Glanz, als hätte sie sie mit Nierenfett eingerieben; ihr Kopf zitterte, und in ihrer rechten Hand wütete die rostige Schere) schnitt.

Und das Objekt dieser Maßnahme? Das lag einfach da, mit aufgesperrtem Mund, und zitterte nur etwas heftiger.

Sie ließ ein Stück Fleisch – der Zipfel einer Merguezwurst ohne Darm – umständlich in ihrem Dekolleté verschwinden und sagte: »Und jetzt, lieber Mann und Gatte: Ins Wasser mit dir, du meine Seele und Seligkeit, um deinen Rausch und das Blut der Opferung fein säuberlich abzuspülen.« Daraufhin zog sie, während Lamarat zusah, ihre Kleider aus.

»He, nicht gucken, ich bin kein Film! Ich bin deine Schwester.«

Lamarat legte blitzschnell die Hände vor die Augen, so daß er nicht sah, daß auch Mosa ausgezogen, hochgehoben, auf die Schultern genommen wurde und daß er zusammen mit seiner Frau, zusammen mit dem Mädchen, das ihn eigentlich »Onkel« nennen mußte, ins Meer ging, während Rebekka (und das hörte Lamarat sehr wohl) bei jedem Schritt in das aufschäumende Wasser vor sich hin sang:

Heut abend, das ist unser Abend
mit Bowle und Holadiheer
auf der Hochzeit am Meer, auf der Hochzeit am Meer

alles hab' ich dir gegeben
mein Herz und meine Leber
auf der Hochzeit am Meer, auf der Hochzeit am Meer
aber dir war's egal
du wolltest nicht mehr mit mir leben
ich hörte deine Lügen
auf der Hochzeit am Meer, auf der Hochzeit am Meer
holadiheer

Zusammen standen sie im flachen Wasser. Rebekka drehte und zog ihren Mosa, der mit seinem Blut auch seine Ehre, seine Kraft und alles, was einen Mann zum Mann macht, verlor

an die Hochzeit am Meer, Hochzeit am Meer.

Und die beiden kamen erst aus dem Wasser, als nach Rebekkas Ansicht die Hochzeitsnacht in ausreichendem Maße vollzogen war.

Unten angekommen, sahen sie Rebekka, die Mosa auf den Strand zog, und einen Jungen, der abseits stand und bemüht war, die Hände auf die Augen gepreßt, nichts zu sehen.

»Nein! Halt, tu's nicht, Rebekka, liebste Tochter, Gott möge dich daran hindern!« rief der Vater, der als erster unten angekommen war. »Komm aus dem Wasser und sag, daß wir uns keine Sorgen zu machen brauchen.«

Die Mutter, der Opa und die Oma standen, sich die Haare raufend, hinter dem Vater.

Der Vater sah Lamarat an und sagte zu ihm: »Du solltest ihn nach Hause zurückbringen und nicht zum Meer und schon gar nicht zu ihr; du weißt doch: keine einzige Berührung vor der Nacht der äh...«

Die Mutter, die Oma und der Opa redeten wild durcheinander – es war unmöglich zu unterscheiden, wer was sagte, denn der eine schien dem Meer einen Vortrag zu halten, der andere Lamarat, und die meisten Wörter verloren sich in der sternlosen, glühendheißen Nacht. Man wischte sich den Schweiß von der Stirn, und schließlich gab die Mutter auch ihren Senf dazu: »Warum gehen wir nicht erst mal nach Hause, und zweitens, was machst du hier, was macht sie hier, woher kommt das ganze Blut, es ist doch nicht etwa ... oh bitte nicht, hier passiert...?!«

»Mein Gott!« sagte der Vater und zeigte dabei mit dem Finger der Reihe nach auf die großen Blutflecken im Sand.

Er ging der Blutspur nach, während Rebekka in einem toten Winkel Mosa anzog.

»Oh, guter großer Gott, der teuflische Wind der Schande hat uns doch erwischt...«, sagte der Vater zu seiner Frau, »schau, hier hat er sie... hier ist es, wie soll ich sagen, passiert...! Er hat es gemacht, überall Blut!«

»Wie sollen wir das jemals erklären...«

»Halt den Mund«, mischte sich jetzt der Opa ein, »und zünde wie der Blitz die Raketen. Und morgen...« Er schwieg einen Moment lang und sah seine Frau an. »... morgen spielen wir den Lahmen, den Blinden und den Tauben.«

»Was für ein Elend«, jammerte die Oma völlig ratlos, »er hat überhaupt keine Rücksicht auf uns genommen, nicht eine Sekunde hat er an die Würde und Zerbrechlichkeit der Frau gedacht...«

Noch halbnackt trat Rebekka aus dem toten Winkel hervor, lautlos, den Blick gesenkt, wie es sich gehört.

»Nicht gucken, nicht gucken«, warnte Lamarat, »sie ist nackt, und sie ist kein Film.«

Da standen sie nun, und das einzige, was fehlte, war eine Kamera, um ein Gruppenfoto zu machen, das man in 'Ollanda schön an die Wand hängen konnte. Links Lamarat, die Hände vor den Augen, rechts der Vater, die Mutter, der Opa und die Oma, die alle gucken, als sähen sie das Wasser brennen, und mit dem Rücken zum Betrachter der zarte Körper Rebekkas und an ihrer Hand – wie ein kleines kleines Kind: auf dem Boden, auf seinen Knien – ein bis auf Unterhose und T-Shirt nackter Ehemann. Das ist meine Familie, dachte Lamarat, und das wird sich nie zum Besseren wenden.

Irgendwo in Nadorp steht ein Haus, das sich selbst irreparable Schäden zufügt; glasierte Kacheln fallen auf den Boden, wo sie zersplittern. Der größte Schaden aber ist einem männlichen Glied zugefügt worden, von dem die dicke Spitze abgeschnitten wurde, die man mit viel Mühe wieder annähte.

Vater, mit dem Stück Männlichkeit, das Rebekka ihm gegeben hatte – »bitte sehr, vielleicht ist ja noch was zu retten« – in seiner linken Jackentasche, brachte Mosa hinauf nach Nadorp ins Krankenhaus, wo man sich beim Anblick des roten Flecks in seiner weißen Jeans zu Tode erschrak: »Ist dieser Idiot etwa von hinten entjungfert worden oder so«, flüsterten die Schwestern auf den Gängen.

Nach diesem Abend legte sich die Mutter ein Schloß vor den Mund. Sie hat, wie früher schon einmal ein Gärtner, volle sechs Jahre über alles, was die Hochzeit am Meer betraf, geschwiegen. Erst als sie eines Sonntagnachmittags über die Kabel des internationalen Telefonnetzes von einem Bekannten hörte: »Mit Mosa, das wird nie wieder was, komplett durchgedreht... Ständig redet er wirres Zeug... Ob das wohl dadurch kommt, weil... na, du weißt schon... es nicht mehr so funktioniert...«, da sprang sie auf und spie all ihr Gift in den Raum.

»Dieser Kerl, endlich hat seine Strafe ihn ereilt! Dieses Monster, ich habe es immer schon gewußt, hat seinen eigenen Bruder in die Schande gestürzt! Und das tat er ohne jede Scham aus voller Überzeugung.«

Nach diesen Worten hat sie nie wieder von ihm gesprochen, und richtig glücklich wurde sie erst wieder, als er starb.

Epilog

Alle sind nach Hause gegangen. Lamarat ging zusammen mit seiner liebsten Schwester zurück nach 'Ollanda. Angeschlagen war sie durch die Knautschzone gekommen, aber es war schlimmer, als man mit Worten beschreiben kann, also schwieg sie lieber, und sie hielt das länger aus als ihre Mutter.

Die Leute in Iwojen und Umgebung konnten sich nicht erklären, was genau vorgefallen war, und gerieten ins Spekulieren. Darüber, was Mosa passiert war, was die Braut am Strand gemacht hatte und wie es sich mit »dem Kleinen« verhielt, diesem merkwürdigen Jungen aus dem Norden, und welchen Anteil er an der Kopfjagd hatte.

Aber es gab jemanden, der wußte mehr als alle anderen in Iwojen zusammen, und das war Chalid, der sagte: »Ich habe sie aus Melilliaar abgeholt und wieder dorthin zurückgebracht. Ich habe an diesem Abend einiges gehört, und ich habe mir auch das eine oder andere gedacht, daß aber dieser Mosa, gosa, losa noch vor dem Morgengrauen plötzlich am Strand gelegen haben soll und später komplett verrückt geworden ist, dazu kann ich nichts sagen.«

Und Mosa? Der ging schon bald danach heimlich in den Norden, vermied jeden Kontakt mit Leuten, die den gleichen Dialekt sprachen, und verdiente sein Geld damit, daß er irgendwelche Dinge im grauen Bereich regelte. Über seinen Verlust an

Stoßkraft hat er immer geschwiegen. Er starb vom Wahnsinn umnachtet und mit einem freundlichen Zug um den Mund.

Der Vater scheint in einen inneren Monolog eingetreten zu sein. Er fragte sich: Wie kommt es, daß ein Mann meines Standes, der sich ein Riesenhaus hat bauen lassen, der eine Tochter erzogen hat, um sie in einer Hochzeit am Meer zu verheiraten, und der seinen Bruder unter seine Fittiche genommen hat, um ihn einen ganzen Abend lang mit allem Drum und Dran des Machismo zu umgeben, wie kommt es, daß ein solcher Mann – der Hüter, der Umarmer, der Tröster, das Alpha und das Omega – in einem Erdnußschalendorf vom alleszerstörenden und einzigartigen Wind der Schande und der Scham getroffen wird?

Und der Taxifahrer, was geschah mit ihm? Chalid Blechbüchse-auf-der-Straße, Schmarotzer und Glückskind in einer Person, spielte nie wieder Mensch-ärgere-dich-nicht in den Teehäusern; er stieg auf ernsthaftere Dinge um: Lose der Blindenlotterie ONCE, jeden Sonntag eins. Aber gewinnen, vergiß es.

Doch zehn Jahre später, als Lamarat noch einmal in seinen Landstrich zurückkehrte, da hörte er von Kneipen, die seit langem geschlossen, von kurvigen Wegen, die zu Eselspfaden zerbröckelt waren, von einer Stadt, die immer mehr Appetit auf die umliegenden Gegenden bekommen und ihren Hunger mit den Hügeln und Tälern gestillt hatte, wo früher einmal kleine Jungs wohnten, die entlang der Straße Kaktusfeigen an die Autofahrer verkauften (hüte dich vor Khara; die besten Früchte oben im Eimer, die faulen darunter), und wo jetzt reiche, protzige, hochmütige Leute wohnen, die absolut nichts übrighaben für Spiele, Figuren und Rumpelpumpel-schon-wieder-eine-sechs, die ein Männchen nach dem anderen verschlingt... alle erzähl-

ten ihm, daß nach seinem Dorf ein Weiler nach dem anderen gefallen war: Alle sind leer, die Häuser sind kaputt, und alle haben irgendeinen Job in der Stadt (ist auch viel netter, mit all den unverbindlichen Kontakten und so)... und zwischen all den Klagen erzählten sie ihm auch: Taxifahrer kauft zum dreitausendstenmal ein Los und Zack! die hundert Millionen...! Hockt jetzt irgendwo auf Kuba... oder war es Patagonien? Und unter uns gesagt: Er scheint dort eine Zeitung oder Zeitschrift, »Blick auf die Welt« oder so, gegründet zu haben... und natürlich... wer's glaubt... Gerede, weißt du... aber vielleicht ist es ja doch ein bißchen wahr... ein ganz kleines bißchen.